SI NOUS NE BRÛLONS PAS

Du même auteur

Fils de Sham, Éditions Diabase (2012).

Des griffures invisibles, Éditions Diabase (2014).

Le type qui voulait arrêter de mourir, Équateurs (2016).

Justine Bo

SI NOUS NE BRÛLONS PAS

Roman

ÉQUATEURS

contact@editionsdesequateurs.fr
www.editionsdesequateurs.fr

À Santi.

Ils ne savaient pas encore comme c'est lourd et mou le monde, comme il ressemble peu à un mur qu'on flanque par terre pour en monter un autre beaucoup plus beau, mais plutôt à un amas sans queue ni tête de gélatine, à une espèce de grande méduse avec des organes bien cachés.

Paul Nizan.

C'est l'histoire d'une société qui tombe, et qui, au fur et à mesure de sa chute, se répète sans cesse pour se rassurer : « jusqu'ici tout va bien, jusqu'ici tout va bien, jusqu'ici tout va bien ». L'important c'est pas la chute, c'est l'atterrissage.

Mathieu Kassovitz.

I

À l'épreuve du vide, j'appris à ne me fier qu'au territoire. Il est la seule *matière*, l'unique élément de la vie des hommes. Je me méfie du récit des origines, des sociologies, des familles ; j'accorde peu de crédit au mythe de l'éducation et aux affres du travail, mais je crois absolument à la Bible que nous livrent les *territoires*.

J'ai longtemps haï la glaise de ma naissance. Il m'a toujours semblé que mon inertie incurable provenait de ce sol sablonneux, où, privée de toute emprise, je tentais de m'agripper coûte que coûte à la poussière.

Je n'ai pas trente ans que déjà je suis en pièces. À bâtir avec tant d'impatience, on se détruit. On néglige ses fondations. L'eau gagne. Les drains se gangrènent, et puis on sombre. Ironie de l'ombre qui a parcouru le monde pour y puiser de la lumière : elle se grise.

Pourtant, quel cœur j'ai mis à l'entreprise ! Partir, toujours, au-devant de moi, en dehors de moi ; traquer tout ce qui ne me ressemblait pas pour devenir *autre*. Seulement les égarements du voyage ne suffisent plus à masquer le vide. Celui-ci n'est pas dans le passé ; il ne sert à rien de le fuir. Je n'ai eu de cesse de haïr l'avant, de tenter d'y échapper, de l'occulter ; j'ai tout fait pour qu'il ne m'appartienne plus. Mon drame est d'avoir réussi.

Aujourd'hui, je rêve de tout perdre pour revenir à ce spectre enfoui sous les bâtisses. Il me faut abattre l'édifice ; retrouver la matière initiale pour comprendre ce que je suis devenue. Faire l'état des lieux de mes errances pour savoir où je suis. Les colonnes de Palmyre, les vaisseaux de Béring, les nuits de perdition dans Paris, dans New York ; toutes ces escales de ma jeunesse en seront les chutes. Elles reposeront au sol, une fois le récit de mes folies achevé ; je serai seule, nue, face à l'indigence de mes primes années, et je ne pourrai plus ni mentir, ni m'abriter sous leur grandeur. J'ai à peine vingt-sept ans, mais je suis vieille d'un millénaire.

Je fus frappée, cherchant une fois adulte les coordonnées géographiques du lieu de ma naissance, par la *bassesse* de l'endroit. Seulement six mètres au-dessus de la mer. Enfant, je n'y songeais jamais. Chiffre froid ; une syllabe, trois lettres seulement, qui passent comme un chuintement, un tout petit souffle entre les lèvres : là, les hommes se sont glissés jusqu'au bruit des embruns, ils n'ont pas cherché refuge sur un mont ; ils sont allés au plus profond, au plus vil, ils se sont abattus, ils se sont résignés dans le sable, les marais ; ils ont érigé des docks non pas pour s'élever, mais pour descendre, pour creuser leurs tombes entre les courants. J'aurais dû savoir, moi qui ai côtoyé leurs sillons, que ce n'était pas le plancher des hommes, mais le niveau de la ville elle-même qui nous maintenait si éloignés du ciel. Nous avions la tête sous l'eau, le front pris dans le murmure des roches, et il n'y avait rien pour nous faire relever le menton. Nous avancions, crânes baissés, lèvres baisant la vase, échines fourbues, celles des marins comme des chevaux, celles des galériens qu'ils étaient tous, de père en fils, d'aïeux en progénitures, de mères en placentas ; nous marchions ainsi, sans espoir d'aller au-delà des six mètres, sans aucune volonté de savoir qu'il s'agissait là du chiffre de notre abattement : six, six, six.

Tout était contenu dans ce phonème, il n'y avait rien d'autre à chercher, à gratter, je ne pus m'élever qu'en partant ; jusqu'à mes dix-sept ans, il n'y eut rien de beau dans ma vie, et d'ailleurs cette laideur originelle me contamina à jamais. Les mal nés de la mer sont condamnés à voir la beauté leur échapper. Ils tentent de saisir ses cheveux, son cou, sa taille, mais toujours leurs gestes s'évanouissent.

Je suis une sirène, me dit la Beauté. Tu m'entends, tu me désires, ma voix t'attire. Je fais ce que je veux de toi. Vois comme tu te hâtes. Comme tu accours. Je chante et tu te précipites. Vois comme tu sombres.

★

Latitude : 49° 38′ 23″ N.
Longitude : 1° 36′ 58″ E.
Altitude : 6 mètres.
Teinte : bleu de Prusse.
Heure : crépusculaire.
Ciel : blanc.

Quand je songe désormais au territoire natal, je suis effarée par l'implacabilité des lignes. La symétrie glaciale des avenues, qui ressemblent moins à une œuvre humaine qu'à une excroissance des courants marins. Baie striée de baraquements militaires, de digues ; main ouverte sur l'immensité des eaux.

Lorsque, au hasard d'une carte, j'arpente les ruelles grises, je n'y décèle aucune routine ; l'espace n'a pas laissé son empreinte dans mes gestes, ni dans ma façon d'observer le tracé des artères. La ville m'apparaît comme une impression froide. L'enchevêtrement d'obliques ne signifie rien d'autre que le dessin arbitraire ayant présidé à sa construction. Je revois les points d'ancrage de la vie des autres. Ils ne résonnent en moi que par l'exclusion dans laquelle je me précipitais. Toujours, je me suis tenue à l'écart de mes semblables. Les types du collège se donnaient rendez-vous ici, ou là, et tandis que je cheminais jusqu'à l'angle du boulevard où m'attendait mon père, je les voyais qui fumaient des cigarettes ou tentaient de se donner une contenance devant les vendeurs de *fast-food*. Il s'agissait de paraître intrépide, et, consciente de ma maladresse congénitale, je m'étais épargné cette épreuve en ne tissant aucune amitié avec personne. Alors, ces points névralgiques de leur existence *à eux* – un parc où l'on traînait le soir, un abri de bus, un parking où l'on jouait au foot – représentent tout ce que je ne suis pas devenue. Derrière ces lieux anodins érigés en *repères*, des questions apparaissent : que sont devenus les individus de mon âge ? Où se trouvent-ils désormais ? Combien ont-ils d'enfants, d'emprunts ? Ont-ils une, plusieurs voitures ? Un appartement ? Un pavillon ? Et, entre ces interrogations de façade, ma sidération : comment ces lieux ont-ils creusé leur inertie, et ma fuite ? Sont-ils la cause de notre perdition collective, ou bien n'en sont-ils que le reflet ?

*

Le premier repère est une statue. Cet imbécile de Napoléon, sur son cheval, qui pointait l'Angleterre, du moins c'est ce qu'on nous avait raconté. Il pouvait désigner le large tant qu'il voulait, son buste ne servait qu'à abriter des pigeons en déshérence et les toxicomanes du coin, aux heures sombres. Le reste du temps, des jeunes gens se retrouvaient sous sa monture, y fumaient, y buvaient. Il y avait un parc juste à côté, et le port de plaisance à quelques mètres. Napoléon ne régnait que sur cela : une étendue d'herbe triste. Il n'y avait qu'à l'été qu'elle devenait vaporeuse, qu'elle se liait au ciel pour anéantir tout à fait la sévérité de l'Empereur. On se moquait de lui. Il était le père minuscule de nos vies minuscules. Il avait bâti autour de nous une forteresse. Il avait permis à ce lieu d'exister, et nous lui en voulions pour cela. La ville ne fut jamais qu'une suite ininterrompue de grands projets qui ne virent jamais le jour, qui échouèrent un peu par hasard, par malchance. En réalité, Napoléon ne visait pas l'Angleterre. Sa main était déployée sur le petit monde qu'elle engendrait : le port militaire, que le monarque adoubait de son geste puissant, et, avec lui, la cité qui se résumait à ces quelques faits d'armes.

Lorsqu'on était juste en dessous, ni l'horizon ni l'œuvre n'avaient d'importance : on se moquait de savoir ce que le fou désignait, on ne distinguait que le détail de ses grands doigts, et on scrutait l'entrejambe du destrier. Du sol, c'est tout ce qui importait : la main, la verge du cheval. L'étalon était arabe. Marengo, fidèle monture du tout-puissant, avait été nommé d'après la localité italienne où le maître mena bataille contre les troupes du Saint Empire romain germanique. Marengo, pur-sang arabe, robe anthracite, squelette parfait, musculature exemplaire, capturé à Aboukir, pendant la campagne d'Égypte, où Napoléon battit les Ottomans. Il ne restait du majestueux pur-sang que ce bloc de bronze, patiné de vert gris, où chiaient les pigeons et s'ennuyaient les passants.

Lorsque, plus tard, j'entendis des camarades de l'Institut d'études politiques vanter les mérites de Bonaparte, citant les écrivains qui avaient contribué à façonner son culte, Chateaubriand, Hugo, Balzac, je ne pensai qu'à la statue verdâtre, sale, et à la bite de Marengo. Je ne connaissais rien de ce lyrisme, je ne savais de lui que sa main déployée à l'endroit de mon désœuvrement, et cela me suffisait pour le haïr. Je voulais embraser le tas de pierres, jeter l'Empereur à la mer ; ne plus songer aux proses qu'il avait inspirées, mais simplement contempler l'étendue de ses ruines, et peut-être y construire, selon des géométries simples, des palais de verre. De la même façon, lorsque je remarquai l'engouement des commentateurs politiques pour cette figure du « monarque », dont ils assuraient que la République française était friande, je ne songeais qu'à cette main, à ces cinq doigts, et j'en voulais autant au personnage de chair qui avait inspiré le bronze qu'à ceux qui l'avaient sculpté. Pour moi, la statue érigée au milieu de rien, et *pour rien* ; ce vide en érection, qui dominait la plaine et assombrissait la mer, était le symbole de cette France qui se perd dans la contemplation d'un geste figé au lieu d'examiner le désastre à hauteur d'homme.

Je crache sur la ville. Il n'y a plus ni jardins, ni sanctuaires. Il n'y a que l'immondice que j'y ai toujours vue. De Napoléon, je ne connais que les ivrognes, l'étendue d'herbe et de bitume, les lignes cacophoniques, les mâts en pagaille, et la capitainerie, qui trône gauchement face à la baie.

C'est là que ma grand-mère avait officié, nettoyant toute sa vie la merde des autres ; pas même celle d'une famille qu'elle aurait connue, à laquelle elle se serait liée ; non, elle avait récuré les cabinets de la plaisance, pour les marins en escale, pour les types qui venaient se faire branler pendant que leurs femmes ruminaient leur soûl. Sa vie n'aura servi qu'à cela, et moi je me demande comment la mienne a bien pu servir à autre chose. J'y ai travaillé, aussi, mais en vertu d'une ascension sociale nébuleuse, et parce que l'on m'avait enseigné l'anglais à l'école, j'ai tenu la caisse de la capitainerie : s'assurer que les bateaux de passage sont bien inscrits dans les registres, que chacun paie son dû, que personne n'est en déroute dans la rade... Et à chaque aube, à chaque crépuscule, je guettais la démarche de la femme de ménage, et je me disais, comment était-ce, de son temps *à elle*, à quoi songeait-elle, était-elle enjouée, résignée, que sentait-elle, son corps faiblissait-il sous l'odeur, et son esprit, s'était-il dissipé vite, ou lentement, avait-elle souffert de l'indifférence des plaisanciers... Je ne pouvais rien en savoir ; tout ce que je connaissais, moi, c'était ce qu'elle était devenue, et elle me semblait identique à la serpillière qui passait et repassait sur le carrelage des sanitaires : elle était grise, aplatie, muette.

*

L'espace a la géométrie implacable des villes combattantes dont on a tracé le plan à la serpe. Veinules d'ivoire contre mer céruléenne. Ordonnées microscopiques sur l'abscisse floue de mes souvenirs. Ce n'est qu'à présent, des décennies plus tard, que je prends la mesure de ce passé militaire qui, au fond, a empreint toute ma jeunesse. Le pouls de la cité ne battait qu'au rythme des marches, des pierres dressées à la gloire d'une bataille, des maisons érigées pour les garnisons de passage. On n'y a vécu que pour se battre ; on n'y a construit que par honneur, et il est étrange de penser qu'enfant je n'y songeais pas. De l'hôpital militaire, je ne retiens que les passerelles baignées de lumière, de ces corridors reliant les ailes de l'édifice entre elles, et dont je retrouverai les formes plus tard, du côté de Saint-Lazare, à Paris, ou dans certains coins de Manhattan ; je ne me rappelle plus que des fleurs, des palmiers somptueux, du jardin bien entretenu ; je n'ai nul souvenir des faits d'armes de ses bâtisseurs, qu'on ne m'a jamais contés.

Il en va de ces monuments de guerre comme des bunkers du mur de l'Atlantique, où les gosses que nous étions passions des heures à jouer, s'imaginant soldats, tenanciers d'hôtel, riches héritiers. Les cubes de béton laissés sur la côte par l'armée allemande devenaient tour à tour guérites, palais, chambres luxueuses. Derniers vestiges du débarquement allié, où des hommes avaient guetté l'ennemi venu en bâtiments, comme un mur en pleine mer. Ils constituaient notre terrain de jeu favori. Et nous ne comprenions pas, à l'époque. On nous disait, voici les restes du mur de l'Atlantique, qui parcourait toutes les plages ; ici, la Wehrmacht grouillait et puis, un jour, les Américains sont arrivés, et les bunkers ont été détruits.

Des lucarnes taillées dans le béton, on apercevait des bribes de mer, de ciel, de dunes ; à l'intérieur des roches, on était à l'abri du tumulte, il n'y avait autour que des *bouts de monde*, et c'était bien assez. On s'était habitué à les appeler *blockhaus*, littéralement « maison de rondins » en allemand, et ils étaient les repères des jeux de l'enfance. Que des nazis en aient arpenté les murs avant nous, cela importait peu. Ces casemates semblaient posées là pour combler notre ennui.

Oui, les ruines du passé militaire façonnèrent notre jeune rapport au monde. Il était naturel, à l'époque, de jouer entre les spectres de soldats allemands, américains, français ; d'excaver des bombes lorsqu'on cultivait son jardin – l'intérieur des grands-parents était exclusivement décoré de grenades non dégoupillées –, de dénicher des vestiges au hasard d'une route, d'une décharge.

Je visualise l'entrée de l'hôpital des armées ; cette allée majestueuse où la lumière aveugle plus qu'ailleurs. De l'autre côté du boulevard, aplati vers le front de mer, il y a ce long rectangle gris, bleuté, sillonné de lignes magenta ; l'*Arsenal.*

★

L'Arsenal, loin dans ma mémoire, désigne un lieu de travail, un simple repère dans nos pérégrinations à bicyclette, mais en posant des mots sur le territoire, le lieu se déploie. *Arsenal* (nom masc.), de l'ancien vénitien *arzana*, de l'arabe *dār as-sinā'a*, « maison des œuvres » : établissement industriel d'un port, où les bâtiments de guerre sont construits, réparés, ravitaillés et armés ; autrefois, établissement construisant des matériels de l'armée de terre ; grande quantité d'armes réunies. Le lieu de construction devient la production elle-même. Par synecdoque, les armes constituaient le repère essentiel de mes sorties.

Enfant, il n'y avait pour moi qu'un seul arsenal. C'était un lieu-dit, le nom de cette bâtisse longeant la mer ; le mot ne recouvrait aucune autre réalité. Là, des oncles suaient, se brisaient le dos, noircissaient leurs bronches… Il n'y avait pas mille endroits où faire carrière ; l'Arsenal était l'un des seuls employeurs solides, et avec lui ses sous-traitants. On opérait, le plus souvent, *au piston.* Pas de sombres manœuvres politiciennes ou oligarchiques. Non, il fallait connaître, simplement, le bon contremaître. On se rêvait soudeur, charbonnier ou plombier ; il fallait pour cela trouver les passe-droits adéquats, le collègue conciliant qui accorderait un entretien parce qu'il appréciait le père ; l'entraîneur de football avide de placer son protégé. On se rangeait dans les pas des aïeux, qui avaient officié toute leur vie dans les mêmes usines.

Plus loin, il n'y avait que la mer ; rien de signifiant sinon le vide absolu ; quelques baraquements, logements de fonction des militaires postés là, et le vent qui balayait tout. Je n'aimais pas beaucoup m'y aventurer, parce qu'il me semblait qu'il suffirait d'une bourrasque pour être avalée par les eaux, et que personne ne s'inquiéterait de ma disparition. C'est là que l'histoire a commencé. De l'avant, je ne connais que des détails. Des aïeux venus d'un coin perdu de l'Espagne, d'autres pieds-noirs, et des langues, des mémoires oubliées, dissoutes dans le gris comme dans du soufre, qui jamais ne sont parvenues jusqu'à moi.

En rêve, je poursuis l'errance au-delà des eaux froides de l'Atlantique. Je m'aventure en mer Rouge ; longeant Aden, je gagne le golfe Persique et vogue jusqu'en mer d'Arabie. Je contemple les confins du Gujarat et du Rajasthan, du côté pakistanais de la frontière avec le voisin ennemi, l'Inde. Au bord de l'eau, face à Mascate, Karachi. Là, je ne suis pas allée. Je devine seulement l'horizon de la ville au crépuscule ; les silhouettes de buildings modernes, de mosquées, un cratère d'eau turquoise, et, au beau milieu de l'empilement de toits, le mausolée de Jinnah, massif tombeau de marbre blanc, dôme somptueux où repose le père de la nation pakistanaise, Mohammad Ali Jinnah. Karachi est l'ancienne capitale du Pakistan ; cité prospère, « épicerie » de l'Inde, port accueillant des constructions navales à partir du milieu du XXe siècle, centre de la vie économique du pays, elle grouille d'habitants, d'activités, de marchandises.

★

Latitude : 24° 54′ 20″ N.
Longitude : 67° 04′ 55″ E.
Altitude : 38 mètres.

Teinte : ocre.
Heure : milieu de matinée.
Ciel : dégagé.

Pour moi, *Karachi* désigne une minute de silence dans une cour d'école. Des centaines d'enfants, visages offerts au ciel, uniformément tournés dans la même direction, yeux envahis de soleil entre les murs épais. Le 8 mai 2002, une vieille voiture bourrée d'explosifs s'élança contre un bus transportant des travailleurs de la DCN, au cœur de Karachi. Quatorze personnes trouvèrent la mort. Des ouvriers de l'Arsenal, chargés de construire les sous-marins Agosta 90B en vertu d'un contrat signé en 1994 avec le Pakistan. Certains ouvriers étaient partis vers l'Asie centrale de mauvais gré ; on disait difficilement non à une mission, aussi lointaine fût-elle ; le travail était rare et l'argent gagné à l'étranger permettait de se mettre à l'abri un moment. Le spectre de la délocalisation sévissait déjà, et il s'agissait pour les travailleurs du coin de continuer à prouver qu'ils étaient compétents, disponibles ; qu'ils ne se laisseraient pas évincer des chantiers. Certains élèves sanglotaient, ils répétaient *il ne voulait pas y aller, il ne voulait pas y aller.*

Là encore, quelques mots, mis bout à bout, suffisent à dire tout le cynisme de la situation. Ouvriers de l'Arsenal. Chair à canon. Littéralement. Sculpteurs d'armes devenus poudre. À les façonner, ils s'y perdirent. Les hommes étaient inféodés aux machines. Pris au piège de leurs mécanismes, ils se laissèrent envelopper par le béton, les échafaudages, les outils titanesques dont ils usaient pour bâtir. Loin de la petite cour d'école, je me souviens des abysses terrifiants où l'on réparait les coques de bateaux…

Il semblait que toute la ville s'agençait autour des navires. Les hommes n'existaient que pour les fabriquer.

La vie m'apparaît à la lumière de ces maladies liées à la peine du travail. Ces virus hérités des machines, ces agonies que l'on doit aux chantiers, aux matériaux douteux, aux énergies asphyxiantes, aux gaz, à la fumée, aux tâches répétitives ; ces morts cueillies à la force du poignet.

Descendre au fond du puits, en extraire la poudre vitale ; ne s'y enfoncer que par et pour la récolte du charbon ou du fer ; risquer sa vie au moindre coup de grisou, au moindre éboulement, incendie, inondation, berline défectueuse, ou étouffé par cette chaleur qui se fait plus ardente à mesure qu'on approche le cœur de la Terre… Une journée dans la mine, c'est un jeu de hasard prudent. Toute une vie, c'est un long suicide. Le minerai, lui, survit à tout. Il demeure. Et l'homme s'immole à le traquer, parce qu'il n'a pas d'autre raison de mourir. Le jour où l'industrie évolue, où les mines sombrent dans l'obsolescence, alors on trouve d'autres usines dévoreuses d'hommes, et la roulette russe qui leur sert d'horloge reprend son cours.

Ainsi l'amiante, qui fit le bonheur des industriels pour sa résistance à la tension et au feu. On l'utilisa partout ; mêlé à du béton, à du plâtre, à de la colle et de la peinture, dans les constructions publiques ou domestiques. Puis on découvrit que l'amiante était toxique. Ses fibres s'attaquent aux poumons, au larynx, au tube digestif. Il désagrège ce qui permet au corps d'être alimenté. L'air, la nourriture. L'amiante attaque ce qui fait vivre les hommes, ces idiots béats qui le manipulent pour gagner de quoi entretenir leurs familles. Ainsi mon grand-père, mes oncles, puis mon père, asphyxiés en petites coupures jusqu'au dernier souffle. La matière leur planta un couteau dans le dos, en s'assurant que la lame soit assez longue pour leur déchirer la plèvre. Il ne s'agissait pas seulement de l'amiante ; c'était la *terre* qui se vengeait, sous une forme nouvelle : il n'y avait nulle autre issue pour survivre que celle de se consumer dans la poussière. On ne s'attarda pas tout de suite sur l'origine du mal. Il aurait fallu bousculer trop de choses. Détruire trop d'édifices. En ériger de nouveaux. On le laissa décimer encore, jusqu'à ce qu'il ne fût plus possible d'en ignorer les victimes. Au royaume des chercheurs d'or, il n'y a que des suicidés qui attendent leur tour.

On mourait au pays natal comme, dans les Appalaches, les mineurs crevaient de la maladie du poumon noir : en conscrits résignés à mener l'assaut. Tournant un film dans le Midwest américain, je parlementai un jour avec un officiel à la tête de la *Kentucky Coal Association*, institution éminemment politique chargée d'entretenir la bonne marche de la production de charbon dans cet État modeste du cœur de l'Amérique. Le type, ancien soldat des *Marines*, devenu membre du parti républicain après son retour d'Afghanistan, évoquait le sort des ouvriers comme un devoir de soldat au service d'une nation. Des hommes pris au piège des tréfonds de la mine comme le fantassin doit affronter l'ennemi ; les corps maniant la pioche comme la bleusaille craint ses propres fusils. Il poussait l'analogie jusqu'à la métaphore fatale. « Les morts du charbon sont des victimes de guerre », disait-il, avant de saluer l'immense honneur de ces gars avalés par la Terre, dont la tâche contribuait autant à la grandeur du drapeau que celle des snipers en faction, quelque part au fond du pays pachtoun. Ainsi, des Appalaches aux côtes françaises jusqu'aux confins de l'Asie centrale, le poids d'une vie se chiffrait en rendements, et s'affadissait vite sous celui du charbon et des armes.

À l'époque, je ne savais pas tout cela. Je croyais encore idiotement à ce mot écrit sur le fronton de l'école : *égalité*. Dans la cour, les gosses se tenaient abasourdis. Il n'y avait pas de haine ; rien que des gamins sidérés. On attendait, comprenant déjà que tout cela relevait d'un agencement de pouvoirs complexes où nous n'avions pas notre rôle. Sur les visages, aucune tristesse. Aucune effusion. Simplement la conscience d'appartenir au clan de ceux dont la mort n'importait pas beaucoup ; que l'on disparaisse à coups d'amiante ou de bombes, nous mourrions invisibles, alors à quoi bon ? Nous avions besoin du monde plus qu'il n'avait besoin de nous, bien que nous construisions ses sous-marins, ses bateaux, ses armes, afin d'honorer des contrats dont le produit servirait à tuer quelque part sur la planète.

Pour la première fois, les méandres de la géopolitique s'infiltraient dans ceux de notre petite vie au bout du monde. La seule autre occurrence où nous nous étions tenus ainsi, en rang dans la cour du collège, dans le soleil encore, finissant celui-là, c'était quelques heures après la chute des tours jumelles du World Trade Center, en septembre 2001. On nous avait dit, *des terroristes ont tué des Américains ; Al-Qaeda, ce petit réseau de fous perdus quelque part dans les montagnes afghanes, a fait sombrer des milliers d'hommes au cœur de New York*. Devenue adulte, j'arpenterai l'esplanade de Ground Zero avec ce scepticisme qui me caractérise. Je scruterai la nouvelle tour, la *Freedom Tower*, construite sur les ruines de Wall Street, puis les bassins, l'arche du centre commercial, et les passants affairés… Je contemplerai longtemps cet entrechoquement de deuil, de propagande, de consommation. Cette cacophonie de beauté sur bitume, ces lignes hypnotiques, puis ce ciel, bleu, parfaitement bleu, et ce néant gris, limpide ; et alors je songerai que ce chaos était risible. Il y avait là un temple pour toutes les âmes en perdition.

*

De l'attentat, au fond, je ne connus que l'événement ; la carcasse du bus après l'évacuation des corps, ce gros cafard calciné, d'où les yeux des hommes, sacrifiés, nous regardaient encore. La pensée vertigineuse qu'ils furent assassinés là où ils cherchaient la survie. Ce que nous prenions alors pour un destin funeste n'était qu'un rouage dans la grande machine de notre existence. Ville militaire. Ville construite comme un bastion. Économie conditionnée par les contrats d'armement. Hommes envoyés sur les chantiers comme on expédie ses troupes au front. Cette mort inexplicable, assourdissante, n'était en fait qu'une fin banale pour des ouvriers qui avaient passé toute leur vie dans le ventre d'une bestiole guerrière. À l'époque, le président de la République, Jacques Chirac, s'était ému de la cruauté d'Al-Qaeda, désignée d'emblée comme coupable.

En 2009, de nouvelles révélations firent surgir une tout autre thèse : l'explosion serait advenue en représailles de l'arrêt du versement de commissions à des intermédiaires pakistanais par la France, suite à la découverte de rétro-commissions frauduleuses. L'administration Chirac aurait soupçonné Édouard Balladur d'utiliser une partie de l'argent des commissions, reversée par des intermédiaires pakistanais, afin de financer sa campagne présidentielle. Un scandale politico-financier en bonne et due forme, dont les protagonistes eurent beau jeu de pleurer les victimes tout en ignorant leurs proches. Au moment où l'affaire commençait à se faire jour, j'entrais à l'Institut d'études politiques de Paris. Et alors je passai de l'autre côté, et je me sentis comme l'assassin des ouvriers de Karachi. Je me dis que les mensonges des figures étatiques étaient les miens, que leur mépris s'était emparé de ma chair, que jamais plus je ne pourrais regarder en face ceux qui partagèrent avec moi cette cour d'école. J'étais désormais du côté des puissants, et cela m'était insupportable.

Quelque huit ans plus tard, à Damas, je devais déjeuner avec un type des services de renseignement français, en poste à Karachi au moment de l'attentat. Quand il évoqua sa période pakistanaise, j'écarquillai les yeux et lui demandai s'il était en mission au moment de l'explosion du bus. Il eut un rictus terrible et souffla : « Je suis parti juste avant. Juste avant. La veille. Je les connaissais, ces gars, mais *moi*, je suis parti juste avant. » Je déglutis lentement, happée par le télescopage d'informations, le bruit du restaurant, le grondement du quartier, et je ne voyais que son rictus, la commissure de ses lèvres contrites en cette infime expression victorieuse, cette grimace du type qui murmure *j'en sais plus que je n'en dis, et c'est ainsi que je vous le montre* ; et, tandis que je peinais à mastiquer mon plat, il se resservit une lampée de riz, et de vin, et d'eau, et il plongea sa cuillère dans la viande en sauce, et moi je me disais, la cour d'école est loin, mais au fond elle est juste là, en moi, et il est étrange d'être habitée du silence des gosses face au rire de ce vieux, oui, c'est glauque, c'est malsain, le goût du sang force le chemin de ma gorge, et je ne peux plus rien avaler. Je prétextai un dossier urgent et l'abandonnai à son festin. Je n'avais plus le cœur à discuter. Je n'avais plus le cœur.

Il m'en reparla encore, un jour, tandis que nous guettions une manifestation aux premières heures de la révolution syrienne. Dans une petite ruelle perpendiculaire au souk Al-Hamidieh, au centre de Damas, nous avions évoqué l'épisode Karachi. Oui, nous avions employé ce terme, *épisode*, comme si l'explosion n'était qu'une péripétie malheureuse dans un film au mauvais scénario. Il souffla dans son manteau, *oui, les gars qui sont morts, je les connaissais, et tout cela ne m'a pas étonné… Tu sais, au bout d'un moment, on ne peut plus s'étonner, c'est comme ça.* Je trouvai dans son fatalisme ce vertige ressenti dans la cour d'école en mai 2002 ; quelle folie de retrouver à Damas la fureur de Karachi !

Avant dix-sept ans cependant, ma vie se limitait à quelques points névralgiques typiques des villes de province. Le marché, la place centrale, les quais, puis ces lieux autour desquels s'organise fatalement le quotidien : la boulangerie, l'épicerie ou le supermarché, la banque, où l'on retire régulièrement de l'argent en liquide, le café et enfin les commerces de proximité, où l'on passe un peu de temps le week-end, pour flâner, se distraire, parader, discuter… La périphérie, curieusement, est l'endroit où chacun tente désespérément d'être une figure *centrale*. Être un repère pour d'autres ; s'assurer une place confortable dans la chaîne alimentaire des troubles rapports de domination. Devenir cadre, *être à la tête* d'une équipe, *gérer* d'autres personnes, pour oublier que l'on est, soi-même, pas grand-chose. Le modèle des villes secondaires est le même que celui des grandes villes, seulement le muscle, autour du squelette, est lacunaire ; il n'y a sur les os qu'une peau chétive, pendante : une zone industrielle pénible, des quartiers résidentiels, dont l'esthétique s'appauvrit à mesure que l'on s'éloigne du centre… Les petites cités de province ressemblent trop souvent à des animaux en décomposition. C'est que les forces vives les ont quittées ; tout autour de leurs charognes s'affolent des nuées d'âmes perdues, au-dessous d'un ciel empli de vautours.

★

Quelle ironie,
Mourir en position fœtale.
Nekfeu.

Quand je songe aux quais où la nuit, éclairée sporadiquement de cobalt et de mauve, semble plus noire que partout ailleurs, je songe au frère. Il est plus vieux que moi, et pourtant il y a dans ses yeux une candeur, creusée par les psychotropes et l'ivresse de s'étourdir. Il n'a pas su trouver sa place. Moi non plus – il ne nous était pas destiné d'en avoir une –, mais, si j'ai conscience de ma perdition, lui y a sombré sans une once de lucidité. Du plus loin que je me souvienne, je ne l'ai pas beaucoup vu sobre. Il y eut des chamailleries, des après-midi de soleil, des assemblées familiales étouffantes, des jeux ; puis il y eut la chute, une soûlerie en un bloc, qui commença au début de l'adolescence, et qui n'est pas terminée. Le frère, je l'ai vu, à treize, à quatorze ans, tenir salon avec des objets ; s'entretenir du sens de la vie avec des pots de confiture, des fenêtres, s'adressant à son reflet comme à un philosophe. Plus tard, fumant, humant, sans trêve, se piquant les artères jusqu'à l'hématome ; rampant, fuyant, creusant ses descentes comme des tombes. Il redoublait de folie, d'assurance ; il se sentait vivant, sans savoir que c'était la force tirée de ces poisons qui l'achèverait peu à peu.

Son tempérament se fit addictif, dès l'enfance ; il aimait à voler les gens que nous visitions. Chaque fois que nous quittions la maison d'un cousin, d'un ami, notre mère convenait d'un moyen de rendre à nos hôtes ce qui leur avait été dérobé ; avec les années, elle avait mis au point un système : après que nous étions rentrés, mon frère allait dans sa chambre, où une petite boîte l'attendait, dans laquelle il pouvait déposer son butin. Elle allait, plus tard, rendre aux propriétaires leur trésor, ou le leur expédiait par la poste le lendemain matin. Nulle réprimande, nul scandale : plus que les mensonges du frère, la génitrice craignait la violence que le géniteur faisait déferler sur ses jeunes épaules. Depuis toujours il s'acharnait sur lui à coups de ceinture, de chaussons... Elle gardait ce petit stratagème à l'abri de son époux, dont elle soupçonnait que la violence avait dérangé son fils. Parallèlement à cette cleptomanie précoce, il développa un goût pour la nourriture : plus exactement, il sombra dans une boulimie, qui métamorphosait ses nuits en festins. Plus il se goinfrait, plus notre père l'accablait d'humiliations en tout genre : *espèce de gros porc, tu me dégoûtes, tu finiras à la boucherie, on va t'assaisonner comme un cochon pour faire de toi du pâté en croûte, va te faire vomir, c'est tout ce que tu vaux...* De son côté, maman ne disait rien ; elle se contentait de cacher ce qu'elle pouvait, de sourire à l'un et à l'autre après leurs disputes, de diluer ses propres angoisses dans des antidépresseurs ; bref, elle ramassait les miettes, sans se rendre compte que, par son silence, elle participait à la mise en pièces.

Lorsque aucune école ne voulut plus de lui, parce qu'il était indiscipliné, rétif au moindre effort et avide de rejeter sur les autres la misère que le père lui administrait chaque soir, il fut envoyé en pension. Ah, quelle belle idée ! C'est là, empêché de s'empiffrer autant qu'il le désirait, que le frère dut s'en remettre à de plus âpres substances. On y passait de l'alcool et du cannabis en contrebande ; il apprit vite les rudiments du commerce qui, par la suite, lui permirent d'établir sa petite réputation au sein de l'école. Il achetait, revendait, faisait du profit, et, bien vite, il s'entendit avec ses fournisseurs pour goûter à des molécules plus intenses. Amphétamines, speeds, ecstasy, puis coke... Sa boulimie cessa. Il perdit cinq, dix, vingt kilos ; il était méconnaissable et tout le monde l'en félicitait. À cette époque, il voguait au-dessus de la vie. Il glissait au-delà des lieux, au-delà des mots, il était ailleurs et, de là où nous l'observions, il semblait heureux. Transfiguré. Personne ne savait – ou feignait de ne pas savoir – que sa forme olympienne se mesurait en grammes, en cachets, en seringues.

Plus tard, il tomba dans l'héroïne, et c'est à ce moment-là qu'on cessa tout à fait de le reconnaître. Non que j'aie jamais eu une image tangible de mon aîné ; pour moi, il fut toujours versatile, mais la diamorphine provoqua chez lui une rupture de l'âme. À partir de cet instant, on commença à dire *il a vrillé*. On s'habitua à l'idée qu'il y avait eu chez lui un *avant*, et qu'il y aurait un *après*, dont aucun de nous ne sortirait indemne. C'est avec l'héroïne que les blessures du frère devinrent nos cicatrices. Celles de la famille, en réalité, car il y avait derrière ce bloc, apparemment infaillible, des détresses dont personne ne voulait se faire le chantre. La mort d'un cousin, par exemple, né à quelques semaines d'intervalle du frère, et qui mourut dans son sommeil à quinze ans. Ils passaient leur temps ensemble, ces deux-là ; l'absence du premier aura creusé le désœuvrement du second. Crise d'asthme fulgurante, funérailles accélérées, autopsie négligée.

Ce n'est que plus tard, vers vingt-cinq ans, que je compris, narrant pour la première fois ce décès à une amie de passage, que cette histoire ne tenait pas debout. Il semblait absurde que l'adolescent, qui souffrait d'asthme depuis la naissance, ait pu se laisser foudroyer par une crise. Pas ce jeune prodige qui jouait du trombone en virtuose, et dont les après-midi de loisir se résumaient à admirer les cuivres depuis le poulailler du théâtre municipal. Non, il n'avait pas pu laisser son propre souffle l'éteindre. C'était ridicule. En cet instant, quelque vingt ans après sa disparition, la nouvelle me saisit : ce ne pouvait être un accident. En posant des mots sur les choses, elles prennent consistance, elles nous frappent ; on mesure l'absurdité d'une absence ou l'invraisemblance d'une histoire. Si je ne m'étais jamais résolue à évoquer sa mort, je n'aurais jamais compris que ce récit de famille ne correspondait pas à la réalité. La parole, libérée, infirmait le déroulement des faits tel qu'il m'avait été exposé. Je saisis alors que les circonstances du décès importaient moins que le séisme qu'il avait engendré. Le silence des uns et des autres, le délitement progressif de nos rêves, l'altération de la santé du grand-père, disparu l'année suivante, et la folie du frère, si habilement contenue dans cet attrait pour les psychotropes… Qu'ils se soient menti les uns aux autres ne comptait plus. C'était le fruit de leur silence qu'il s'agissait de cueillir. Avec l'ivresse vint l'inconséquence. Le frère s'y engouffra comme il avait laissé la nuit recouvrir ses jours : avec délice. Je perdis, peu à peu, le fil de ses divagations. La déchéance ne fut ni linéaire, ni précise ; elle s'opéra en des milliers de petites révolutions : des chutes, des ascensions, des victoires, des décadences en cascade, de longs passages à vide qui le condamnèrent à perpétuité au purgatoire.

Je l'ai vu, à trente ans à peine, alors que j'étais de passage, qui traînait son soûl dans les ruelles du centre, bavant toute sa rage, le pas claudiquant, parce qu'il s'était encore battu avec d'autres ivrognes, la gueule rougeâtre, la peau abîmée par les résurrections et les rechutes, le teint blafard des types qui tètent l'héroïne au sein de la vie. Je l'ai suivi, de bar en bar, à sage distance – m'aurait-il seulement reconnue… –, je l'ai observé qui commandait jusqu'à plus soif, parfois sans payer, parce qu'à lui seul il avait déjà fait la fortune du patron de l'établissement, et je l'ai traqué, me cachant derrière des voitures, des vitrines, tandis qu'il allait à la rencontre d'autres amis, dans tous les bouges du port, où il finissait par créer l'esclandre, provoquant des bagarres, des effusions de sang, titubant encore, jusqu'à d'autres verres, d'autres rixes, pour finir dans un club sale, à se faire tripoter les couilles par de vieilles édentées tout aussi rétamées que lui, puis dormir dans l'antre de l'une d'elles, sur un perron, dans des impasses, couvert d'urine ou de dégueulis, et enfin se réveiller, le lendemain, avide encore, déçu de n'être plus aussi ivre, en colère contre ces descentes qui l'empêchaient d'être bourré à jamais. Oui, j'ai vu tout cela, et je n'ai pas cillé : il y avait de la grandeur dans son entêtement à déchoir, et je lui reconnaissais cet ultime sursaut vital. Il chutait avec excès. Il ne s'éteignait pas dans le silence mais dans les cris, la gerbe, la douleur. Il tenait à ce qu'on le contemple.

J'ai écouté les suppliques de ma mère, qui s'accrochait à chaque cure, chaque sourire, comme à une promesse de sobriété éternelle. Je l'ai laissée me dire combien il allait mieux, alors que je l'avais vu se traîner jusqu'aux toilettes publiques. Il y créchait souvent, les nuits où l'alcool frappait plus fort. Il gisait sur le sol, entre les pissotières, abasourdi. Il n'avait pas un mot pour la vieille qui officiait dans la petite cabine à l'entrée. Elle le voyait tituber jusqu'aux latrines des hommes, puis, au matin, clopiner au-dehors, et elle ne disait rien. Elle n'en faisait pas publicité autour d'elle, parce qu'elle partageait avec lui la honte des heures nocturnes.

Des nuits mauves naissaient des jours gris, sur le marché de la place centrale. Quand le frère se traînait au-dehors, la petite société bourgeoise de la ville ne le voyait pas. On cheminait tout autour pour faire des courses ; plus qu'acheter, l'important était d'être vu. Il n'y avait que deux ou trois rues. On s'y rencontrait forcément. Frères, sœurs, cousins, amis, vieilles connaissances, notables, voisins ; on se donnait des airs, on souriait, on allait boire des cafés. À l'opposé des étals de poissons, de fruits, de viande, de bibelots en tout genre, il y avait des militants qui distribuaient des prospectus. Il s'agissait rarement de syndicalistes ou de dissidents radicaux ; le plus souvent, ils étaient du parti socialiste, qui tenait la mairie depuis plus d'une décade, ou du parti de droite, « républicain » ; ils étaient bien peignés, bien apprêtés, ils souriaient et se rappelaient au bon souvenir des passants. Ils ne causaient ni des ivrognes, ni des substances hallucinogènes qu'on s'injectait pour supporter l'air de la ville ; ils ne mettaient aucun mot sur notre inertie. Ils faisaient de grandes phrases très vagues sur le chômage, la précarité, le retour au plein-emploi, et puis la nécessité d'ouvrir de « meilleurs » espaces, « pour les jeunes », comme ils disaient, pour « redynamiser » la région, pour rendre le centre-ville « plus attractif »... Ils dissimulaient la misère derrière ces expressions qui ne voulaient rien dire, parce qu'eux-mêmes tentaient de s'en extirper comme ils le pouvaient – et on n'aurait su les en blâmer. Au fond, c'était cela, le populisme : donner au peuple ce qu'il voulait voir de lui-même. Lui cacher ses mensonges. Sur les ivresses du frère, les brochures idéologiques prospéraient.

Cette galaxie fonctionnait très bien. Derrière les bateaux, les yeux glauques des voyeurs ; autour des lieux de dépravation, la bonne vieille morale populaire qui dissimulait tout. Contre les frasques du frère, le silence de ceux qui le connaissaient, et qui avaient trop honte d'acter de son sort par les mots. Il faut dire que nous étions rompus à l'exercice. Avant le frère, il y avait eu le grand-père, et les oncles ; le premier rentrait de l'usine et s'enfermait dans le garage pour siroter ce qui lui passait sous la main – Suze, vin, whisky, bières à s'en crever le foie. Il bastonnait la grand-mère, qui dès les premières bitures prit l'habitude de masquer ses bleus sous divers artifices. Je me souviens de son chien, à qui il administrait parfois de petites doses d'éthanol, et qui vomissait ses tripes dans les recoins de la maison ; je me souviens aussi du grand-père agonisant, le pied droit gangrené, l'intégralité du corps nécrosé par l'alcool, ordonnant mille choses à sa femme, qui se perdait dans les prières et les messes pour ne plus voir son mari. Après sa mort, ce furent ses fils qui reprirent le flambeau. L'un après l'autre, ils sombrèrent ; ils se mirent à boire ensemble, ils perdirent leur travail à force d'absences et de cuites, puis leurs appartements, dont ils ne pouvaient plus payer les loyers, et alors ils revinrent dans la maison de l'enfance. La mère, qui enfin respirait – l'air ne fut jamais aussi pur qu'après la mort du soûlard –, les accueillit à bras ouverts, dans son éternel esprit de miséricorde qu'il conviendrait sans doute d'appeler « bêtise ». Ils entreprirent de la battre à leur tour. Deux gaillards, cent ans au total, des heures et des heures d'ennui déversées sur les épaules de la vieille, qui ne demanderait bientôt plus qu'à mourir. Avant l'enfer du trépas, il y avait celui de la vie, et le sien n'était pas terminé : tous les jours, elle cuisinait pour eux, elle les lavait, elle s'entretenait de leurs projets qui n'adviendraient jamais, elle les laissait errer dans la ville en quête d'alcool, et elle se faisait tabasser à leur retour. Chaque matin, elle se levait, fourbue par les coups, et elle reprenait sa routine de galérienne, et elle ne se plaignait jamais. Ainsi, l'alcoolisme du frère était une simple continuation de la tradition familiale. La drogue, l'approfondissement.

Il eut la présence d'esprit d'aller chercher l'amour au fond du trou : il le rencontra en cure de désintoxication. Plus exactement : lorsqu'on les mit dehors, comme des amants sulfureux, tourtereaux excommuniés, parce qu'ils avaient infiltré des bouteilles d'alcool dans le centre. Elle avait quinze ans de plus que lui ; ses artères ne drainaient plus que tise et médicaments, son ventre était celui des porteurs de cirrhose ; elle couvait l'éthanol comme d'autres attendent un gosse ; elle voguait de sevrage en rechute, dansant au rythme des cris et des coups du frère. Il la bastonnait non par esprit guerrier, ni haine contre elle ; simplement parce qu'il lui semblait, quand l'alcool venait à manquer, que c'était *la seule chose à faire*. Stade ultime du désœuvrement, de l'insecte faiblard qui n'a d'autre choix que de bouffer plus petit que lui. Être purulent qui s'accroche à une misogynie de circonstance. Il lui infligeait des raclées ; elle appelait ma mère, de temps à autre, quand il l'enfermait dehors, nue, ou qu'elle ne savait si elle tiendrait la nuit, parce qu'il lui promettait de la tuer, parce qu'il enfonçait toutes les portes qu'elle tentait de clore, parce qu'il était ivre de boire encore et qu'elle-même ne savait plus qui elle était ; parce qu'elle voulait mourir mais pas sous le joug de sa main… Elle était comme nous tous, soumis à la paume de Napoléon qui avait exigé de voir des hommes répondre à ses ordres ; elle courbait l'échine et elle ravalait ses douleurs, elle le laissait frapper, puis elle lâchait un peu d'argent ; elle faisait les fonds de portefeuilles, de poches, elle fouillait tous les tiroirs jusqu'à trouver de quoi acheter une bouteille ou deux. Elle prenait une douche, très chaude, et elle se passait du coton imbibé d'eau de rose sur les tempes, les paupières, les joues, puis elle se disait que ce n'était pas juste, tant d'alcool jeté à la figure, puis elle attendait, assise sur le rebord de la baignoire, qu'il se calme et, quand elle n'entendait plus rien, elle se risquait au-dehors et allait dormir sur le canapé. Le lendemain matin, il viendrait se lover contre elle. Il ne comprendrait pas pourquoi elle n'était pas à côté de lui, dans la chaleur des draps ; il lui dirait *je t'aime, viens te recoucher*, et alors elle se laisserait endormir, jusqu'au crépuscule. Je demeure persuadée qu'il n'y a rien de plus totalitaire qu'un *je t'aime*.

Quand elle le fichait dehors – parfois, la mort était si proche qu'elle n'avait plus le choix –, il dormait dans des squats, il se réfugiait partout où il voyait de la lumière ; il volait la voiture des parents, il roulait jusqu'à n'avoir plus d'essence... Il provoquait des accidents, dont il se sortait toujours *in extremis*, sans blessure ni cadavre sur la conscience ; il précipitait tout le monde au bord de l'abîme, sans jamais y plonger, et chaque fois on se disait qu'il suffirait d'une seconde de plus, d'un millimètre supplémentaire, pour que le désastre advienne. Et alors nous ne pourrions pas faire semblant. Nous savions. Nous ne faisions rien pour l'en empêcher. Sinon l'envoyer en cure, plus pour nous soulager que pour le soigner. On continuerait à ignorer, à entretenir des conversations banales, sans un mot plus haut que l'autre, à se promener sur le marché, à accepter les prospectus qu'on ne lirait pas, à se perdre en de grandes phrases sur la décadence française et ces hommes politiques, tous identiques, qui ne comprenaient rien, et on attendrait le prochain scandale, pour mieux l'étouffer de nos résolutions silencieuses : *demain, tout irait mieux, demain, rien ne pourrait aller plus mal.* Le frère, lui, continuerait de sombrer, et nous n'attendrions plus de ses jours que le dernier souffle ; qu'enfin, le naufrage s'arrête. Qu'enfin, on puisse respirer.

Il m'appellerait encore, des années plus tard. J'étais partie dix ans auparavant et ne me souciais plus de son état, mais il vivait dans un flou permanent. Il était dans un trou. Il ne voyait le monde que depuis ses œillères de camé, il ne comprenait plus rien, ses mots même étaient indéchiffrables. Il subsistait hors du temps. Son existence n'était plus qu'une mosaïque où l'alcool et les drogues le transportaient de visage en visage, de club en soûlerie, sans qu'il eût la moindre conscience des mots que le monde apposait sur sa vie. *Toxico, déglingué, addict, héroïnomane, alcoolique...* Rien de tout cela n'avait de sens à ses oreilles : il était englué dans sa débauche, et il s'y prélassait, parce qu'elle lui avait tissé un lit confortable autour du corps et, que même s'il voulait en sortir, il était trop tard. Il ne pouvait plus rien contre sa dépendance et, d'une certaine manière, c'était elle qui le maintenait en vie. Elle englobait toute son existence. J'attendais qu'il meure ; il fallait qu'il claque vite, et proprement. Qu'il n'entraîne personne avec lui. Si j'étais encore *là-bas*, je l'achèverais.

★

La guerre ruisselait des artères de la ville vers les corps. Elle s'était emparée de nous. Nous étions la guerre. Nous ne savions plus qui, d'elle ou de nous, avait créé l'autre. Nous procédions d'elle, comme elle procédait de nous, et cet engendrement parallèle transparaissait jusque dans les secrets de nos vies. Chaque voix se faisait le chantre d'une nouvelle domination ; chaque silence celui du sacrifice : nous avions abdiqué sans nous en rendre compte. Le combat nous précédait. On y pénétrait comme des conscrits pendant la Grande Guerre, précipités dans les tranchées, aveuglés de gaz et de tremblements, la baïonnette dans une main et la peur dans l'autre. L'horizon de nos naissances était apposé à nos noms, comme les traités encadrent le début et la fin des nations.

Hommes soumis aux aléas d'une économie nébuleuse, femmes inféodées elles aussi, tirant moins de profit cependant ; les uns et les autres encouragés ou empêchés par leurs biais de classe, la couleur de leur peau, etc. Je le sentirais plus tard, avec plus de clarté, déambulant la nuit dans un Paris désert. Seule, offerte aux insultes de types traînant sur le trottoir, je les injuriai à mon tour, réalisant entre chaque salve que ma tentative de résistance n'était qu'un rouage de plus dans la grande machine à frustrations qu'était devenue la France. Tous étaient issus de ce que le pays appelait « troisième génération », et, à ce titre, étaient traités comme des citoyens de seconde zone, voyant leur réussite empêchée par de multiples obstacles – autocensure, difficulté d'accès aux études et à l'emploi, racisme, etc. J'étais un individu dit de sexe « féminin », et, à ce titre, serais considérée toute ma vie comme un être inférieur, un utérus sur lequel on avait apposé une référence – mon prénom – incapable de force, de réflexion, « victimisée » au nom de cette indigence supposément essentielle, qui aggravait le poids de chaque obstacle. Une citoyenne de troisième, voire quatrième zone.

Gueulant sur ces trois types, rue du Faubourg-Saint-Denis, je songeais que les hommes blancs, issus des classes supérieures, bénéficiaient eux d'une violence institutionnalisée. Ceux qui ne correspondaient pas à cette description ne disposaient, pour assouvir leur soif de conquête, que d'une violence verbale, physique, sauvage. Aussi les êtres appelés « femmes », déjà empêtrés dans de multiples quêtes d'émancipation, se trouvaient en butte avec d'autres minorités, toujours désignées comme coupables, quand elles n'étaient que la légion visible d'une armée invisible. La violence de genre m'apparaissait comme une forme particulière de colonisation, qui transcendait toutes les autres. Au fond, ce long enchaînement de servitudes m'avait été annoncé par le baptême.

★

En 1787, Donatien Aldonse François de Sade entamait depuis les geôles de la Bastille la rédaction des *Infortunes de la Vertu*, manuscrit qui deviendrait *Justine ou les Malheurs de la Vertu*, puis *La Nouvelle Justine*. Emprisonné à de multiples reprises, le Marquis passa le plus clair de sa vie en cavale, souvent riche, puis fatalement désargenté, indigent, vérolé, affamé, abstinent... Libertin, du moins dans sa réputation et ses textes. À la grande époque, il frayait avec les petites frappes de bordel, les ferventes égarées, à qui il aimait, selon les correspondances qui relataient ses frasques, imposer le blasphème tout en leur enfonçant des cierges dans le cul. Il charmait des veuves, des déshéritées, des gouvernantes, et s'abandonnait à des amantes qui, bientôt, lui souhaiteraient la pire mort du monde. La belle vie, interrompue en rêve lors d'un simulacre d'exécution sur la place des Prêcheurs, à Aix, où il avait été condamné pour empoisonnement et sodomie – dans cet ordre, évidemment. Ironiquement, je séjournerais plus tard non loin de là, dans le couvent des Augustins reconverti en hôtel – des apôtres aux devises, une suite logique –, et arpenterais les rues du vieux centre, empruntées trois siècles plus tôt par mon aïeul mécréant. Après les affres de Vincennes, il fut enfermé à la Bastille dans la tour Liberté. Quel génie de l'Ancien Régime, baptiser ses geôles de *liberté* ! En filigrane, cette idée séculaire que le bien ne peut venir que de la purge, que seule la punition sied aux indésirables, sans comprendre que c'est précisément par le châtiment qu'ils le deviennent. Place naturelle pour Donatien Aldonse, désinvolte jusque dans l'incarcération, qui échappa de dix jours à la prise de la forteresse, à la faveur d'un hospice pour malades mentaux. Il périt comme tout le monde, seul et aigri, avec le sentiment que la fin advenait trop tôt. S'ensuivit le déploiement d'une mémoire toute christique, qui propulsa Donatien Aldonse dans les alcôves humides des dictionnaires d'écolier. *Sadique* (adjectif et nom masc.) : qui prend plaisir à faire souffrir, qui manifeste une méchanceté, une cruauté systématiques. On notera la perte quasi totale de l'usage d'un globe oculaire, au début des années 1780, savant clin d'œil – anachronique – à Bataille, qui œuvra pour sa postérité. Et une crainte, chez le prophète de la débauche, de ne plus voir la lumière qu'il chérissait tant pour le plaisir de la souiller.

En 1989, deux cents ans après la Révolution qui faillit coûter sa tête au Marquis, mon père, conformément aux vœux qu'il avait formulés à seize ans, décida de me baptiser *Justine*. L'héroïne de Sade lui plaisait : Justine, la *vertueuse*, répétait-il, infiniment supérieure à sa sœur, Juliette, la *vicieuse*. Chaste Justine. La jeune fille si pure que le désir des hommes lui était étranger ; *désirable* Justine, qui électrisait la noblesse, le clergé, regard baissé sur toutes les bites qu'elle faisait bander à son passage. Enfant, j'étais fière de pouvoir dire que je m'appelais Justine *à cause du marquis de Sade*. Ma vie avait un sens. Une mythologie. J'avais hérité du nom d'une sainte imaginée par un hérétique. À chaque rentrée, j'annonçais orgueilleusement à de nouveaux camarades que mon père avait choisi le nom de sa fille en lisant *Justine*, dont je décrivais les traits avec délectation : une personnalité discrète, droite, généreuse, miséricordieuse. Vertueuse. *Vertu* (nom fém.) : du latin *virtus*, « force morale, courage », lui-même dérivé de *vir*, « homme ». Disposition spirituelle à agir avec persévérance en accord avec la loi divine.

Ainsi, Justine avait été conçue comme un archétype féminin, mais la vertu, son essence même, prenait son origine dans la virilité. Fallait-il voir ici l'audace de Sade, qui pourtant semblait prendre tant de plaisir à fustiger la faiblesse de son personnage ? À l'époque, je ne m'encombrais d'aucun doute : Justine était une idole formidable, et je m'effaçais en elle, persuadée que l'héroïne du Marquis avait plus de valeur que je n'en aurais jamais. Je préférais les frasques de Sade aux mièvreries d'Aragon – *La femme est l'avenir de l'homme*, formule imbécile d'un poète pourtant génial, souvent prononcée avec émotion par une professeure de français, incapable de comprendre que cette coquetterie constituait le suppôt de notre asservissement.

À dix-sept ans, je lus enfin la bible de mon existence. Le portrait de Justine me fut insupportable : Justine débile, Justine crédule, insouciante, pieuse, jusque dans ses orgies avec les moines les plus lubriques qu'il eût été possible d'imaginer. Justine indulgente et passive, qui, violée toutes les une page et demie environ, en redemande. Les deux sœurs me semblèrent également assujetties au dénominateur commun d'un masculin fantasmé, tout aussi vampirisant que cette féminité surréelle, qui poussait l'une à la prostitution et l'autre à l'esclavage. Plus tard, je verrais dans l'empressement des femmes à s'emparer des mots du sexe une fausse subversion : elles tentaient d'être là où on ne les attendait pas, en reprenant des attributs qui annihilaient toute démarche d'émancipation. Je rejetterais *et* Justine *et* Juliette ; je ne distinguais alors aucun horizon pour atteindre la liberté, sinon celui du vide absolu.

Mes références au livre se firent, dès lors, beaucoup plus rares. Mais je remarquai que l'on m'en faisait mention de plus en plus souvent. À chaque nouvelle rencontre, un clin d'œil complice : *Justine, vous avez lu, Justine ? Justine, comme dans le roman de Sade ? Vous êtes au courant que…* À Damas, tandis que je m'engouffrais dans l'ascenseur de l'ambassade de France, un type des services de renseignement murmura en guise de salut : *Justine, comment oublier un prénom pareil…* Ainsi, Sade me poursuivait. Je le rencontrais en divers points de ma vie où je ne l'attendais pas. Et chaque fois qu'une remarque fiévreuse m'était adressée, je tentais de résister : je rêvais de débiter les insanités du maître à ces petites frappes de bureau au ton doucereux, convaincues de choquer la bonne morale alors qu'elles ne trahissaient que leur ennui.

À l'occasion de mon vingt-septième anniversaire, je visitai la ville de Mexico. Dans la grande maison de Coyoacán où je séjournais, il y avait plusieurs bibliothèques. Dans l'une d'entre elles, l'œuvre du Marquis, en langue espagnole : *Justine o las Desventuras de la Virtud.* Une édition de 1984. La couverture bleu vert montrait deux femmes lascives ; le dessin semblait vaguement imprégné d'une humeur des années 1930. La quatrième était un portrait de Sade par Man Ray. Je feuilletai l'ouvrage pendant des heures.

Je fus frappée d'être encore ramenée à ces folies d'un autre siècle : le monde n'avait pas bougé. Pourtant, je ne me pensais ni comme une femme, ni comme un homme ; j'étais les deux à la fois, ou, plus exactement, un spectre des deux qui ne faisait de moi ni l'un ni l'autre. Je ne comprenais pas, d'ailleurs, ce mouvement de balancier qui nous imposait le féminin *ou* le masculin. Mais voilà, le monde se terrait dans ses contradictions comme dans un sable mouvant où il se sentait en sécurité. Nous nous enfoncions dans des catégories passées, dont l'administration, les mœurs, les arts se faisaient les relais. Il n'y avait pas assez d'une vie pour s'extirper de ce bourbier.

★

Dans une interview accordée à une équipe de télévision britannique, Louise Bourgeois revient sur l'obsession névrotique de son père qui, toute sa vie, se lamenta d'avoir eu une fille plutôt qu'un fils. Elle y décrit l'un des jeux favoris que son paternel aimait à exposer à l'assistance, lors des dîners familiaux. De ses mains abîmées, Louise, désormais vieille et fripée, se saisit d'une mandarine luisante et la présente à la caméra qui, l'instant d'après, zoome sur le fruit. L'artiste scrute la bille orange, et lance : *this is something that my father did, at the dinner table, because there was this tradition at family dinners : everybody was supposed to bring some kind of entertainment**. Voix sèche, autoritaire, elle expose, d'un calme olympien, la petite saynète [1]
que jouait son aïeul à chaque réception. *À la fin du repas,* dit-elle, *il prenait une mandarine.* Les doigts noueux de la sculptrice dessinent sur la sphère agrume une tête, les contours d'un corps, et, parvenue au sexe du personnage

* Les chiffres entre crochets en marge renvoient aux traductions, pages 289 et suivantes.

tracé au feutre, interpelle les cameramen : *this point was*
[2] *very important.* Puis elle découpe, dans la peau de la man-
darine, le personnage miniature qu'elle vient de créer. *You*
are going to see that this little figure is more interesting than she
[3] *appears to be.* Elle continue d'extraire la sculpture de for-
tune et, entre deux revers de couteau, s'interrompt à nou-
veau pour rappeler l'auditoire à l'ordre : *are you looking*
[4] *now ? This is the important scene : you lift it, you extract it.*
Réponse prompte du type derrière la caméra, qui n'en
peut plus de ce suspens : *yes, yes.* Lentement, elle déroule
le bonhomme et, désignant l'entrejambe, s'exclame : *you*
[5] *see what is coming ?* Les fils blancs, qui lient les quartiers de
la mandarine entre eux, se dressent comme un pénis en
érection. Louise jubile. Elle se recule sur sa chaise et
désigne l'œuvre du doigt. Elle imite la voix de son père :
cette petite figurine est si jolie, je pensais qu'il s'agissait de ma
fille, mais cela ne peut pas être elle, puisque ma fille n'a rien
entre les jambes… La caméra change d'angle ; on aura
repris des plans de sa paume présentant le minuscule per-
sonnage et sa verge hérissée. *I would die in front of everyone,*
[6] *I was not a man, I was only a woman, I had nothing there,*
conclut Louise.

J'ai visionné ce court passage des dizaines de fois, depuis ma chambre de Brooklyn. La peau comme sculptée dans un tronc d'olivier, et celle, brillante, du bonhomme orange ; le bois de la table, la porte vieillie de l'atelier, la plante verte, l'unique anneau d'or sur l'oreille gauche de Louise… Dans la captation, elle n'a l'air ni affectée, ni en colère. Elle raconte l'anecdote avec froideur et précision. Elle est détachée. Son obsession se porte sur la narration de l'histoire, pas sur son contenu. Elle tient à faire comprendre la cruauté de son père ; que cette cruauté l'ait peinée ou non, cela ne concerne en rien l'intervieweur et son audience. Elle ne fait que le récit absurde d'une anecdote absurde. Il se trouve, par ailleurs, que son œuvre est peuplée de verges en érection, au repos, difformes, sculptées dans du marbre, du bronze, ébauchées au crayon, à l'encre, à la gouache… Elle a étiré l'horizon étriqué de la mandarine : toutes ses bites monumentales ont bien plus d'envergure que la minuscule queue rabougrie que son père lui présentait lors des dîners familiaux.

Quand j'étais enfant, une histoire m'était souvent contée comme une légende : lorsque mon frère aîné naquit, mon grand-père paternel alla le présenter à tous les voisins. Il vivait dans un petit quartier résidentiel typique des années 1960, des maisons pavillonnaires construites sur le modèle des banlieues américaines, avec garage et véranda, papiers peints à motifs et volets de bois impeccablement blancs. Il fit le tour de la place centrale et frappa à toutes les portes pour exhiber le nourrisson. Il but quelques verres avec les soûlards qui gisaient dans leur garage, et rentra, satisfait. Fier.

Inexorablement, je demandais : a-t-il fait la même chose avec moi ? On me répondait par la négative : la circonstance était différente. Je n'étais pas un garçon ; j'étais une *fille*. *Fille* (nom fém.) : du latin *filia*, féminin de *filius*, « fils ». Être humain du sexe féminin depuis sa naissance jusqu'à son mariage. *Fils* (nom masc.) : du latin *filius*, « fils ». Être humain de sexe masculin considéré par rapport à son père et à sa mère, ou l'un des deux seulement. Selon le droit français, je ne pouvais perpétuer le nom de mon père. Dieu merci, j'arrivais après un frère, qui lui pouvait assurer la continuation de la famille. J'avais certes la qualité d'être là, mais pas celle de garantir l'éternité à nos lettres majuscules. J'étais un accessoire, une ligne de vie délimitée par des événements comme des frontières :

naissance, mariage, et mon existence n'aurait pas plus de valeur que cela.

À chaque anniversaire, on racontait à mon frère cet épisode glorieux de son existence : la naissance. Parallèlement, on me signifiait que la mienne n'avait aucune valeur. Ce n'était ni grave, ni désagréable ; c'était *ainsi*. Le système administratif français me rappellerait régulièrement cette distinction : je porterais le nom de mon père, un nom de *jeune fille*, auquel devrait m'être substitué un autre nom, puisque les utérus ne peuvent exister que sous tutelle. La suite de l'histoire ironiserait sur cette différence : frère fantomatique, sale, irresponsable, comme le poumon malade d'un corps qui célèbre certains organes et abandonne les autres.

J'apprendrais vite que ce manque, cette absence raillée par le père de Louise, qui faisait des filles des déversoirs à patronymes et à sexes, était une bénédiction : une fois la connerie de l'espèce humaine avérée dans mon jeune esprit, je ne cherchai plus à m'encombrer de l'approbation de qui que ce soit. On m'avait donné le prénom d'une putain tout en se désolant que je ne puisse continuer la lignée du nom qui lui était accolé. Je m'étais fait baiser sur toute la ligne. Il s'agissait, dès lors, de baiser la vie en retour.

★

Nous n'allons pas nous mentir, cher lecteur, il y a entre toi et moi un contrat, dont ni toi ni moi ne connaissons la nature véritable ; toutes ces petites mentions en caractères minuscules, qui d'ordinaire asservissent l'employé par des détours mesquins ; ces mentions nous demeureront étrangères. Aussi, ni toi, qui liras ce texte, ni moi, qui tente de le rédiger, ne savons dans quel enfer nous pénétrons. Vois-tu, lecteur, mon enfer n'est qu'un long purgatoire que d'aucuns appellent *la vie*, et cette vie est faite d'épisodes furtifs, dont il ne nous reste, lorsque nous reprenons la route, que des bribes. Parfois, ces dernières s'effacent. Je vais tenter d'excaver ici les ruines d'une histoire ancienne.

C'est une histoire simple. Aussi, je ne m'encombrerai pas de détails quant aux circonstances dans lesquelles elle s'est déployée. C'est une histoire banale. L'emprise d'un être sur un autre. La déshumanisation d'un être par un autre. Une bombe sur un territoire. Une lame qui pénètre un corps. Des chairs qui explosent. Puis il n'y a plus rien, ou plutôt, il y a tout : la présence du souvenir, l'absence des mots que l'on n'a pas prononcés. Tout ce que l'on n'a pas su dire.

★

Il y aura dix mille degrés sur la terre.
Dix mille soleils, dira-t-on. L'asphalte brûlera.
Marguerite Duras.

Ce pourrait être n'importe quel corps. N'importe quelle époque. Une chambre. Une salle de bains. Un couloir. Un espace exigu, ou vaste. Cet espace, quel qu'il soit, est traversé d'ombres et de murmures. Espace noyé dans le néant. Aucun mot n'est prononcé : nous sommes dans le silence. Le bruit pourrait mettre à jour l'action en train de se dérouler. Alors, le silence. C'est un film au mauvais scénario. N'importe lequel, dans la décharge de ma mémoire.

1. INT. NUIT. COULOIR.
Un homme se penche sur une silhouette d'enfant. L'enfant ne dit rien. Elle attend. L'homme la déshabille. Il se penche encore.

FONDU AU NOIR.

HOMME
Bonne nuit.

L'enfant ne dit rien. Elle attend.

FIN.

C'est une petite fille dans la pénombre. C'est son corps tremblant sous une table. C'est sa voix empêchée. La gorge siffle *non, pas maintenant*. Elle se masque les yeux. Presse ses poings contre ses oreilles. Elle n'a pas un regard pour l'homme. L'homme ne regarde pas l'enfant. L'enfant ne voit plus l'homme. Il est si proche qu'il la transperce. La peste s'empare de ses mains, de ses bras, puis de ses jambes, puis de tout son corps. Elle remonte à son visage. L'enfant ne bouge plus : elle attend.

2. INT. NUIT. CHAMBRE.
Un homme parcourt la peau de l'enfant. L'enfant ferme les yeux.

FONDU AU NOIR.

HOMME
Tu dois apprendre.

L'enfant ne dit rien. Elle attend.

FIN.

C'est un soir d'été. Il fait très chaud. Une chaleur à crever. Une chaleur d'août comme il y en a chaque année : lourde, moite, qui vous engonce dans les tissus comme dans du sable. Il n'y a rien à faire qu'à s'y endormir. L'enfant fuit l'homme. Elle court à l'ombre d'une petite baraque, au fond du jardin, entre un buisson et un muret, là où finit la vermine quand on place du poison dans les garages. Puis elle se réfugie sous la table. De là il n'y a plus que la fraîcheur de l'herbe et l'odeur de lessive des nappes. C'est une fête. Il y a des jambes qui mènent à des voix ; on chante, on danse ; les jambes et les voix se mêlent comme les gènes d'une famille. On joue de la musique traditionnelle grecque. Le rythme s'accélère.

Alors, l'enfant doit danser. Des bras l'extirpent de sa planque. Il faut utiliser ce corps comme un autre corps. L'enfant n'a désormais plus d'épine dorsale : elle n'est plus qu'un entrechoquement de hanches, d'épaules, de nuques ; elle sent la peau, étrangère, qui se presse contre elle. L'enfant a la nausée.

3. EXT. JOUR. JARDIN.
L'homme ondule vers l'enfant. Il danse tout autour d'elle. L'enfant est entraînée dans la course de l'homme. L'enfant danse. Elle est à l'intérieur de l'arène, à l'intérieur de l'homme. La foule applaudit. Elle est conquise. Elle acclame l'homme, et l'enfant.

FOULE
Plus vite ! Plus vite !

HOMME
Danse. Encore. Tes hanches. Encore.

L'enfant ne dit rien. Elle danse. Elle attend.

FIN.

*

Je vois un petit pavillon de banlieue. Depuis une fenêtre de plastique, la nuit. Bleu trouble sur réverbère. Une chambre, bleue elle aussi, de petit garçon : un lit une place, un oreiller, un bureau minuscule ; des voitures sur le parking. Pas un bruit. Seulement les pas de l'homme dans le couloir. Éclairée d'un néon, une salle de bains. L'enfant est assise sur le lavabo. Comment est-elle arrivée là ?

NOIR. FONDU SUR LE DÉCOR.

4. INT. NUIT. SALLE DE BAINS.

L'enfant est nue. La céramique du lavabo, glaciale, sur sa peau. Elle regarde l'homme à hauteur d'enfant : elle voit son ventre, brimé, strié d'ombres, qui se rétracte. L'homme se penche. L'enfant ne voit plus rien.

HOMME

Très bien.

NOIR.

FIN.

★

Je vois un soir neigeux. Un salon minuscule, des silhouettes qui s'agitent autour d'un repas que l'on prépare. C'est Noël. Chacun gagne sa place autour de la table. Le spectacle peut commencer.

NOIR.

5. INT. NUIT. SALON.

L'enfant est sommée de changer de position : elle doit aller de l'autre côté de la table, auprès de l'homme. Il la brandit comme un trophée, l'embrasse et la pose sur le sol. L'enfant ne dit rien. Elle attend. La main de l'homme se hisse le long de sa jambe, puis au sommet de sa cuisse. Elle frôle le coton et s'engouffre contre la peau ; doigts contre sexe, bouche énorme comme les ventouses d'une pieuvre, puis la paume qui redescend, le long de la cuisse, le long de la jambe ; ce corps paraît interminable ; il n'est plus certain, à présent, qu'il s'agisse de la chair de l'enfant ou de la poigne de l'homme. Puis la main est partie, la jupe couvre de nouveau l'enfant, et elle retourne s'asseoir à sa place. Elle ne dit plus rien et elle mange. Chacun y va de ses conversations ; le silence est roi dans les dîners où personne n'a jamais rien à se dire.

NOIR.

FIN.

L'enfant éructe en silence. Elle n'explose pas. Il faut, pour que l'éruption ait lieu, que l'on ait pris conscience des tremblements de la terre. L'homme jubile.

★

Je vois une très vieille maison, au fond d'un petit hameau de campagne. Il y a un long chemin de pierre, un lavoir, puis un autre chemin, plus étroit, qui mène à la longère. C'est le printemps, mais ici chaque jour est humide. La bâtisse maintient les corps dans un état aqueux. Le ciel, impeccablement bleu ; le jardin, parcouru de fraises ; la basse-cour et les clapiers, juste à côté du champ où des moutons s'agitent tout le jour.

Je vois une cheminée décorée de grenades, de vieux meubles datant d'un siècle révolu ; un garage, toujours ouvert, où un vieil homme se soûle en cachette ; des jouets d'enfants dans la cour, et, sur le plan de travail, un amas de chutes qui indiquent qu'un festin se prépare. C'est Pâques. Au salon, on attend.

Je vois des silhouettes inertes, assises autour de la table ornée de plats, comme une assemblée figée par l'ébullition d'un volcan : une famille. L'enfant est là, qui attend ; l'homme est en face. Il fait signe à l'enfant de venir s'asseoir sur ses genoux. L'enfant refuse. Elle oblique la tête de droite à gauche, sans dire un mot. L'homme insiste.

6. INT. JOUR. SALLE À MANGER.

L'enfant se tourne vers son père. Elle murmure.

ENFANT

Je ne veux pas. Empêche-le.

L'homme insiste encore.

HOMME

Viens maintenant.

L'enfant se tourne vers son père à nouveau. Il murmure à son oreille.

PÈRE

Mords-le.

ENFANT

Mais…

PÈRE

Tu es grande. Tu peux te défendre. Mords-le.

ENFANT

D'accord.

L'enfant fait le tour de la table. Elle se place aux pieds de l'homme. L'homme se penche. Il prend l'enfant sur ses genoux et l'embrasse comme le font les amants, dans les films américains, ou dans les premiers instants d'une scène pornographique. L'enfant se laisse embrasser quelques secondes ; elle a l'habitude. Puis son incisive se plante dans la langue de l'homme. Il a un violent mouvement de recul.

HOMME

Aïe ! Tu m'as fait mal ! Saleté !

L'enfant rejoint le sol. Elle fait le tour de la table et va se rasseoir sur la chaise de bois. Le repas peut commencer. Une vieille femme apporte la sauce dans un bol de porcelaine, l'homme se rue sur sa part de gigot et la mère beurre son pain. L'enfant ingurgite le corps craché dans la gueule de l'homme. Elle mastique sa viande avec lenteur. L'agneau a le goût de l'enfant incisé.

FIN.

*

I must have seen too much skin
Much more than I wanted to dream.
Blonde Redhead.

L'homme est grec. À chaque rencontre avec l'enfant il danse, il parle hellène, il évoque la religion orthodoxe ; il déploie une culture qu'il a oubliée, qu'il a peur d'oublier, et se cache derrière elle pour faire de l'enfant ce qu'il veut. L'enfant ne peut plus entendre parler d'Athènes, ni de la Méditerranée, ni des Anciens, ni de l'Olympe, sans songer à l'homme.

Le mauvais scénario écrit de sa main se déploie dans sa mémoire. L'homme devient la Grèce ; il n'est plus que cela, mais il est aussi *tout* en dehors de cela : l'homme devient l'origine de chaque territoire, de chaque année, de chaque mot, chaque cri, chaque angoisse, chaque chant, chaque joie… Il n'y a plus un battement de cœur qui puisse lui échapper. L'homme est omniscient. Il encadre toute la vie. Il n'y a plus d'*action*. Il n'y a qu'un grand silence. Ce silence a engourdi l'enfant. L'enfant est sale de ce silence.

Inceste (nom masc.) : du latin *incestus*, « impur », contraire de *castus*, « pur, propre ».

L'enfant a oublié. L'homme est oublié. L'homme pourrait être n'importe quel homme : un assemblage de tissus et de mots. Il pourrait exister à n'importe quelle époque, dans n'importe quel espace. D'emprise, sa mémoire est devenue oubli. L'homme a l'emprise de l'oubli.

On oublie, très bien. Du jour au lendemain. C'est la simplicité de l'oubli qui le rend si terrible. On voudrait n'avoir pas oublié. On voudrait n'avoir pas perdu tout ce temps. Quand une partie de soi est salie, enfouie, désertée, enterrée, anéantie, il n'y a plus de jeunesse. Il y a un futur, oui : il y a ce qui arrive, ce qui est devant, qui advient, qui vieillit, mais, depuis l'aube de l'enfance même, la jeunesse n'existe plus. C'est que, tu vois, lecteur, elle est le règne de la promesse, et des promesses, quand tout a été détruit, on n'en croit plus rien. Alors on continue de danser, mais le rythme ne mène nulle part. Comme dans la mort, le montage du film est acté ; il n'y a plus rien à couper, plus de plans à tourner, plus de couleurs ni de transitions à changer. Tout est accompli. C'est sans doute pour cela que j'écris : écrire, c'est ce que l'on fait lorsqu'on est déjà mort.

★

X était un type un peu gauche – mais issu de cette frange qui se baptisait pudiquement « de centre-droit », soit, autrement dit, de droite complexée –, brillant, passé par une classe préparatoire scientifique prestigieuse, puis par Dauphine, et qui occupait un poste obscur dans un obscur placard du ministère de l'Économie et des Finances, à Bercy. Je le rencontrai un soir de février, juste après son travail. J'enquêtais, pour l'écriture d'un scénario, sur les annonces de logement « contre services », qui fleurissaient dans la capitale. Plus exactement, je m'intéressais à ce phénomène qui poussait des hommes – majoritairement – à rechercher des relations sexuelles par l'optimisation de leurs appartements, et des jeunes femmes, à conclure avec eux des contrats dont elles ne maîtrisaient pas les clauses. J'aimais la pudeur de l'expression *contre services*, qui signifiait *concrètement* fellation, sodomie, pénétrations en tout genre, postures acrobatiques et peintures expérimentales au sperme et autres déjections. Je trouvais génial cet engouement à aseptiser les désirs, à employer pour masquer une misère sexuelle, ou simplement un appétit vaguement noyé dans la solitude, cette gymnastique intellectuelle qui consistait à inventer des formulations administratives *lambda* pour exprimer sa nécessité de planter sa verge dans tous les orifices possibles. Il y avait là une ingéniosité fabuleuse qui forçait l'admiration. Avant de rencontrer X, d'ailleurs, je discutai virtuellement avec l'un de ces types. La conversation, lunaire, pourrait être retranscrite comme suit :

MOI

Bonjour. J'ai lu votre annonce et suis très intéressée.

TYPE

Bonjour. Quel âge avez-vous ?

MOI

Vingt-trois ans. Où est situé l'appartement ?

TYPE
L'appartement est dans le IIIe arrondissement.

MOI
Quand pourrais-je venir le visiter ?

TYPE
Peut-être demain ?

MOI
Demain serait parfait.

TYPE
Il n'y a qu'un canapé-lit dans le salon, qui n'est pas très confortable. Comment envisagez-vous les couchages ?

MOI
Je ne sais pas encore, on pourra s'arranger. Demain dans l'après-midi ?

TYPE
L'appartement est très agréable mais pas très grand. J'ai tendance à me balader en sous-vêtements, la nuit, j'espère que ça ne vous dérangera pas ?

MOI
Non, non… Quelle heure demain ?

TYPE
Si, par hasard, je dormais nu et que je vous touchais dans mon sommeil, serait-ce un problème ?

Et ça continua ainsi sur des pages et des pages, jusqu'à ce que le type, certainement exténué et légèrement soupçonneux, coupât court à nos échanges.

TYPE
Je pense que ça ne va pas le faire.

MOI

D'accord. Bonne journée !

Puis je pris contact avec X. Je le baptisai d'emblée X ; d'ailleurs, je n'appris jamais son prénom. Il posta une annonce similaire à celle du premier type, quoique plus maladroite. *Recherche une personne de confiance pour partager un grand appartement très agréable dans le XIV*e *(vue sur parc Montsouris), contre services (ménages, etc.).*

On se donna rendez-vous dans un café si impersonnel qu'il en était glauque, à l'angle de la station Bercy. Je vis arriver un grand type, baigné de sueur dans son costume mal ajusté, terriblement apeuré : X. Il ne sut ni comment me saluer, ni comment se présenter ; il fut clair dès les premières secondes que je mènerais l'entretien. Le chasseur de têtes devenait proie. Sans écran, il se sentait nu : le regard à découvert, privé du viseur dont il usait pour endormir le gibier. Il bégaya, commanda une boisson sans alcool, et tenta de reprendre son souffle. La conversation s'orienta, ainsi que cela se passe dans les dîners ennuyeux, sur des banalités : son travail au ministère, ses vacances, sa famille algérienne installée depuis l'enfance dans le XVIe arrondissement, des occupations inventées, censées dresser un portrait irréprochable de mon interlocuteur, dont la solitude se dessinait à chaque intervention... Il n'osait pas poser les mots sur les désirs qui l'avaient poussé à poster son annonce. Il s'appesantissait sur des silences entendus, afin de me faire comprendre ce dont il était réellement question. Au hasard d'une longue phrase embarrassée, son ton se fit glacial : « Êtes-vous ouverte à tout, sexuellement ? » Le mot lui brûlait les lèvres autant qu'il le terrorisait : *sodomie, sodomie, sodomie.* « Et puis, qui sait, poursuivit-il, peut-être qu'on se découvrira des intérêts communs et, pourquoi pas, tomber amoureux... » Le grand banquier malhabile se découvrait des ambitions de pucelle : des sentiments, il voulait des sentiments ! De la sodomie et des sentiments. Il était très sérieux. C'était hilarant. Je noyai peu à peu la conversation et le quittai, un goût de sang dans la bouche et l'impression étrange qu'il cherchait, au fond de sa misère sexuelle, une relation de l'ordre du mariage arrangé : quelqu'un qui se satisferait, entre ses assauts par-derrière et ses vacances de carte postale, de sa bonne situation.

Je le croisai par hasard, quelque deux ans après, une nuit ardente de juillet. Je venais de me battre avec un type à Pigalle et rentrai chez moi avec lassitude : il fallait, pour cheminer sur les boulevards de Paris, mordre la peau de ses chiens de garde. Je ne voyais aucune autre solution sinon celle de la violence : l'indifférence m'apparaissait comme l'attitude des faibles, cette passivité qui nous avait plongées dans le totalitarisme doux de la misogynie. Il fallait, pour qu'elle explose, poser les bombes qui l'exposeraient au grand jour. Mais quand je vis X, à l'angle de la rue, et que le goût de sang revint sans que je puisse déterminer à cet instant précis qu'il s'agissait bien de son visage, là, dans la nuit de Barbès, je n'eus d'autre réflexe que celui de courir jusqu'à chez moi. Rue des Poissonniers, rue Myrha... Je le sentais dans mon dos et j'accélérai. Je crus l'avoir semé, puis distinguai les phares de sa voiture sur les murs de la rue de Suez... Il me suivit jusqu'à mon immeuble, et entreprit de m'écrire avec frénésie : il savait désormais où j'habitais, il était entré dans le hall – dont il me décrivit les motifs avec précision –, il était deux heures du matin et l'électricité de mon appartement avait été coupée la veille. Je ne dormis pas. Je ne fis que saliver ma rage. Je voulais tout détruire au-dehors. Rentrer dans ces types qui me provoquaient dans le noir. La nuit fut interminable. Un delirium tremens de six heures, cette impression de sang à mon palais, et Sade et les types de Pigalle, et le noir et X, au seuil de l'immeuble ; j'eus la sensation d'avoir à la fois raison et tort, ce doute qui assaille et pousse à la docilité, mais qui, ce soir-là, me plongea dans la sédition.

Puis je ne me suis plus arrêtée. Dès qu'on m'abordait dans la rue, j'insultais. J'arpentais le bitume de Pigalle à Barbès et j'injuriais les types qui me glissaient *bonsoir mademoiselle, viens dormir chez moi*. Alors ils m'injuriaient aussi, me crachaient dessus, me bousculaient, et je les repoussais, et l'on se battait, dans le silence des ruelles sales, et il n'y avait rien de plus exaltant que de rentrer chez soi après l'éruption. Tout redevenait calme. Ces heures m'épargnaient le répit insoutenable des nuits atones. Sans elles, je n'aurais pu dormir une minute. Il fallait, pour tromper l'insomnie, abattre les hommes.

Salaud de Sade, je te réécrirai, je te couperai les couilles ; je te castrerai, mon vieux, que tu arrêtes de bander depuis la tombe.

Je déversais mon abomination sur ceux que l'on persécutait déjà. Je n'insultais pas les types de l'Assemblée, ni les gars de la Défense ; non, je tapais à Barbès, en bonne descendante de colons ouvriers qui n'avaient trouvé que l'Algérie pour se bâtir un futur. De victime, je devins bourreau ; la complice éternelle d'une domination qui s'abat sur les uns afin qu'ils s'expient sur les autres.

Plus tard, à New York, la violence éructerait en moi. J'étais prise de cette même effervescence, cet engouement à mordre à chaque invective doucereuse, chaque compliment idiot. Ainsi ce soir d'ivresse, dans un bar du Lower East Side, où des types braquèrent leurs regards sur mes amies et moi. Mon réflexe immédiat fut de frapper la vitrine d'un grand coup de poing, provoquant la curiosité de l'un d'entre eux, qui s'empressa de venir demander mon numéro de téléphone. Il y eut encore cette soirée dans un club de Midtown, à devoir se retenir de ne pas cracher sur les dizaines de Russes insupportables qui pensaient pouvoir nous acheter avec des bouteilles de vodka. Je devins the *punching lady*, celle qui déteste tout et tout le monde, pour l'intérêt qu'on lui porte.

Toujours se battre pour ne plus être perçue comme du bétail. Je refusais de m'engouffrer dans l'immense abattoir où j'étais poussée. Fantasmes du masculin et du féminin, force contre faiblesse, pouvoir contre soumission, exhibition et cloisonnement : cet ensemble d'étapes dans la longue mise à mort qui poussaient les uns à briller et les autres à se morfondre, à se censurer, à avoir peur, à devenir folles, à se sacrifier, à échouer… À se suicider, du moins symboliquement. Il fallait tenter d'échapper à cet élevage en batterie auquel nous étions destinés ; s'emparer des armes des uns pour ne pas s'engouffrer dans la chute des autres. Mais l'on me ramènerait, sans cesse, au bord de l'abîme, et je tenterais, chaque fois, de m'extirper de ce fléau où je devais sombrer. La vie se trouvait délimitée par d'autres frontières : biais de territoire – la province –, de classe, et cette angoisse montant avec l'époque : la perte d'un âge d'or qui avait accompagné les deux générations précédentes.

★

L'enfance fut un dédale de désastres, d'images cadavériques venues de Bosnie-Herzégovine, des réminiscences de Tchernobyl, qui de ville devint le nom d'une catastrophe nucléaire, qu'on évoqua ironiquement, en France, à partir de la fin des années 1980 : le nuage toxique s'était, disait-on en riant, arrêté à la frontière.

C'était les années 1990 ; la fin de la folie, envolée avec la décennie précédente ; l'omniprésence du sida, planant au-dessus des corps comme un vautour ; les scandales dégoulinant de pétrole et de sang contaminé. Il y a dans le souvenir une odeur de toc, de faux, de parfums luxueux dont nous n'avions pas les moyens et qui nous ouvraient des palais imaginaires ; celle du poulailler, du fumier, des chiens, des vins rances que les vieux buvaient en cachette ; celle du cambouis, du formica, des textiles peu nobles et des stations essence. On faisait semblant de ne pas voir les migrants afghans et pakistanais, planqués au fond du terrain vague faisant face au port, leurs tentes derrière les barbelés. Semblant de ne pas savoir les déchets radioactifs qui croupissaient sous la centrale. D'ailleurs, il m'apparaît aujourd'hui que l'on craignait moins ses fumées, grevées de cancers, que les corps affaiblis de ceux qui nous parvenaient par bateaux : ils étaient les ecchymoses qui nous rappelaient nos maux.

Il y avait alors une liberté des corps, mais pas des consciences, une libre circulation des marchandises, et non des hommes. Nous vivions sous le règne de cette grande imposture de l'Histoire qui vous fait croire qu'elle avance, alors qu'elle ne fait que stagner, comme un miroir dans une immense flaque de vase. Les formes de domination évoluaient, mais pas la domination elle-même.

Plus qu'un amas d'images, l'enfance fut une gueule de bois, une longue migraine née de l'ivresse des uns et du silence des autres. Je ne retrouve, dans mes premiers souvenirs, que des gestes manqués.

*

Portés par cette envie d'apparat qui berçait de long en long la vie des autres, mes parents emménagèrent peu avant mon départ dans une maison bourgeoise des quartiers huppés de la petite ville. Il y avait là des rideaux cousus à la main, des plantes exotiques, des jardins bien entretenus et des voitures précieuses protégées par des garages coûteux.

Le couple qui habitait la maison voisine constituait *l'image* de l'aristocratie locale. Mari médecin, femme retirée du monde professionnel pour se consacrer à diverses œuvres caritatives et autres mondanités, enfants devenus adultes et montés à Paris. Signe particulier – ou plutôt, typique de la représentation de femme d'intérieur qu'elle s'évertuait à donner –, elle vouait une intense adoration à l'espèce féline. Elle collectionnait des ouvrages sur les chats, s'intéressait à leur psychologie ; elle en possédait plusieurs, tous chartreux ; sa race fétiche. Le doyen était une énorme femelle au museau de dictateur ; une moue renfrognée qui semblait signifier, *je règne sur ce quartier, vous êtes mes sujets, prosternez-vous*. Elle portait un prénom masculin, d'obscure figure romantique. Je vérifierais encore, par la suite, que les chats ne sont qu'une vitrine parmi tant d'autres de la respectabilité de leurs maîtres. Leurs noms, comme ceux des enfants, servent à révéler leur érudition : on fera référence à des dieux grecs, à des contrées oubliées, des héros de roman, quand d'autres baptiseront leurs félins du nom d'un personnage comique ou d'un sobriquet ridicule…

Afin de sceller notre amitié naissante, la voisine nous fit l'honneur de nous offrir l'un des nouveau-nés d'une portée de chartreux. Il s'agissait là d'une marque de respect inouïe ; d'une sorte de rite de passage, comme, dans d'autres tribus, on célébrait ensemble des pactes de non-agression autour d'un festin ou d'un feu de joie. La maîtresse de maison nous adoubait. Le précieux cadeau fit son entrée dans notre demeure ; nous entreprîmes d'acquérir des accessoires coûteux, une nourriture qui ne ferait pas regretter à notre bienfaitrice de nous avoir fait confiance. Chaque jour, l'animal allait visiter sa résidence secondaire, et revenait vers nous afin de dormir là où bon lui semblait.

Bientôt, on constata qu'il était d'une santé fragile. Il peinait à respirer, il grandissait laborieusement. Il était, de temps à autre, pris de violentes crises qui nous firent craindre qu'il ne se plût pas chez nous. Une visite chez le vétérinaire indiqua qu'il était épileptique. La consanguinité, chez les chats comme chez les humains, se soldait en de piètres créations. Nous fîmes tout ce que nous pouvions pour le soigner, mais son état se dégrada cruellement. Peu à peu, maintenir son organisme dans une apparente vitalité devint une bataille de tous les instants. Nous ne pouvions nous résoudre à l'indigence à laquelle sa maigreur nous reléguerait. Nous devions donner de nous-mêmes une excellente impression, et celle-ci tenait à la bonne forme du chat. Après des progrès encourageants, divers régimes alimentaires et médicamenteux, les crises reprirent. L'épilepsie s'empara du fauve. Un soir, il tomba dans les escaliers, le corps en proie à de terribles spasmes.

Toute la nuit, je restai à son chevet, tentant de ranimer le peu de vie qui émanait de ses poumons. Je veillai son corps frêle, altéré par l'inceste originel, plus que je n'avais assisté mon grand-père dans son ultime souffle. Il ne s'agissait pas de mémoire, ni de la perte irréversible d'un être cher : il en allait de notre dignité, de notre accès au panthéon des âmes nobles, qui cherchaient à s'extirper du bourbier prolétaire. Cette mort du chat, c'était la nôtre : la fin du mensonge, la sentence que nous resterions, à jamais, des incapables, des minables, indignes de la grandeur d'un minuscule animal domestique. Le chaton expira à l'aube. En un ultime effort de respiration, son diaphragme s'affaissa, puis, plus rien. On enveloppa la dépouille d'un drap propre. Il était cinq heures du matin, et avec le jour s'était éteint notre espoir de briller dans le quartier.

Nous pensâmes d'abord mentir aux voisins : inventer des vacances, une soudaine envie du chat de demeurer à l'intérieur, une fuite... Mais nous n'avions pas plus d'intimité au sein de cette galaxie sociale qu'à l'intérieur des maisons elles-mêmes : tout se sait, s'apprend, se déforme pour créer des réalités qui, tôt ou tard, se retourneront contre vous. Nous n'avions d'autre choix que de dire la vérité. Lorsqu'elle apprit le décès de son protégé, la voisine eut une réplique aussi sèche que sa chevelure : *ces chats ne peuvent être donnés à n'importe qui*. Nous avions suicidé le chat. Le chat nous avait suicidés. Nous n'existions plus.

★

Les jeunes années eurent la couleur froide des parkings de supermarché, des recoins de zones industrielles, des ruelles descendant vers le port. Ce fut cela aussi : les soirs d'été dans le soleil, le ciel, absolument bleu, où des palmiers faisaient diversion, une certaine odeur, chaude, exaltante, les mois où le gris s'effaçait. Mais, toujours, ce retour à l'ennui, ces nuits glaciales sur les quais, l'azur devenu prussien, outremer criblé de désespoir et d'alcool ; cette teinte des longues heures à attendre, à s'inquiéter de n'être rien. Ce parfum de rance, je le porte avec moi comme une rengaine.

Ce n'est pas cette image lointaine qui est exotique ; c'est moi qui le suis devenue. En partant, je fis de mon corps l'annexe de ces batailles passées. On s'entêta à voir en moi la petite provinciale qui avait eu de la chance. De la même façon, les rares fois où j'y retournai, pour un enterrement ou simplement donner signe de vie, on m'accueillit en anomalie. J'étais la bête de foire, la jeune pionnière qu'on aimait à exhiber partout : au marché, au café, sur le port, auprès des voisins, des amis, des commères qui médisaient depuis dix ans sur la fille prodigue, disparue en capitale et à l'autre bout du monde, par caprice ; cette bouche inutile qui faisait la fierté de ses parents alors qu'elle dilapidait leur maigre subside ; ces idiots auraient dû dire *non, les études, ce n'est pas pour nous*, et puis il fallait voir ce qu'elle fabriquait encore, cet amour des mots, cette fantaisie ridicule ; elle ne devenait ni avocate, ni ingénieure, ni médecin, alors que des places, en ville, se libéraient ; non, madame voulait créer, sa mégalomanie n'avait plus de frontières. Chaque fois, il me fallait visiter ces âmes crasses, qui n'attendaient qu'une porte fermée pour cracher sur mon futur. Il fallait être *aimable*, polie, s'extasier sur tel ou tel travail obtenu par un fils, complimenter la nouvelle décoration des toilettes, s'enquérir du sort d'un gosse qui fréquentait la même école maternelle, et dont on avait totalement occulté l'existence. On demeurait assis des heures, au bout d'une table, à écouter les histoires des uns et des autres, sans trop prendre part aux conversations – *évidemment, elle sait tout celle-là, madame fait des études supérieures* –, et beaucoup hocher la tête pour éviter d'avoir à converser. Là-bas, on me rejetait ; je n'étais plus qu'une orgueilleuse. À Paris, j'étais une catapultée. Il me fallait rester dans l'ombre de ceux qui, mieux nés, attendaient leur tour pour entrer dans la lumière. Il n'y avait pas de place pour moi, pas même auprès de ceux qui n'étaient voués à n'en avoir aucune.

Dès le plus jeune âge, je voulus fuir cette ataraxie toxique, sans savoir que, toujours, on me renverrait à elle. Il fallait partir, coûte que coûte. Mes insomnies servaient à échafauder tous les stratagèmes qui me sortiraient de là. L'école en constituait le pilier. Elle était le grand roman de la construction nationale : l'institution républicaine par excellence, qui fonde tout, construit tout, donne sa chance aux plus petits, fait pousser jusqu'aux mauvaises herbes. J'étais tellement pétrie de cette idée que l'école devint, effectivement, la seule issue.

Enfant, je n'aimais pas beaucoup y aller. Les autres me faisaient peur. Je ne m'adaptais pas à leurs humeurs, à leurs modes, leurs jeux. J'étais de côté, je les observais de loin, je tentais de disparaître, de ne parler qu'en moi-même pour limiter l'échange avec mes camarades de classe. Mais apprendre me sauva : je me construisais *contre*. Plus tard, au lycée, j'excellais, mais encore il fallait approcher l'ambition avec mesure. *Ici*, me disait-on, les emplois étaient rares, il fallait privilégier des études courtes, pratiques, ne pas s'encombrer de diplômes, aller vers des secteurs « d'avenir » : l'énergie nucléaire, le commerce, pourquoi pas des concours administratifs de niveau local. Si je choisissais la littérature, la philosophie, ce serait le chômage assuré ; qui avait besoin de grandes phrases quand il fallait manger ?

Mais je ne me complaisais que dans les mots, et le dessin ; il n'y avait sur mes cahiers que des annotations sur Kant et Hume, et, couvrant les lignes et les marges, des croquis que j'exécutais frénétiquement entre les heures de cours. Il fut décidé de différer le choix de mon orientation : classe préparatoire littéraire dans le lycée le plus proche – *ne pas se rêver, ailleurs ; rester là, à portée d'influence et de désillusion.* Je voulais fuir. Loin. Je me tournai vers l'horizon des concours d'Instituts d'études politiques : ils me permettraient de partir plus vite. On nous répétait à l'envi que la région nous réservait des avenirs radieux. Je ne pris conscience que bien tard de cette stratégie qui consiste à empêcher la fuite des cerveaux. Je compris d'emblée, cependant, le mirage que constituait le système scolaire français, pourtant louable dans ses intentions. Nous entrions à l'école pleins d'espoir, pétris des promesses dont le récit français nous abreuvait : par le travail, vous réussirez. Et après ? L'université était gratuite, mais chacune avait sa réputation, et toutes ne se valaient pas ; l'éducation n'était pas onéreuse, mais comment assumer le prix d'un déménagement, d'une vie hors de la maison familiale, où l'on ne coûtait rien ?

Les grandes écoles attiraient à elles les élèves qu'elles avaient déjà dans leur giron. Temples de la *méritocratie républicaine*, elles drainaient en majorité des fils de professeurs, de médecins, d'avocats, de hauts fonctionnaires… Ceux qui osaient croire à leur capacité d'y entrer. Au lycée, j'ignorais tout de l'École normale supérieure, de l'ENA, de Sciences Po ; on ne m'avait parlé que diplômes courts, professionnalisants, et ANPE. Si je m'entêtais dans cette folie des mots, c'était là que je finirais, me disait-on ; je pointerais au chômage toute ma vie, et il ne faudrait pas venir se plaindre. En réalité, il s'agissait du cheminement emprunté au cours des siècles précédents : les enfants issus de ces milieux pouvaient, à leur tour, grimper un peu plus haut l'échelle sociale. Les fils d'ouvriers, avant de prétendre à l'excellence, devaient d'abord se contenter des premiers barreaux. Ils étaient ma prison : j'exécrais cette culture du contentement modeste, cette idée qu'à chaque génération correspondait un degré de réussite. J'en voulais davantage, et il devint clair, dès les semaines qui suivirent le baccalauréat, que ce dont je rêvais n'était pas à ma portée. La faute à cette censure rampante, en germe dès la conception des gosses, qui avortait l'ambition avant qu'elle n'ait eu le temps d'éclore. Les cousins et amis s'inquiétaient de voir *cette gamine qui n'avait pas les pieds sur terre* ; ils sermonnaient mes parents pendant de longues heures, *mais que va-t-elle devenir ? quand va-t-elle sortir de cette rêverie idiote ? foutez-la dehors !* Etc.

Ils ne se tenaient pas à la surface, eux non plus ; ils étaient six mètres à peine au-dessus de l'eau, ils s'étaient enterrés avant la vingtaine, ils n'avaient pas voulu aller chercher ailleurs, ils s'étaient contentés de ce qui était juste là, et avaient puisé dans l'imitation une « plénitude ». Ils avaient tout fait dans les règles, respectant scrupuleusement les mesures du cadre qu'on leur avait attribué à la naissance, et ils attendaient de tous les autres qu'ils en fassent autant. Les études supérieures faisaient de moi une bouche inutile. À quoi allais-je bien pouvoir servir, avec mes livres de philosophie sur les genoux et mes traductions de *Don Quichotte* dissimulées sous la table du dîner ? Tout cela ne rimait à rien ; personne n'avait besoin de mots, ils ne valaient pas grand-chose. En classe préparatoire, nous n'étions que deux à ne pas avoir des parents professeurs, médecins, ou exerçant une activité libérale. Moi et une autre, dont le père travaillait à l'atelier, aussi, et dont la mère s'occupait d'une fratrie de sept. Nous serions les deux seules à accéder au Graal, une place à l'Institut d'études politiques de Paris, où nous nous perdrions de vue bien vite. Liées par la honte de venir de nulle part, on s'ignora dès le premier jour. Sortir du boyau de la province. Oublier, autant que l'on peut, d'où l'on vient ; assumer que l'on s'en détourne, parce que, de toute façon, les autres se le rappellent pour vous.

★

Chaque jour j'étais frappée par le passéisme du monde ; ces histoires d'enfermement social, je les avais lues dans des romans du XVIIIe, du XIXe siècle, et voilà que je m'y trouvais engoncée à mon tour, alors que j'étais persuadée, tout abrutie par ma passion des mots, que ces lettres posées sur les réalités d'antan les avaient fait disparaître. Eh bien non, il me fallait vivre la même chose et devenir, à mon tour, un objet du passé, un refrain mille fois entendu ; à défaut de m'enterrer comme les autres, je devenais une répétition. En classe préparatoire, la moitié des professeurs venaient de Paris. On sentait chez eux une amertume, parfois. Peut-être étaient-ils déçus d'avoir atterri là ; peut-être n'avaient-ils pas eu le choix. Ils étaient brillants, tous, et je les plaignais d'être là malgré leur évidente aisance dans le monde. On étudiait Balzac, son *Médecin de campagne* ; je me surpris à haïr le livre comme son auteur. Et, par effet de symétrie, je voyais dans nos précepteurs des personnages balzaciens, des notables miséricordieux qui effectuaient auprès de nous leurs bonnes œuvres. Nous étions leur aumône. Leur ultime occasion de se sentir puissants. Nous étions malléables ; ils étaient des puits de science. Nous nous fiions à la moindre de leurs mises en garde. Nous étions l'ultime matérialisation de leur grandeur ; par effet de miroir, ils se sentaient plus importants. Ils disaient *n'espérez pas trop, c'est Paris, tout de même*. Les bouseux ne montaient pas à Paris. Ils s'engluaient dans cette mer infâme. Nous devions nous contenter des miettes. Nous ne méritions pas le pain.

Dans les semaines qui précédèrent la dernière épreuve d'admission au concours de Sciences politiques, on organisa un examen blanc. On me confia un texte, dont je préparai le commentaire pendant une demi-heure, pour en faire une présentation devant un jury de fortune. On plaça sous mes yeux un extrait de *La Distinction*, de Pierre Bourdieu. Mon exposé fut lamentable. Je ne connaissais rien du sociologue. Je ne m'étais préparée qu'à des textes de philosophie, d'histoire, de géographie, d'actualité... La présentation fut laborieuse. L'entretien pénible. On m'asséna de questions qui me visaient directement. « À quoi Bourdieu fait-il référence, à travers cette notion d'*habitus* ? Quelles pratiques vise-t-il ? Avez-vous à l'esprit des exemples tirés de votre expérience personnelle, qui peuvent illustrer le texte ? À la lumière de cette lecture, pensez-vous qu'un fils d'ouvrier ait autant de chances qu'un fils de bonne famille de faire montre d'une culture sophistiquée, et d'accéder à des études supérieures exigeantes ? » Je perdis mes moyens. Je divaguai entre soupirs et bégaiements. Je ne savais plus que dire. J'abrégeai la torture par le silence. Je les contemplai, un à un, qui se délectaient du spectacle de ma désillusion. Non, ce concours n'était pas pour moi ; je n'y arriverais jamais. Les mains se tordaient de gêne. Les yeux se rivaient sur les cahiers triturés de notes. L'un semblait embarrassé. L'autre demeurait impassible, mais dans ses yeux bruissait une jouissance terrible. Le mot de la fin fut pour celui-là. « Tâchez de ne pas donner raison à Bourdieu », conclut-il avec un sourire. La défaite était assurée. Je ne connaissais rien du sociologue le plus important de sa génération. Je n'étais même pas capable de déceler entre ses lignes les mécanismes de mon propre échec.

Les jours qui suivirent, je campai à la bibliothèque municipale ; j'y lus chaque page écrite par ce *Pierre Bourdieu* dont on m'avait dit qu'il connaissait mon destin avant moi. Ses pages mettaient des mots sur mon histoire. Elles m'apparaissaient comme un diagnostic : « Depuis toutes ces années, voici le mal dont vous souffrez : le conditionnement. » Devant mes professeurs, je me sentis comme une malade en phase terminale, à qui l'on aurait fait lire un passage particulièrement cruel sur les ravages du cancer, en lui disant d'un ton doucereux qu'il lui fallait affronter une chimiothérapie. *Vos chances de survie sont nulles, mademoiselle, et vous êtes promise à de grandes souffrances, mais hasardez-vous à l'hôpital, et tâchez d'en sortir vivante… Qu'on donne enfin tort à ce foutu cancer…* C'était à cela qu'on me condamnait : continuer à vivre malgré la naissance. Contre. J'en parlai avec mon père, bien plus tard, et il y eut dans sa voix le même étranglement, le même sanglot traître que celui qui troubla la mienne devant le jury de la classe préparatoire. « C'est vrai, nous sommes tous empêchés par des choses qui nous échappent », concéda-t-il. À cette violence héréditaire, sociale, s'ajoutait le retour de bâton de sa prise de conscience – souvent tardive – en un mouvement de balancier qui faisait souffrir également les aïeux et leurs successeurs.

À l'époque, je regardais mon entourage comme une montagne d'ignorance. Les relations humaines sont ainsi faites que chacun anticipe l'image qu'on projette sur lui, poussant les uns et les autres à se retrancher dans l'ombre de ces « types » – l'intellectuel, l'ignare, le simplet, l'arrogant… De plus en plus, je me complaisais dans cet archétype de la jeune prodige prétentieuse que l'on voyait en moi, et je ne pouvais m'empêcher de reprocher à mes géniteurs un manque de culture, une méconnaissance de ces *mots* qui faisaient ma seule joie. Ah, les mots ! Ils ne servent à rien, mais Dieu qu'ils savent diviser ! Si j'étais seigneur de guerre, ils seraient ma première arme. Le spectre de l'échec me narguait : si je ne réussissais pas, qu'adviendrait-il de mes rêves ? À vrai dire, des *rêves*, je n'en avais pas *précisément* ; seulement celui de partir. Mais si je venais à sombrer, où atterrirais-je ? Que diraient tous ceux qui désiraient tant que je chute ? À mesure qu'approchait le concours de l'Institut d'études politiques, l'idée du suicide me contaminait le cerveau. Chaque jour, je montais la colline du lycée et je pensais *si j'échoue au concours, si j'échoue, il suffira de quelques cachets et d'une bouteille de whisky, si j'échoue j'en finis, si j'échoue je disparais*. Il n'y avait plus à l'horizon que des amas de textes et de livres, et ce terrible classement qui avait sur moi droit de vie ou de mort. La réussite fut le couperet qui m'obligea à continuer de vivre.

Le jour de l'examen, j'eus le sentiment de jouer mon existence d'un coup de poker. Toute cette agitation intérieure, cette bourrasque qui me traversa alors me semblent bien dérisoires désormais. En cet instant, je m'affolai ; je regardai en tous sens, inspectai chaque couloir, chaque candidat. Face à l'élégance de tous les autres, je me sentais usée ; j'avais l'impression d'être un brouillon quand tous avaient la finesse des papiers nobles. Je dus plancher sur un texte consacré à la construction européenne. Je parlai de géopolitique, des Nations unies, de la prévalence des organisations internationales sur les États. Autant d'idées qui, des années plus tard, ne seraient plus qu'un tas de cendres dans le jardin funéraire de ma mémoire.

L'entretien se déroula sans encombre. Je n'osai y croire. Je sortis et m'offris au soleil, exaltée. Je me perdis dans ce Paris que je n'avais jamais vu. Ivre. Après cela, je devins folle. Le répit est un fugitif : il m'avait envahie pour mieux m'abandonner. Je me terrai dans ma chambre jusqu'à l'annonce des résultats. Plus la perspective du suicide approchait, plus l'adrénaline me renversait les veines ; la sidération me gagnait, et je songeais encore *en finir, disparaître, ne plus être, partir ou crever…*

Puis mon nom en petits phonèmes noirs sur une liste. La sidération se mua en fureur. J'exultai. Mon suicide ne serait qu'une petite mort : un départ.

★

Je suis partie un jour d'été, en train, sans un mot. Dès lors, tout s'accéléra ; la ville ne me parvint plus qu'en fragments. Je n'y retournai plus. Rarement. Je l'oubliai vite. Mais la violence nichée dans ses bruits, ses coups, ses nuits de sel et de mauve ; cette violence me revint par bribes, cruellement, partout où je ne l'attendais pas. Ici ou là, une fulgurance me rappelait les sons, les lueurs rasantes, la honte, cette hideur rampante, insidieuse, qui gagnait mon visage et tous mes membres à la seule pensée de ma naissance ; cet ensemble de sensations qui s'assemblaient pour engendrer *le territoire*.

Il était temps de déguerpir. Faire place nette. Dans le wagon brinquebalant, je contemplais cette nature abominable, ce ciel sans éclat, ces campagnes dont jamais plus je ne voulais fouler le sol, et je pensais, *enfin*. Comme je me trompais ! J'aurais dû savoir, aux premiers tressauts de la machine, que l'errance ne fait que déliter les douleurs. Elle étire la honte, la répand dans le temps et l'espace ; elle vous fait devenir ce que vous redoutez. Malgré cet enthousiasme à s'extirper de soi-même, on demeure assigné à résidence. Que l'on mente ou que l'on se dérobe, on exige toujours de nous le récit d'une genèse, un acte de naissance : on nous empêche d'exister si nous ne livrons pas notre préhistoire, et, lorsque l'on s'exécute, c'est pour mieux nous y circonscrire. Il n'y a pas d'issue : on a beau échafauder des stratagèmes, refuser les frontières, les hommes s'y enferment malgré eux. On n'échappe pas à l'origine, et on a toujours d'excellentes raisons de se haïr. Pour briller, il faut avoir été poli dès l'enfance. Et, parmi nous, il n'y avait ni diamants, ni pierres précieuses. Rien que des cailloux aux flancs malhabiles. Des minéraux accidentés. Il semble que je n'étais pas de ceux-là. Qu'un hasard aura fait de moi une roche un peu moins terne que les autres. Mais voyez ce que je suis devenue ! Je me suis ensauvagée. Je me suis muée en silex, en lame ; jamais plus je ne saurai ce que j'étais avant d'être taillée.

II

À dix-sept ans, le bleu au cœur, je *montai* à Paris. Nous n'avions pas les moyens de prendre un appartement, ni d'assumer toutes les dépenses qui me permettraient d'y vivre. Je dénichai une annonce proposant une petite chambre contre garde d'enfants. L'auteur précisait « étudiant(e) maîtrisant l'anglais, capable d'aider trois enfants de dix, treize et seize ans dans leurs devoirs ». La contrepartie apparaissait comme un moindre mal, compte tenu des prix exorbitants que les propriétaires exigeaient pour des taudis tous plus inhabitables les uns que les autres.

Je m'empressai de répondre à l'offre. On me proposa une rencontre au plus vite. La semaine suivante, je m'y rendis avec mes parents. Nous nous réjouissions. Une chance ! Au téléphone, la mère de famille m'avait paru sensée. Une voix haut perché, une certaine distinction dans le verbe, mais pas d'intégrisme particulier. Elle était avocate d'affaires, son mari directeur du patrimoine chez Rothschild. Je ne savais pas très bien ce que tout cela signifiait ; j'imaginais que ce n'était pas mauvais signe, du moins j'accueillis la nouvelle sans grande inquiétude.

Nous arrivâmes tôt sur les quais. Il fallait tuer le temps. On se balada dans le quartier ; la ville était belle, conforme à l'image d'Épinal – rien de transcendant, tout y était convenu, d'une froideur de carte postale, mais le soleil se montra agréable. Dans l'entrée, un parfum de lavande et de fleur d'oranger. Un ascenseur élégant nous mena directement à l'intérieur de l'appartement. Nous fûmes reçus par la grand-mère, qui vivait juste en dessous ; une très petite dame apprêtée, poudrée, dos voûté, parée de dentelles, de pierreries. Elle nous dit d'entrer, que sa fille n'allait pas tarder, puis nous enjoignit de nous *mettre à l'aise* ; elle-même devait faire la cuisine. En réalité, je la surpris un peu plus tard inspectant les faits et gestes d'une cuisinière très jolie, au français approximatif, sirotant un verre de vin. Sur les murs de l'appartement, d'immenses tableaux de maîtres ; au-dessus des cheminées d'époque, des miroirs, des vases, divers blasons ; dans la bibliothèque, plusieurs Pléiades, et, au milieu des livres, un portrait de Napoléon Bonaparte. Sur la grande table de la salle à manger, des plats en argent, des chandeliers. Le soleil imprégnait chaque étoffe ; deux fenêtres colossales ouvraient sur des balcons, laissant la chaleur de juin pénétrer l'espace.

Se mettre à l'aise. Elle était drôle, la vieille. Nous demeurions debout, tentant de nous donner une contenance, à observer le cul béant de Notre-Dame, les passants, la Seine… On ne savait où donner de la tête. Il n'y avait autour qu'une lente lumière qui nous aveuglait. Je devinais des armureries, des photographies de voyage ; l'architecture grandiose d'un château, et les visages de ces enfants qui me valaient un toit à moindres frais. On les attendit deux, trois heures, dans l'antre magnifique. *Ils sont très occupés*, nous dit-on. Mes parents avaient tous deux posé un congé. Ils tenaient à faire montre d'une *éducation exigeante*, d'un souci de soutenir leur fille dans l'accomplissement de ses études. Il s'agissait de faire *bonne impression*. Un jeune couple, tout juste quarantenaire, finit par faire irruption dans l'appartement. Ils se confondirent en excuses, pendant une dizaine de secondes, *ça ne vous a pas causé trop de dérangements ? Nous étions impatients de vous rencontrer, les jeunes filles au pair correctes sont rares...* Le ton était donné.

On échangea quelques platitudes et ils m'expliquèrent en quoi consisterait mon rôle : aller chercher Joséphine, la plus jeune, tous les jours à seize heures trente, passer un peu de temps avec elle au parc, puis rentrer, l'aider à apprendre ses leçons et faire de même avec Jean et Éléonore, les aînés. On s'accorderait selon les disponibilités de chacun les week-ends ; les enfants avaient leurs activités, il faudrait faire en fonction de leur emploi du temps chargé. Si je le souhaitais, je pouvais rester un peu le soir ; regarder la télévision avec les gosses, profiter de l'espace ; l'un et l'autre ne rentraient de leurs bureaux respectifs que vers vingt et une heures. C'est à partir de cette heure-là que je m'adonnerais à mes propres travaux d'étudiante.

La chambre était l'un des anciens débarras de l'immeuble. L'espace devait faire sept, huit mètres carrés ; on y avait installé l'eau courante négligemment. L'unique fenêtre, striée de barreaux, donnait sur la cour, d'où les enfants bénéficiaient d'une vue plongeante sur mon existence. En cet instant, j'étais ravie : nous tenions là une solution. Enfin, je m'extirpai de la naissance. Tout commençait. Bientôt, l'origine ne serait plus qu'un petit rond flou à l'arrière de mon crâne.

★

Le jour de la rentrée, on se pressait *en Péniche*, le hall où étaient placardées les listes d'élèves. Le jeu des amitiés de circonstance pouvait commencer. On passait en revue les noms célèbres ; était-il le petit-fils de tel ou tel ministre, était-elle l'arrière-petite-fille de l'ancien président ? Décidément, il y avait sur les murs des patronymes fameux ; l'égalité s'arrête aux lettres majuscules. On masquait son appréhension sous les sourires, on faisait *comme si*, et il s'agissait là, certainement, de la meilleure introduction au monde et à l'école. Plus que ses élèves, les pierres de l'édifice semblaient figées dans une époque. L'histoire de la bâtisse obligeait ses occupants ; les uns ignoraient la mémoire avec entêtement, ils se détournaient des temps anciens ; les autres, au contraire, s'y plongeaient avec un sérieux, une préciosité souvent risibles. Ceux-là portaient le costume, la veste chic, ils récitaient à l'envi des vers de Hugo, s'en remettaient à Proust. Ils célébraient le folklore ridicule de l'école : ils disaient « on passe le jardin » chaque fois qu'ils empruntaient l'allée verdoyante, en référence à l'époque où l'École nationale d'administration se trouvait de l'autre côté de l'étendue d'herbe. Désormais, ma vie se scindait entre cette petite planète, et celle, étouffante, du quai de la Tournelle.

Je n'aimais pas beaucoup les enfants. Plus exactement : la filiation me faisait horreur, et avec elle les affres de l'autorité, de l'apprentissage, de l'hérédité. L'idée de reproduction m'était insupportable. La multiplication des gamètes. Les corps enfiévrés qui se chevauchent pour en produire d'autres... Les enfants me révulsaient, me rappelaient ce goût de sang. Étonnamment, ils semblaient m'apprécier. Sans doute parce que je ne cherchais à faire peser sur eux aucune exigence. Leur réussite, je m'en tamponnais. Leurs parents entrevoyaient suffisamment la grandeur de leur avenir.

Les Fers-Moult constituaient, à tous égards, un couple modèle. Ils étaient beaux. Cela peut sembler superficiel, mais c'était central. *Sublimes.* Madame avait la taille fine ; elle n'était pas grande, cependant la petitesse ajoutait à sa grâce. Cheveux longs, auburn, dents parfaites et lèvres bien dessinées. Cette voix, décidément insupportable, gâtait parfois le tableau. Son allure folle suffisait à lui donner une aura. Monsieur était svelte, athlétique ; mèche châtaine, raie de côté, teint hâlé en toute saison, et cette spiritualité dans le regard... Cet air de toujours avoir une longueur d'avance sur tout le monde... Ce sourire complice, malicieux... Et ce timbre qui, à tout instant, sonnait juste, et pour faire quelles remarques encore ! Là une citation à propos, ici une date historique oubliée...

Ils constituaient l'incarnation de la perfection aristocrate, à laquelle jamais je ne pourrais prétendre. Leur chat détenait la grâce des animaux princiers ; il s'appelait Ba'al, du nom de la divinité phénicienne de la fertilité. Même le félin, corps ondulant sur le parquet de l'appartement, semblait plus digne que moi. Parfois, je surprenais mon reflet dans le miroir du salon. Je me trouvais si grossièrement fichue. Mes traits m'apparaissaient comme un brouillon. Mon corps n'était pas sculpté comme celui de Fers-Moult mère, dont les os revêtaient la préciosité des diamants. Tout en moi était minable ; je sentais les allées de supermarché et le formica des tables de garage ; ces matériaux se trouvaient mêlés à ma peau comme le cuir le plus souple enveloppait la carcasse de mes maîtres. L'odeur du nylon, du plastique, des draps synthétiques bon marché, me collait au derme. J'étais une insulte à leur magnificence. Rien n'y faisait, j'étais sale, tachée de toutes ces années passées à ignorer la beauté du monde. Je n'avais plus qu'à me décomposer au soleil.

D'ailleurs, quelques mois à peine après mon installation, l'arrivée d'eau se tarit dans la petite chambre. L'un des voisins se construisait une salle de sport au bout du couloir, que des ouvriers occupaient. Ils coupèrent l'eau sans me prévenir ; ils ne savaient pas que quelqu'un dormait là. Ni les toilettes ni la douche ne fonctionnaient ; l'état sauvage me rattrapa. Madame Fers-Moult se fendit d'un *si vous avez besoin de prendre un bain, un de ces jours, n'hésitez pas à me prévenir.* Je renonçai à lui expliquer que, comme tout humain soumis aux aléas de la sudation et autres sécrétions naturelles, j'avais l'habitude de me laver quotidiennement.

Contrastant avec l'être répugnant que j'étais, les gosses partageaient la beauté naturelle de leurs géniteurs. Traits harmonieux, corps élancés ; ils ne s'adonnaient à aucun sport – ou sporadiquement –, aimaient à se goinfrer de sucreries, et ne se pliaient à aucune discipline, mais ils étaient objectivement *bien faits*. Néanmoins, père et mère semblaient souvent chagrinés par la médiocrité de leurs enfants. Ils n'étaient pas en mesure d'écrire le moindre mot sans fautes d'orthographe, se montraient rétifs à l'apprentissage de l'histoire… Ils rivalisaient d'inventivité pour se soustraire à un exercice. Joséphine sanglotait, quand nous rentrions de l'école : elle ne pouvait se résoudre à l'insurmontable effort de réviser ses leçons. Lorsque l'un des gosses émettait un commentaire idiot, ou faisait montre de son ignorance – ainsi Éléonore, se préparant au baccalauréat littéraire, qui se piqua de la réflexion suivante : « Oh, *Zadig* de Voltaire… Comme la marque de mode ? » –, les parents se confondaient en excuses et hochaient la tête en souriant, d'un air de dire *je n'ai rien à voir avec ça, je n'y peux rien s'ils sont bêtes*. Afin de combattre la génétique, qui semblait ne pas les satisfaire, ils menaient un mode de vie curieux, mélange de tradition et d'aspiration à une contemporanéité tout accessoire : entretenir deux châteaux et courir les réceptions branchées de la capitale. Refuser d'aller à la messe, mais organiser des mois à l'avance des reconstitutions coûteuses des grands banquets napoléoniens. Madame s'habillait chez les couturiers les plus en vue. Monsieur pratiquait la chasse. Il rapportait le gibier au logis, comme un préhistorique regagnant la grotte, puis il le confiait à un taxidermiste. Aussi l'appartement fourmillait-il de bestioles empaillées. Les fourrures étaient tantôt rêches, tantôt soyeuses, les yeux toujours exorbités ; les prises campaient sur les murs, dans les placards, dans les chambres des enfants... Attendant l'embaumement, les cadavres gisaient sur le rebord de la fenêtre, spectres carmin offerts aux passants. Je me demandais si des badauds suspicieux appelleraient la police. Mais, chaque fois, la dépouille restait là deux, trois semaines, et personne ne s'affolait. Les meurtriers des beaux quartiers ne sont pas des criminels.

Cette passion du père Fers-Moult, de même que son acharnement à maintenir en état les deux châteaux qu'il possédait dans le sud du pays, procédait selon moi de son obsession pour l'Histoire. Passionné par Napoléon, qui avait permis à son ancêtre, maréchal de France, d'être anobli, il collectionnait des portraits, des biographies et divers objets qui mettaient en scène son idole. La bibliothèque en était envahie : écrits de Sainte-Hélène, récits des campagnes, vie et mort de Bonaparte. Le fond d'écran de son ordinateur montrait le tableau qu'Ingres lui consacra. Ultime hommage du dévoué Fers-Moult à l'Empereur : lorsque sa femme apprit qu'elle attendait un fils, il lui annonça que sa progéniture prendrait le nom de... Napoléon. La mère Fers-Moult, en cloque, n'osa pas le contredire. Seulement, par un funeste coup du sort, l'enfant naquit le jour de la Saint-Jean-de-Dieu, nom de l'illustre ancêtre. Alors le père, tiraillé entre l'aïeul et le fétiche, dut se résoudre à choisir le premier. Le fils fut nommé Jean-de-Dieu Fers-Moult de Sinistrie, ainsi que l'était son ascendant deux siècles auparavant.

Napoléon encore. Je me croyais au XXIe siècle, je me réveillais au XIXe. Il devint évident, à la seule pensée de cette continuation simple, entre le maréchal et le gosse qui végétait à Henri-IV, que les structures de pouvoir du pays n'avaient pas changé. Tout ce que je pensais révolu constituait mon *présent*. Ces mots, dont j'étais persuadée qu'ils appartenaient au passé, parce qu'ils avaient été écrits, commentés, regrettés, recouvraient ma vie, et je me mis à les haïr. J'exécrais cette littérature qui romantise les héros de l'ombre ; les valets, servantes, majordomes et autres petites mains... Je ne comprenais pas cette ardeur à admirer les esclaves. Alors je décidai de tout détester : les gosses, leurs parents, les autres membres du personnel de maison, mes camarades de classe, certains de mes professeurs... À travers eux, la haine de moi-même grandissait.

★

Bientôt, l'aisance de mes camarades de l'Institut se confondit avec la supériorité des Fers-Moult. Nombre d'élèves venaient aussi de ces lignées supérieures. Je me sentais écrasée. Les uns me souriaient avec condescendance, les autres m'achevaient par leur intelligence, leur culture, leur entrain à dompter le monde. Je n'étais ni belle, ni savante. Je me montrais réservée, malhabile, peu rieuse ; je me complaisais dans un premier degré têtu, je refusais le cynisme, l'humour ; toute dérision sur moi-même n'était qu'un approfondissement de ma douleur. Drame de l'enchaînée qui se rêve affranchie, mais que la liberté terrifie.

Le soir, je demeurais seule, et je méditais à la lumière d'une veilleuse, yeux rivés sur le plafond, qui n'était qu'à quelques centimètres de mon crâne. Je ne voyais jamais personne. Je me levais tôt, effectuais diverses lectures et rédactions, allais en classe, me précipitais à la sortie de l'école de Joséphine. Mon mode de vie était indexé sur celui des Fers-Moult. Il n'y avait aucune rationalité économique à tout cela. Simplement une gosse perdue courbant l'échine, parce qu'il semblait alors que c'était *la seule chose à faire*.

Chaque après-midi, je remontais la rue Monge, puis j'obliquais vers la rue du Cardinal-Lemoine et je m'arrêtais au seuil de l'école Sainte-Geneviève. Juste au-dessus, le lycée Henri-IV. Il faudrait veiller à ce que, contrairement à sa sœur, son niveau ne soit pas si bas qu'elle doive opter pour un autre lycée. *Henri-IV*. Ce nom, je l'avais entendu souvent en classe préparatoire. L'établissement qui plaçait le plus d'élèves à l'École normale supérieure. Je n'en vis jamais l'intérieur ; je ne faisais que passer devant, chaque soir. Ce que l'on m'avait dépeint comme un mythe n'était qu'une école de quartier comme les autres. Seulement, ce quartier, lui, n'était pas comme les autres. Personne n'y était *autre* ; on y demeurait entre soi, entretenant par la flambée des loyers le microcosme privilégié des cours d'école. À Sciences Po, on venait de l'Alsacienne, de Stanislas, Fénelon, Condorcet… Je m'habituais à venir de nulle part. C'était plus simple, au fond. Je n'étais sur aucune carte. Personne ne connaissait mes anciens camarades. J'étais une page blanche. Et, malgré la difficulté que représentait cette absence d'histoire, je me complaisais dans le vide.

Les mères d'élèves me toisaient. Je n'étais pas assez *propre*, certainement. J'apprenais, dans leurs yeux, à haïr mon visage. Pourtant, d'aucuns louaient ma « gueule d'ange », ce teint de porcelaine, ces yeux clairs qui me lavaient du soupçon. Mais j'étais, dans leur bulle parfaite, une aberration. Une erreur. Comme elles avaient mis du temps à s'habituer aux nounous africaines, sud-américaines, il leur fallait s'habituer à *ma* présence : la gamine un peu paumée, née au mauvais endroit, qui devait les haïr atrocement. Elles n'avaient pas tort ; ma haine était atroce, mais elle ne s'attaquait qu'à moi-même.

Nous passions la fin de l'après-midi au square. Deux rangées de bancs entouraient les jeux des enfants. Les mères au foyer allaient d'un côté, les nourrices de l'autre. On se regardait en chiens de faïence. Il n'y avait ni animosité, ni gêne ; une *distinction*, simplement, qui traçait une frontière infranchissable entre la lignée de jeunes femmes élégantes, et la masse de travailleuses pour qui cette étape ne signifiait que le début de la journée. Je me liai d'amitié avec une Brésilienne qui m'apprit quelques rudiments de portugais. Les autres nourrices venaient d'Afrique de l'Ouest, d'Amérique latine. Les mères, cheveux bien lisses, barrette et raie sur le côté, leur faisaient des « bonjour » discrets à la sortie de l'école. La condescendance se nichait dans la considération feinte ; cette obsession de ne pas laisser paraître ce sentiment de supériorité qui les habitait, cette angoisse d'être mêlée à la plèbe. Il s'agissait de maintenir, derrière une politesse impeccable, la *noblesse* qui seyait à leur rang. « Et votre petite, ça va ? Vous allez au Brésil, bientôt ? » Bien sûr, elles allaient même voyager en première classe, sans papiers, comme le reste du personnel de maison qui œuvrait à la cuisine, au ménage... Mais ce qui les passionnait, au fond, était d'un autre ordre : leurs vacances en Bretagne – *va-t-il pleuvoir, encore, comme l'année dernière ?* – et les inscriptions au solfège à effectuer au plus vite, parce que les places partaient *comme des petits pains*. Après deux ans, pas une ne connaissait mon prénom. Pas une ne savait ce que je faisais là. J'étais un buvard. Je n'existais que pour donner un sens à la vie de mes maîtres. Par moi, ils faisaient œuvre de charité. Ils se montraient altruistes. Ils aidaient une étudiante modeste à accomplir un *destin*. Il n'était pas suffisant de briller par leur propre fatalité ; il leur fallait aussi s'approprier celle des autres. Tout comme ces femmes évitaient la contamination de leurs sous-fifres, sans doute tentais-je de me détourner des gouvernantes étrangères. Je voulais, à mon tour, améliorer ma place au sein de cette chaîne alimentaire où les petits animaux se repaissent des plus faibles encore.

*

Un jour d'avril, je fus invitée à l'anniversaire de Joséphine, en présence de toute la famille Fers-Moult. Je me présentai en avance, habillée élégamment, un cadeau onéreux précieusement emballé – un livre pour lequel j'avais payé une coquette somme. Je tentais de me donner une allure qui ne laissait rien transparaître de mes promenades le long des docks, qui ne disait rien des machines de l'usine, de l'amiante, de Karachi. Je voulais me fondre dans mes vêtements de lin, que ma peau s'y consume, et qu'il ne reste de moi qu'un tas de cendres blanchi. Je découvris, un à un, les cousins des Fers-Moult, qui tous avaient mon âge. Ils enviaient ma place à l'Institut d'études politiques ; tout l'après-midi, je surpris dans leurs yeux cette lueur qui murmurait *pourquoi elle et pas moi, j'aurais dû y être, pas cette bouseuse, qu'a-t-elle de plus que moi ?* L'un des cousins me jaugea pendant des heures. À la fin de l'après-midi, il s'enquit de mon histoire et, avec l'iris émerveillé des explorateurs, il s'exclama : « Un cœur pur... C'est beau, les cœurs purs... » D'abord, je ne compris pas bien. Et puis, je réalisai : ils se sentaient tachés. Entravés par l'histoire glorieuse des aïeux. Enduit d'un héritage qui les débordait. Ils n'avaient pas la chance de connaître, comme moi, le bonheur de la toile vierge. Les grands-parents s'extasiaient sur ma discrétion, mon silence ; je ne faisais pas un bruit, pas un voisin ne soupçonnait ma présence ! J'étais une bénédiction. Sans moi, les notes des enfants seraient une catastrophe. Je rentrai fourbue. On avait vu en moi un jeune prodige, mais de même que ma famille établissait avec moi une distance, celle du savant sceptique quant à la créature dont il a enfanté, les Fers-Moult me traitaient en suspecte.

Un samedi de printemps, j'étais d'humeur joyeuse. Il faisait beau. La glycine fleurissait ; une année pénible venait de s'écouler. Je me distrayais avec les gosses. Par la fenêtre ouverte nous parvenait le murmure grandissant de la rue. Le bruissement s'épaissit. Le père Fers-Moult, tout occupé à son bureau, se pencha entre les rideaux vaporeux. Une manifestation était en cours. « Qu'est-ce qu'ils veulent ? » demanda-t-il. Cela faisait des semaines que j'entendais parler de la mobilisation : « Ce sont des travailleurs clandestins qui sont en France depuis des années. Ils demandent leur légalisation. La plupart paient des impôts... » Il se tourna vers moi, exalté. « Ah, ils veulent des papiers ? » éructa-t-il, rieur. « Eh bien on va leur en donner, des papiers... » Et alors je vis sa main se ruer vers le chargeur de l'imprimante pour en sortir des feuilles volantes. Il se précipita à la fenêtre et lança les pages blanches d'un geste théâtral. « On va leur en donner, des papiers », répéta-t-il, l'allure fière, posté au-dessus du balcon, comme un empereur acclame ses esclaves : avec déférence. Il s'amusa un temps ; il balança une rame, puis deux, et il gueula : « Les voilà, vos papiers, les voilà ! » Enfin, il abandonna le sourire, ferma la fenêtre, et alors la clameur s'évanouit comme un couperet fend la nuque du condamné. On oublia le soleil, les chants, le printemps. Le ciel n'était plus que noirceur.

★

Un jour, je refermai la lourde porte de l'immeuble. Enfin, j'étais libre. J'officiai quelques mois dans un centre d'appels, en région parisienne, au service d'une grande compagnie d'assurances.

Le *call center* était un lieu, avant d'être un travail. Ce territoire, qui semblait échapper aux lois des institutions et de la gravité, ainsi qu'à tout sens commun, tenait dans une tour. Celle-ci gisait dans la proche banlieue parisienne, entre une station de RER, un parking, une route et des barres HLM. Désert vertical, western de bureaux, l'immeuble n'était qu'une suite d'*open spaces* gris, aux meubles et aux moquettes uniformes, à l'odeur de café calciné et sucré. Lors de mon premier jour, nous étions une dizaine à découvrir ce lieu hors du temps. Là-bas, il passait infiniment plus vite, ou terriblement lentement. Il y avait les heures creuses ; celles auxquelles personne n'appelait, et les heures pleines, où les téléphones sonnaient à tout rompre. Notre rôle consistait à prendre les appels des clients qui venaient d'avoir un problème avec leur voiture, ou un accident. Nous devions les écouter, et réunir toutes les informations nécessaires pour savoir si nous pouvions leur venir en aide. Dans la majorité des cas, ils avaient souscrit à un contrat médiocre, parsemé çà et là d'exceptions mentionnées en lettres minuscules, illisibles ; amas de conditions absurdes qui les empêchaient d'être remboursés pour tout ennui technique sérieux. Exemple : si la batterie dysfonctionnait, que le véhicule tombait en panne, qu'il était remorqué vers le garage le plus proche, et non vers le garage constructeur, rien n'était remboursé au client. Chaque jour, les situations les plus rocambolesques se succédaient ; il fallait ignorer la raison et s'entêter à répéter les phrases types que l'on nous avait enseignées. Nous devions mémoriser des centaines de nomenclatures, de cas de figure, de références aux pièces des moteurs et aux polices d'assurance.

L'espace était délimité à la perfection. Il se composait d'une immense suite de bureaux, lignes parallèles donnant à chaque employé une distance minimale entre l'ordinateur, le téléphone, une chaise et les autres salariés. En face de ce bloc, séparée de lui par une allée, une autre rangée de bureaux, plus grands ; ceux des *managers*, tournés face à nous, afin d'inspecter le moindre de nos mouvements. Ils pouvaient écouter nos conversations et s'immiscer dans nos ordinateurs – du moins, c'est ce qu'on nous avait dit. Au-dessus d'eux, un écran immense sur lequel tous nos yeux demeuraient rivés. Il indiquait combien d'appels entraient, combien étaient en train d'être traités, et dans quel laps de temps. La promesse de la compagnie était de répondre à quatre-vingt pour cent des appels dans les vingt premières secondes. Alors, au moment où les appels fusaient, et parce qu'il était humainement impossible de tenir ce rythme, nous nous divisions en deux groupes : ceux qui répondaient et ceux qui rappelaient. Les premiers décrochaient le téléphone à la vitesse de la lumière et notaient les numéros des clients. Les seconds se chargeaient de les recontacter. Ceux qui souscrivaient aux polices les plus chères étaient rappelés en premier, les autres devraient attendre. Travail à la chaîne. Mensonges en série. Cercle vicieux où nous étions les complices de la compagnie, dans ce grand jeu de dupes où les clients eux-mêmes se trouvaient pris au piège de leur propre bêtise. Bien sûr, chaque jour, les couacs se multipliaient ; on se trompait de numéro, on notait négligemment, on oubliait de spécifier un détail… Et alors le système s'écroulait comme un château de cartes.

Élément clé de l'édifice, qui toujours, *in extremis*, en empêchait la chute : les *contremaîtres*. Leur tâche consistait à sillonner les bureaux, à s'époumoner dès que l'écran s'affolait – « Ça parque ! Ça parque ! » criaient-ils alors – et à s'acharner sur nous dès qu'un appel se prolongeait. Il fallait éluder les conversations avec les clients, sourire au téléphone – cela s'entendait dans la voix, nous disait-on –, ne jamais se montrer discourtois. Nous avions droit à trente minutes pour déjeuner, et à deux autres pauses de quinze minutes chacune. Dans cet interstice, il nous était possible de descendre au bas de la tour, au réfectoire, ou simplement de s'asseoir sur l'un des bancs adjacents au parking, avant de remonter. Nos jours obéissaient à un temps parallèle : nous arrivions très tôt, pour regagner le cœur de la ville dans le soleil, ou passions la soirée dans la tour, du crépuscule à la pénombre.

Je nouai des amitiés passagères avec les autres employés. La plupart suivaient des études longues ; médecine, droit, commerce, et venaient de banlieue parisienne. Certains, diplômés, n'avaient pas encore trouvé d'emploi stable. Ils parlaient quatre, cinq, six langues, avaient écrit des thèses sublimes en histoire de l'art ou en anthropologie, mais ne trouvaient pas de travail dans leur domaine d'expertise. D'autres encore avaient amassé l'argent du *call center* plutôt que les succès universitaires, et avaient laissé le doute les chasser des bancs de la fac. Tous craignaient la hiérarchie ; on murmurait qu'il existait une « Charte de la délation », nous invitant à dénoncer les irrégularités de nos camarades.

★

Je déambulais des nuits entières dans Paris. Insomniaque. Il en allait de mon errance comme d'un rituel millimétré, dont le cérémonial me permettait de ne pas sombrer. De Château-Rouge, je rejoignais la place des Abbesses, Pigalle, Clichy, puis la rue des Martyrs, la gare du Nord, Barbès ; je partais et revenais à pied, dans la fraîcheur du noir, de la musique contre les tympans, à contempler le béton, les hommes embués de sommeil, les étudiants avinés, les clochards tristes, les gardiens en lutte contre la fatigue. J'effectuais cette promenade chaque soir, enveloppée par la ville mais comme *en dehors* d'elle, voguant entre les ombres pour tenter de ne pas en devenir une. Prendre un métro, n'importe lequel, jusqu'au terminus, et rentrer à pied. Étoile, Monceau, Batignolles, place de Clichy, Pigalle, Abbesses, Montmartre, rue André-del-Sarte vers Château-Rouge, et enfin la rue de Suez, déserte, essoufflée des débris de la veille, bruissante encore des voix du marché, du pas des travailleurs en retard, et du sourire lancinant des vieux qui passaient tout le jour au café, à observer les autres dans leurs contorsions routinières.

Il est de ces heures où les boulevards frémissent de rires et de cris d'enfants. Quatre fois par jour, dans chaque quartier, une sonnerie retentit dans une école : un long signal, qui crisse dans le lointain et sert de cadran à tous les voisins ; ce même son strié, cette mise en garde qui annonce l'entrée et la sortie. À midi, puis vers cinq heures, les cloportes sortent. Ils viennent inonder les trottoirs, se répandent en frétillant, comme les spermatozoïdes ont grouillé dans les vagins de leurs mères. Alors nous sourions à la vue de ces insectes enthousiastes, parce que, si nous ne sommes plus animés de cette joie, nous ne l'avons pas oubliée non plus, et l'on est rassuré au fond qu'elle existe encore.

J'habitai, un temps, une chambre modeste de la rue Bleue, qui prolonge la rue de Paradis. Je ne manquais jamais le spectacle du fourmillement intempestif de la marmaille ; il m'est difficile de détacher le regard de ce qui me révulse. Certains rejoignaient le bas de la rue du Faubourg-Saint-Denis. Ils passaient sous l'arche, où ils s'inventaient des parades grandioses, ils mimaient des bruits d'épée, des fracas de canons, et ils allaient déjeuner en songeant à la bataille qu'ils livreraient l'après-midi. Des nourrices leur intimaient de se calmer, de manger en silence, et ils n'écoutaient rien, parce que c'est ainsi que l'on grandit. Leurs camarades gagnaient des ruelles plus modestes, du côté de la gare du Nord. D'autres se dirigeaient vers la très belle cité de Trévise, relique d'une vague humeur d'Italie, du nom, en réalité, du duc de Trévise, Adolphe Mortier, maréchal de son État.

Voici une ville où la noblesse d'Empire avait des rues à son nom ; les pauvres y dormaient, pour tâter de leurs culs la grandeur de la France. Peu après les attentats de novembre, j'assistai à une saynète fantastique sur les bords du canal Saint-Martin. Je m'y promenais vers deux heures du matin. Il n'y avait pas grand monde, mais je repérai un jeune type, titubant, qui se mit à chanter *La Marseillaise* d'une voix haut perchée, avant de sombrer tête la première dans l'eau verdâtre. Un clochard, qui somnolait sous un tas de tissus, s'élança à la rescousse du type. Il n'était pas moins ivre que lui, et il le secourut bruyamment, laissant échapper quelques rots et une bonne dizaine de jurons, avant d'envelopper le baigneur d'un grand drapeau français qu'il gardait dans son caddie. L'autre lui serra la main, et ils partagèrent une cigarette en sifflotant l'hymne national.

★

Mes chambres éphémères ne retinrent rien, sans doute, de mes épopées de nicotine : il ne resta que des cendres, auxquelles mon patronyme ne survivrait pas. Je ne suis pas un maréchal de l'armée napoléonienne. À moi, alors, de redresser l'horizon de mon destin : j'arrive au combat bien tard, mais j'y cours comme les officiers de Bonaparte galopaient derrière leur Empereur. Et je ne plierai pas devant l'ennemi. Seulement, cette fois, la guerre est intestine, parce que c'est entre nous que les rues ont bâti des frontières, et je dois défendre les miennes coûte que coûte, avant que les descendants de Trévise ne viennent m'administrer le sort que leurs aïeux avaient réservé aux territoires rivaux. Oh, bien sûr, il s'agira d'une torture douce ; une arrogance sortie des beaux quartiers, des rêves nourris par la conviction qu'ils pourront être réalisés.

À Paris, le néant me mit parfois à l'épreuve, comme seul un Christ sait le faire. Assise à la terrasse d'un café de la rue du Faubourg-Saint-Denis, lisant, un vagabond vint un jour vers moi. « Ça va, mademoiselle… Vous avez l'air possédée », lança-t-il, relevant mon regard happé par le livre. « Qu'est-ce que c'est ? » poursuivit-il. Il s'agissait des *Versets sataniques*, de Salman Rushdie. Alors le type, découvrant la couverture rouge, et ce titre, cinglant, se mit à rire… « Oui, c'est ça, vous êtes possédée ! Au fond, être possédée par Dieu ou le Diable, c'est la même chose, non ? Moi, c'est la route qui me possède ! » Il eut un geste vague, pour désigner cet horizon qui lui servait de seigneur. Je ris, moi aussi, et lui offris une cigarette. Nous nous sommes tus. Il a repris son chemin et moi mon livre, puis je suis rentrée dans le café, parce que je n'en pouvais plus de ce hasard qui ne mettait sur ma route que des chiens errants : ils me ressemblaient trop.

★

Paris s'éloignait. À l'heure des vingt ans, je croyais à l'errance d'une foi de déracinée. Il fallait disparaître. Partir loin. Les périples de faible distance n'avaient de valeur que celle des ellipses : je méprisais l'idée d'une fugue, et m'impatientais de connaître un *choc*. Je rêvais d'un bond dans le temps. Le secret des véritables voyages, et je le crois toujours, ne réside pas dans le *dépaysement*, qui n'est qu'une éraflure au royaume des plaies profondes, mais dans la *mélancolie*. Cette conscience différée du temps qui plonge sa victime dans un mutisme énigmatique. Cette nausée vertigineuse à la seule pensée que l'on pense trop tard, ou trop tôt ; que l'on pense de manière inadéquate, trop détachée ou trop appuyée ; ce sentiment fulgurant, persistant dans son étrangeté, que l'on *n'est pas à sa place*.

Comprends-le bien, lecteur, il ne s'agissait pas, pour moi, de *voyager* mais d'être *déplacée*, déportée, transvasée, *transplantée*, ainsi que l'on grefferait un cœur en terre endogène, ou une plante exotique dans le corps d'un miraculé. Je voulais me réinventer. M'extirper du bourbier dans lequel je m'étais empêtrée à Paris ; cette servitude en forme de petite chambre sombre. Être ailleurs signifiait d'une certaine manière être quelqu'un d'autre. Arpenter d'autres rues, d'autres mythologies, d'autres cimetières ; parler une autre langue, se fondre dans une autre musique. Être. Autre.

L'Institut d'études politiques exigeait de nous une destination. Un projet. Je ne tergiversai pas une seconde. Je désirais une ville, une seule, parce qu'alors elle n'existait pas, elle n'était pas *réelle* ; elle était moins qu'un fantasme de ville, à peine quelques lignes esquissées sur un bout de monde. Un désert. Une page blanche. *Damas.* Je me décidai en une nuit ; les grands desseins, à l'inverse de Rome, ne mettent pas plus d'un jour à naître. Ainsi, du soir au matin, je songeais à ce fantôme qu'on exigeait de moi ; le nom de ce lieu où je devais vivre, parler, exister, aimer, et que je devrais quitter ; une « sur-ville », en quelque sorte, une ville inventée, jamais arpentée, où je devais me figurer des habitudes.

De la Syrie, je connaissais l'histoire, le dictateur héritier, la politique régionale et quelques anecdotes des époques récentes, telles la perte du sandjak d'Alexandrette au profit de la Turquie et l'annexion du Golan par Israël. Je savais la préciosité de Damas et la beauté diaphane d'Alep. Mais il n'y avait sur ce mot de Syrie aucune image. Aucune permanence. Aucune préexistence. Aucune antériorité à ma rêverie. Aucun *passé*. Seuls des mirages, furtifs, ombres se détachant d'une lumière aveuglante, me parvenaient. Çà et là, une vieille photographie de la mosquée des Omeyyades et la vision d'un drapeau immense surplombant une avenue rectiligne. Un tracé sur une carte ; un mont, vers lequel la construction du site s'était déployée ; quelques vestiges araméens, phéniciens ; des chansons, des prophéties. Mais ni exégèse, ni portrait permettant de distinguer le visage de la cité. J'étais face au vide, et cela me plaisait. Je ne pouvais envisager un départ sans précipice, et quel gouffre que celui de Damas !

Le nom me séduisait. Damas. Je désirais partir pour le mot, pour le *nom* même de *Syrie*, de *Damas*, comme, des années plus tard, je me piquerais d'un voyage à Puerto Escondido pour la seule curiosité que ce mot éveillait en moi. Or, l'origine du terme *Syrie* demeurait incertaine. C'était, à mes yeux, un mot sans racines. Un mot déraciné. A-raciné. Telle qu'évoquée dans la Genèse, la *Syrie* désigne la terre des fils d'Aram, lui-même engendré par Sem, descendant de Noé et frère de Cham, maudit par son père qu'il avait surpris nu, en proie à une terrible ivresse. *Sham*, nom ancien de Damas, qui par extension désigne le Levant : la Syrie, le Liban, la Palestine et la Jordanie. Partir en Syrie revenait, en quelque sorte, à jouer sur les mots. Si les hommes n'en finissaient pas de me décevoir, les mots, la sonorité des mots ; leur bruit, leur clameur, me porteraient toujours.

La langue arabe me passionnait. Là où le français évoquait l'*écrivain*, l'arabe disait *écrivant*. Tout venait du verbe, racine en quelques syllabes, rien de plus que des consonnes parsemées d'accents. كَتَبَ : écrire. De ces phonèmes découlait le reste du langage. *Écrivant* contre *écrivain*. On mettait l'accent sur l'action. Pas le prestige, pas la condition, ni le statut, *mais le geste*. Écrire. Il y avait une virtuosité dans cette ville, cette image de ville, cet imaginaire calligraphié ; il y avait une virtuosité dans ce voyage, et cette perspective me transfigurait.

Partout autour, je ne voyais que des ratures et je songeais *Damas n'existe pas réellement ; Damas est vide, je rêve de Damas*. Je voulais apprendre. Je pensais les départs faits pour l'initiation ; je ne savais pas encore que leur seule fonction était la fuite. Il est édifiant, *a posteriori*, de songer que j'ai quitté la France pour me détacher de son histoire. La civilisation qui a enfanté de la Syrie donne le vertige : Apamée surplombant l'Oronte, Tell Banat et Mari sur les bords de l'Euphrate, près de Deir-Ez-Zor, aux confins du Tigre qui poursuit sa route vers Nimroud, en Irak ; ruines de Palmyre, village de Maaloula où l'on parlait encore, disait-on, l'araméen. Ainsi, je fuyais la peste pour embrasser le choléra. Et quel enthousiasme avais-je à l'entreprise !

J'avais épuisé deux ans en solitudes. Il me fallait aller au-devant du monde. Rompre avec mon ascèse. De ce recueillement monacal, je voulais faire surgir des mots, des visages, des sensations. Je ne recherchais, en vérité, qu'une certaine lumière sur ces murs que je ne connaissais pas. Mais je voulais aussi puiser en Damas une part de sombre. Le quotidien doucereux de Paris m'ennuyait. Je désirais la violence politique pour renouer avec une violence intime.

III

Je rencontrai, en tous points de mon errance, des prophètes devenus voyants par la force du hasard. « L'État n'a pas de sagesse, mais je crains qu'il n'ait aussi perdu la raison », me glissa un opposant aux premières heures de la révolte syrienne. D'aucuns verraient, dans l'effondrement qui succéderait à ces mots, l'accomplissement d'une autre prédiction. Celle de l'Ancien Testament, qui livre un récit lapidaire de la chute de Damas.

> Ésaïe 17:1.
> *Oracle sur Damas. Voici, Damas ne sera plus une ville,*
> *elle ne sera qu'un monceau de ruines.*

Je crois que les prophéties disent moins des cataclysmes qu'elles annoncent que des hommes qui les répètent. Ces mots décrivent, en substance, l'être que je suis devenue : un monceau de ruines. Il est captivant d'observer comme la religion se repaît de la terreur des hommes et les précipite dans les bras des nations. Effrayés par les cieux, ils se retranchent sous le toit des tribus ; religion et nation constituent les deux branches du balancier qui condamne les hommes à ne jamais trouver l'équilibre.

L'une pousse les peuples dans les bras de l'autre, et inversement : cherchant à se détourner du chaos, on resserre l'étau de l'appartenance jusqu'à l'implosion. Les désastres, si poétiquement décrits dans les livres sacrés, adviennent finalement, comme si la prophétie avait besoin d'être écrite pour se faire jour. Les grandes catastrophes ne sont que des virus devenus puissants après qu'on leur a opposé des vaccins. Le livre d'Ésaïe, attisant le mal ainsi qu'un enfant joue à affoler de tout petits insectes, crée par le trouble les conditions de son exaucement.

À mon arrivée en Syrie, je ne songeais pas à la Bible, ni à aucun de ses prophètes ; je ne savais rien d'Ésaïe, ni de la chute de la ville ; je ne me souciais que du ciel qui abriterait mes vingt ans. J'eus cet âge-là au pays de Sham. Le temps d'alors, épuisé comme une mythologie, me semble séparé de moi par une éternité. Avant la guerre, il y eut la paix. Tout au moins, une harmonie fragile qui n'était pas la guerre.

Damas était debout. Je m'y engouffrai en taxi, au creux d'une nuit outremer. Le chauffeur n'avait pas d'âge ; il était sur l'asphalte depuis longtemps. Du moins c'était ce que sa voix, chevrotante, et ses anecdotes innombrables, énoncées d'un ton laconique sur la route de l'aéroport, laissaient à penser. Le bolide était sorti d'une autre époque ; les sièges de cuir et le tableau de bord en bois noble donnaient à notre épopée des airs de voyage dans le temps. Mon compagnon de route se fendit d'un sourire pur, ajusta la radio, et mit Dalida à plein volume. « J'espère que vous allez aimer la Syrie, murmura le type. Surtout, n'oubliez pas : il y a l'État et il y a les gens. Ne les confondez jamais. » Je contemplai l'horizon.

Il se résumait à une piste, comme une voix, lunaire. Une brise légère s'engouffrait par les fenêtres ouvertes.

Des pans désertiques, légèrement illuminés dans le soir, découvraient peu à peu des enchevêtrements de constructions nouvelles, de routes, de quartiers informels, huppés, puis historiques, à mesure que l'on se rapprochait du cœur de la ville. On y entra par l'aorte. On s'enfonçait dans ses veinules, longeant la cité ancienne ; Bab Touma, l'une des sept portes, Qassa, aux échoppes colorées, brillantes, puis l'avenue Malik Fayçal, qui croisait la rue de la Révolution, et, enfin, le poumon droit : souk Sarouja, où je séjournai une semaine. La vie grondait dans le corps endormi.

Aujourd'hui, les murs de la ville me reviennent par bribes. Quelle torture que ces réminiscences ! Le flanc sud du Qâssioun, mont qui domine la ville au nord. Le quartier de Muhajirin, appelé ainsi en référence aux migrants qui le fondèrent au début du XXe siècle, les *muhajirin,* de *hijra,* « émigration ». La rue Salammiyeh, alambiquée. Depuis le seuil de l'immeuble, la perspective est vertigineuse : une longue rue étroite, aux trottoirs abrupts, descendant vers la ville, dont l'horizon m'apparaît comme une ligne de crête. Je m'y enfonçais chaque jour, à pied ou en minibus. Le véhicule arpentait les ruelles escarpées, triturant le Qâssioun. J'y débarquai un vendredi ; un propriétaire véreux m'y entretint de ses désirs pour le corps des jeunes filles, et s'inquiéta de l'influence grandissante des musulmans en France. Il abhorrait tout ce qui contredisait l'image d'un pays ordonné, crachant entre deux diatribes sur le marasme syrien.

Le voyage en Orient fut moins une exploration du territoire qu'une inspection chirurgicale de l'absurdité humaine. La descente dans les entrailles du monstre s'opérait rue Ata Al-Ayoubi, derrière les murs de l'ambassade de France, où je commençai à travailler quelques jours après mon arrivée. De la rue, le palais ressemblait à un bunker aseptisé. Des gardes jouaient aux cartes et fumaient des cigarettes dans des guérites, qui les protégeaient péniblement du soleil et du brouhaha de l'avenue 'Afif. *Chancellerie*. Dans mon esprit, ce mot faisait écho au règne de Bismarck, et à la lignée des *chanceliers* allemands qui lui succédèrent. N'était-il pas trop pompeux pour qualifier le département d'une administration détachée à l'étranger ? *Chancellerie* (nom fém.) : lieu où l'on scelle certains actes avec le sceau du souverain, de l'État. Du latin *cancellarius*, « gardien, huissier », dérivé de *cancelli*, « treillis, barreaux ». « Chancellerie » et « chanceler » partagent la même racine. *Chanceler* (verbe) : vaciller sur ses pieds, manquer d'équilibre, menacer de tomber. Du latin *cancellare*, « disposer en forme de treillis », de *cancelli*, « grille, treillis », d'où « chanceler », c'est-à-dire « se tenir, marcher les jambes mal assurées, repliées comme s'entrecroisant ». Rétrospectivement, cette origine commune semble évidente. Être diplomate (état plus ou moins définitif) : disposer un treillis, une grille, sur une réalité, et y cheminer en funambule, en manquant, à chaque pas, de vaciller. Je crois sincèrement que mon année dans les murs de l'institution tient dans cette simple mise en perspective des souches lexicales.

★

Le premier conseiller de l'ambassade m'appelait *mon petit*, *ma chère Justine*, *mademoiselle*. Il me saluait d'une légère pression de la paume contre ma nuque. Il m'effleurait le front de sa main, ainsi que l'on adoube les jeunes enfants ou les chiens dociles. Dès les premières secondes, je compris que j'avais affaire à un être irréel, l'un de ces personnages de bande dessinée, qui s'exprime en onomatopées et didascalies plus que par les mots. Il s'étourdissait dans son exotisme : *Vous allez voir, les gens sont formidables ici ; moi-même, je m'entends très bien avec l'un des vendeurs de tapis du souk Al-Hamidieh, nous buvons le thé ensemble ! De toute façon, les Syriens sont un peuple accueillant, tout le monde le sait ; et puis, quelle culture ! Quels parfums ! Je vous conseillerai de très bons restaurants, croyez-moi ! Et le café blanc, et les douceurs aux amandes…*

Je rencontrai le reste du personnel et me familiarisai avec ces formules toutes faites, cette fausse considération pour l'existence des autres ; cette routine qui broie le temps et ronge le cerveau ; ces heures qui passent au compte-gouttes et qu'on écoule en songeant *bientôt, je sortirai d'ici, bientôt je sortirai d'ici.* Combien de vies entières passées à se dire *bientôt je sortirai d'ici* ? On emploie tout notre temps à ouvrir des portes pour ne songer qu'au moment où on les refermera. À l'époque, je n'avais pas encore écumé assez de bureaux, assez de salariés usés, pour avoir conscience de l'épidémie que ce phénomène constitue. Je me contentais de conclure à mon incompatibilité avec l'administration française.

Les hommes s'entêtent souvent à voir dans les défauts du prince les erreurs de ses seconds. C'est à partir de ce principe fondateur que se décline la hiérarchie des relations d'ambassade. Ainsi le *calife*, l'ambassadeur, que l'aura protège des foudres du ressentiment : lorsque advient une erreur, il n'est jamais blâmé. Songeant aux têtes pensantes – ou, simplement, disciplinées – qui avaient établi cet ordre, je me demandais : choisit-on les conseillers pour faire briller leurs chefs ? Est-ce l'inverse ? Y a-t-il, dans l'humanité comme dans la minéralité, un phénomène d'érosion qui abîme les roches les plus exposées aux courants ? Devient-on bête à force d'être infantilisé par ses supérieurs ?

Je fus chargée de rédiger des rapports sur l'état des droits de l'Homme en Syrie. La France s'était octroyé, à l'instar d'autres pays et organisations internationales – les modalités exactes de cette disposition demeuraient nébuleuses –, un droit de regard sur les procès à caractère *politique*. En contrepartie de la reprise des relations entre nos deux pays, et de l'appui de l'État français au retour de la Syrie sur la scène géopolitique mondiale, Paris revendiquait son « statut d'observateur » concernant la « gestion » des questions des droits de l'Homme par le pouvoir syrien. Il s'agissait de s'enquérir de la tenue de procès équitables, du traitement respectueux des opposants politiques, des conditions de détention des prisonniers, etc. La façade d'une entente réussie ; contrats et influences contre conscience humanitaire, néocolonialisme discret sur fond de marchandage sécuritaire. Mon rôle était d'établir une veille des procès en cours et d'écrire des comptes rendus sur chacun d'eux – ainsi que sur d'éventuels événements ou entités qui, de près ou de loin, pouvaient influer sur la situation. Rétrospectivement, il est clair que mon assignation à ces tâches relevait du comble le plus pur. Si un jour il existe un ministère de l'Ironie et du Cynisme, je me ferai haut fonctionnaire.

Avant de m'engouffrer dans le cycle infini des audiences, je fus prévenue : j'étais susceptible d'être surveillée. En fait, je l'étais déjà. Je devais être vigilante. Les *moukhabarat*, services de renseignement syriens déclinés en de multiples branches – sécurité militaire, politique, économique, criminelle, d'État –, s'immisçaient dans le quotidien. Leur autorisation s'avérait nécessaire pour toutes sortes de tâches élémentaires : changement de résidence, ouverture d'une échoppe, approbation d'un mariage, conversion à l'islam… Un bakchich pouvant être octroyé pour se voir accorder plus vite le permis demandé. *Les services* faisaient l'objet d'une fascination politique : on les évoquait dix, vingt, cinquante fois par jour. Dès que l'on parlait d'opposition, de justice, de démocratie, on employait un mot pour un autre. On pensait être sur écoute. On les soupçonnait de se terrer, juste en dessous de nous, parmi nous ; on se méfiait jusque dans les couloirs de l'ambassade. On voyait en eux une infestation de cafards, le sourire exalté de celui qui se repaît du dégoût des autres. On fantasmait sur la figure du type au visage placide, moustache dissimulée sous le col d'un blouson de cuir, qui murmurait à tout-va et s'agitait au moindre frisson de ceux qu'il observait.

Il y avait toujours cet homme, au fond du café ou à l'angle de la rue, qui enchaînait les cigarettes et semblait absorber les bruits. Parfois on devinait une oreillette, une façon d'insister comme pour prévenir ou menacer ; il arrivait qu'ils soient en groupe, ou par paire, comme aux abords des lieux sensibles. Ils se massaient le long des avenues qui menaient aux tribunaux, sur les terrasses de la vieille ville, à l'angle de la mosquée des Omeyyades et du soukh Al-Hamidieh, sur les hauteurs de Muhajirin, où s'élevait mon immeuble, ainsi qu'au hasard des ruelles, dans tous les autres quartiers.

Dissuasion double : on se taisait lorsqu'on pensait apercevoir un indicateur potentiel et, lorsque la voie semblait libre, on gardait le silence par peur d'avoir mal observé. Le quotidien était bâillonné par les *moukhabarat*. Le génie de la dictature réside dans la peur intériorisée jusqu'à l'autocensure. Dans l'avortement des gestes, des mots, des idées. On ne s'empêchait pas seulement de parler ni d'agir. On s'empêchait de penser. Tout comme les portraits de Bachar et d'Hafez s'affichaient sur les murs de la ville, les parois des cerveaux en étaient recouvertes. Réfléchir contre le régime, c'était se poser en *étranger*. S'exclure du peuple. N'était plus syrien celui qui s'opposait à la dictature des Al-Assad. La dynastie se présentait comme le meilleur ciment de la société syrienne ; elle se disait au-dessus des religions, des communautés, elle n'avait à la bouche que le mot de *watan*, « nation ». Les médias, contrôlés avec minutie par l'État, se faisaient le relais de son discours.

Chaque jour j'assistais à la traduction de la presse. Nous recevions quatre publications : *El-Baath*, *El-Watan*, *Tishreen*, et *Al-Thawra*, journaux officiels qui livraient une information analogue, semblable dans ses grandes lignes à celle dispensée par l'organe médiatique du pouvoir, l'agence SANA. L'information y était patinée d'idéologie ; toute déclaration hostile à la politique du régime y était rapportée avec scepticisme, et, après la révolution, tout acte d'opposition s'y trouvait qualifié de « terroriste ». Les manifestations devinrent des « manipulations », et les dissidents des éléments perturbateurs à la solde des puissances étrangères.

Les services de sécurité veillaient à la perpétuation de cette idéologie. Il s'agissait d'intimider, de décourager, de créer un système d'autorégulation où la délation venait en renfort de l'autocensure et de la fortune, cette divinité si commode qui préside aux aléas de la destinée humaine. Je compris par la suite que ce que l'on m'avait dépeint comme un système organisé, qui cooptait une grande partie de la population syrienne, relevait aussi du hasard, de la coïncidence, d'un certain agencement des circonstances et de la peur : l'un livrait une information par mégarde, l'autre sous l'effet d'un chantage, l'autre encore avait parlé trop fort, envoyé un signal suspect, etc. La surveillance se nichait partout. La paranoïa ondulait à sa suite. On ne révélait pas ses opinions. On se méfiait de tout le monde. Amis, famille, camarades de classe ou voisins, n'importe qui était susceptible de relayer une formulation malencontreuse. La pensée isolait. Personne ne voulait être associé à une quelconque dissidence. On ne prononçait pas le mot « politique » en public. On hésitait longuement avant d'aborder ce sujet en privé et, d'ailleurs, on ne le faisait qu'à propos d'autres pays. On ne se mêlait pas des affaires syriennes. On ne disait pas *parti baath*, *Bachar*, *régime*, *guerre*, *Israël*. On inventait des surnoms. Des périphrases. On prenait des chemins détournés. Bref, on ne discutait pas vraiment. Ce silence était nécessaire à la bonne marche de chaque vie individuelle, et à celle de la société ; il était indispensable à l'accomplissement de nos tâches.

*

J'assistai à un premier procès à la Cour de Sûreté de l'État, qui longeait la route de Mezzeh. On jugea environ trente hommes pour une obscure affaire de conspiration islamiste contre l'État syrien. Les charges, annoncées avec emphase, me devinrent familières par la suite : atteinte à la sûreté de l'État, insulte à la personne du président, menace à l'ordre public, etc. On fit entrer le premier groupe d'hommes, enchaînés les uns aux autres ; on les installa dans la petite cellule qui occupait le coin gauche du fond de la salle. On leur ôta les longs liens de fer ; ils demeurèrent menottés au niveau des poignets et des chevilles. L'angle de mur dessinait une cage, petit cube agrémenté de barreaux où ils ne pouvaient s'asseoir. C'est l'écoute de l'une de leurs conversations téléphoniques qui avait alerté les autorités. Selon le juge, on les avait entendus parler de bombe, d'assassinat, sur fond de déclarations pieuses convoquant Dieu et ses velléités, contre le pouvoir d'un président laïc, chef de tous les Syriens *sans considération de religion ni de communauté.*

Une longue exégèse du Coran nous fut octroyée. Le juge s'essayait au prêche ; les références étaient confuses, mais qu'importe, il exposait aux prévenus leur perdition. Ils avaient mal compris le Livre, et c'était à lui qu'incombait la tâche de le leur enseigner. La situation, absurde, en devint drôle. Les sourates choisies par le juge n'avaient aucun rapport avec l'affaire qui nous occupait ; son office fut si ridicule que l'assistance réprima des rires. Le bruissement des dossiers, le murmure des greffiers et les apartés du juge avec ses assistants brouillèrent le monologue, mais le verdict fut cinglant. *Perpétuité*. L'hilarité n'avait pas duré longtemps. On raccompagna les prisonniers jusqu'à la cage. Le suivant fut amené à la barre. Le type, environ trente-cinq ans, écoutait en sanglotant les invectives du juge. Ce dernier l'asséna de questions qui toutes induisaient les réponses. D'ailleurs, le prévenu ne trouvait rien à objecter : il ne *comprenait* pas. Il passait par là, lorsqu'il avait été arrêté ; il n'avait jamais entendu parler de réseau, d'acte terroriste, encore moins de théories politiques et de djihad. On l'avait foutu au trou, on l'avait interrogé ; on lui avait expliqué que ses *petites affaires* avec les autres types de la cellule avaient été mises au jour. On lui avait dit *on est au courant de tout, pour l'attentat, le coup d'État, vos magouilles, comment vous comptez vous procurer des armes*, etc. *On sait que tu es un sale islamiste ; même ton cousin a confirmé, tu vas prendre la perpétuité pour ça, tu verras Palmyre depuis les lucarnes de la prison.*

À mesure que le juge dépeignait ses activités de militant religieux, avide de sang et encrassé d'obscurantisme, il devenait blafard. Il suait à grande eau. Tout ce qui faisait de lui un homme ruisselait le long de ses tempes. Sa carcasse, pourtant imposante, s'affala sur le sol avec une légèreté de moineau. Il était terrorisé ; sidéré d'être là, certainement. D'apprendre, en même temps que nous, qu'il était un dangereux criminel susceptible de passer le reste de sa vie en prison. Les gardes qui l'entouraient, deux jeunes types à peine sortis de l'adolescence, se précipitèrent pour le remettre debout. Ils lui tapotèrent le front, les joues, lui dirent de se relever ; le cérémonial était contenu, le juge s'impatientait. Le type tentait de se tenir sur ses deux jambes. Il n'y parvenait pas. Après un second malaise, on l'emmena dans le couloir. Le visage du juge, à moitié dissimulé derrière d'immenses lunettes noires, exprimait son exaspération. Il ne voulait pas que l'audience s'éternise : il y avait vingt-neuf autres types à juger, on n'allait pas se farcir un évanouissement à chaque fois. *Qu'ils se ressaisissent, bordel.* Un autre homme fut emmené de la cage au banc des accusés. Il semblait frêle lui aussi, les orteils hésitant au bout de ses pieds nus, tandis qu'on lui annonçait ses faits d'armes. Il aurait transporté les conspirateurs tandis qu'ils se réunissaient à l'écart pour fomenter leur coup, et aurait passé un coup de téléphone décisif. Il avait vingt, vingt et un ans. Il n'avait rien à déclarer. Il resta muet. Consumé. Le juge expédia son cas. Pas le temps de s'appesantir. Il fallait condamner. Celui-là prendrait quinze ans. Les gardes revinrent avec le type aux malaises. Il marchait, difficilement, mais il marchait. Le juge se fendit d'un *êtes-vous en état d'entendre mes conclusions ?* Le gars hocha la tête. Il ferma les yeux de fatigue et tituba encore, mais il était là, éveillé, et il écoutait. *Perpétuité.* Il manqua de s'écrouler à nouveau. On l'emmena dans la cage avec les autres. Il ne sanglotait plus : il suffoquait. Il répétait *c'est pas possible, c'est pas possible.* Les gardes sortirent un autre prévenu ; l'audience se poursuivit malgré les suppliques du type. Bientôt tout ce groupe fut jugé, alors on les sortit de la cage, et on en amena d'autres.

Nous étions à l'abattoir : un homme, une sentence, un autre homme, une autre sentence. Perpétuité. Vingt ans. Trente ans. Quarante. Perpétuité. Les ombres se succédaient. Les avocats n'étaient pas là pour les défendre. Ils tentaient de suivre le cours des choses, de rationaliser, de comprendre qui était condamné, pourquoi, et pour combien de temps. Ils servaient à contenir la fureur des accusés. Ils raconteraient le procès aux familles. Ils diraient *on n'a rien pu faire, mais il semblait en bonne santé.* Cinq autres groupes, de cinq types chacun, entrèrent et sortirent du couloir à la cage, de la cage au couloir. Ils furent confinés dans une cellule située au bout du corridor, afin que personne ne puisse entrer en contact avec eux avant ou après leur jugement. On les apercevait furtivement, lorsqu'une pause nous était accordée.

Les audiences se tenaient à huis clos ; il n'y avait dans la minuscule salle que moi, une diplomate scandinave, un immense portrait de Bachar Al-Assad trônant derrière le juge et trois avocats qui secouaient la tête de temps à autre, faute de pouvoir hurler leur indignation. Ils nous glisseraient que certains des types étaient en fait des sympathisants communistes, de la branche dissidente du parti siégeant au Parlement dans le cadre du Front national progressiste – ersatz de pluralisme politique mis en place par Hafez Al-Assad – durement réprimée depuis les années 1980. Des gars sans histoires, adeptes des théories marxistes, arrêtés parce que rétifs à l'allégeance que toutes les formations politiques devaient vouer au Baath, le parti au pouvoir. Le reste du groupe n'était qu'un amas d'hommes insignifiants, dont les proches feraient peu de bruit ; ils iraient grossir les rangs de prisonniers et donneraient un visage au crime. Il fallait peupler les geôles. Engraisser leurs rouages. C'était à cela qu'ils serviraient. La prison, ainsi, sans doute, que toutes les antennes des services de sécurité disséminées un peu partout dans la ville tenaient lieu de catalyseur de violence. Ce n'était pas le système, mais son déraillement potentiel qui effrayait. Les monstres qu'il créait. Ceux que même le régime pourrait, un jour, ne plus contrôler.

Le procès s'acheva. Les prisonniers étaient tétanisés, les avocats abattus. Impuissants. Cette mise en scène millimétrée cherchait à montrer aux puissances étrangères que l'État syrien veillait à la sûreté de son territoire. Le spectacle tenait du génie hollywoodien. Je notai les noms, la longueur des peines, la liste des chefs d'accusation et les dates d'autres procès que m'indiquèrent les avocats présents. Des audiences étaient prévues quelques semaines plus tard concernant des membres du printemps de Damas, qui avait vu diverses figures de la société civile appeler à l'émergence d'une véritable démocratie suite à la mort d'Hafez, en 2000. Les intellectuels et les militants qui s'étaient exprimés furent dès lors dans le viseur de son fils, qui sut aussitôt qui surveiller – et menacer. Le rendez-vous fut pris. Les salutations échangées. On sortit, l'air de rien. Le soleil était bon. Le jour sublime. M'engouffrant dans un taxi, baignée de chaleur et de bleu, je pensai aux types qui chemineraient de la cellule au camion, du camion à une autre geôle, plus grande, étouffée de cris et de déjections, amassés avec des *étrangers* du soir au matin.

Avec le temps, je songeai que notre présence même était la cause de la condamnation des innocents. Sans notre entêtement à vouloir inspecter, ce type de procès ne se serait peut-être pas tenu : tant de lamentations pour des sentences dont nous étions, peut-être, en partie responsables. Les grands principes pèsent si peu face à la négociation d'un chantier, à la raison d'État ; le néocolonialisme ne résidait pas seulement dans notre façon de traiter le pays en serviteur, il persistait aussi dans notre façon de le sermonner, au nom de valeurs auxquelles personne ne croyait véritablement. L'ère du mandat français en Syrie n'était pas si loin ; elle se nichait dans les cadeaux octroyés aux administrateurs de la métropole, dans les vieux prénoms donnés aux enfants chrétiens, dans les écoles où l'on apprenait encore la langue des notables. Les droits de l'Homme étaient devenus la nouvelle lubie à la mode pour nous distinguer des *locaux* : *nous* n'étions pas des sauvages, *nous* avions une justice, disaient nos contemporains, comme leurs aïeux, colons, avaient pu comparer certains biens de consommation occidentaux aux objets de l'Orient. Je me revois pleurnicher sur le sort des prisonniers, taper mes misérables rapports, mes petites doléances, pour supplier que l'on arrête ce régime aux abois. J'étais ridicule : il ne fut jamais question de se soucier des empêchés, il s'agissait de les passer poliment sous silence, tout en se froissant du sort qui leur était réservé. Je vérifierais ce principe par la suite. Les hommes se traitent en monnaie ; le jour où celle-ci sera indexée sur l'or, on dévaluera l'or, et les hommes eux-mêmes cesseront de se faire appeler *hommes* pour se traîner encore dans la boue. Il n'y aura jamais rien de plus beau à leurs yeux que l'unité de mesure qui les sépare de leurs serviteurs. Pour moi, née de rien, qui à vingt ans tentais de trouver ma place dans le monde, l'indice du droit était une variante de l'or ; je le défendais à tout prix, parce que j'y calculais ma propre valeur. Je n'avais ni propriété ni capital intellectuel ; aucun charisme ni histoire familiale à faire valoir. Je me réfugiais derrière ce concept fumeux de droits de l'Homme, parce qu'il m'apparaissait comme la seule source de prestige susceptible de m'éviter la dévaluation. Mais si cette toute petite expression, *droits de l'Homme*, me distinguait de ceux qui n'osaient y songer, elle me bradait auprès des puissants, qui me trouvaient dérisoire. Je ne combattais ni un régime ni une injustice ; je ne me souciais ni des taulards ni de leurs avocats ; je ne m'inquiétais que de ma petite personne, je m'efforçais d'être préoccupée, je me rendais triste pour tous ces gens que je ne connaissais pas, parce que j'avais peur de retourner au gris de ma naissance, à l'insignifiance de mes jeunes années, et à Paris, où je n'avais jamais été qu'un chien à la solde d'une société pour laquelle je n'existais pas.

★

Peu à peu, je m'engluais dans la routine de bureau qui sévissait à l'ambassade. Je m'accoutumais à ce sentiment d'inanité qui gangrenait l'ensemble de nos décisions. Je me faisais tour à tour excessivement docile, serviable, enjouée, mais lorsque, avec le cumul des jours, l'absurdité retorse de l'administration et l'apathie de mes collègues creusaient mon exaspération, je devenais irascible. Chaque matin paraissait plus lourd que le précédent ; l'après-midi s'embuait de sommeil. On croulait sous les formulations creuses, façonnées par une interprétation administrative du français ; on se noyait dans ce système caduque, inadapté au siècle où nous officiions, où le moindre effort technique était insurmontable, où l'on préférait renoncer, s'accrocher à des rouages sclérosés, au lieu de tenter de restaurer la machine. Il s'agissait moins d'œuvrer que de maintenir une apparence, une représentation dont l'ambition s'arrêtait à l'ardeur des mots et à la dégustation des repas servis dans la résidence de l'ambassadeur.

Le protocole imposait aux intendants de ne jamais servir treize couverts. Ces tablées où l'on vantait avec emphase la beauté de cette République, *laïque*, indifférente aux affres de la religion succombaient elles-mêmes à la superstition la plus primaire. Ceux qui traitaient les Syriens en barbares, brandissant le drapeau du pays séculier, persuadés d'avoir le monopole de la civilisation, étaient les premiers à se référer à la Cène pour justifier la règle protocolaire. Le régisseur devait rivaliser d'ingéniosité, les jours où un invité se décommandait à la dernière minute, ou qu'un autre s'ajoutait à la liste par mégarde : on séparait l'assemblée en deux tables plus petites, on improvisait une réception dans les jardins, ou l'on venait me chercher, pour que je serve de quatorzième apôtre.

Se dessinaient des *types*, que je rencontrerais plus tard. Le carriériste, qui n'avait pas le temps pour les petites choses, et fonçait tête baissée vers ce qui rapportait gros ; le détaché, qui prenait toujours la parole en dernier, et dont le calme olympien semblait indiquer que le temps lui était indolore ; le diabolique, qui cherchait sans cesse à comprendre ce qui se tramait dans son dos, et en venait à conspirer, pensant que les autres intriguaient contre lui ; le sympathique, dont on ne savait jamais s'il souriait sincèrement ou si une paralysie des zygomatiques le forçait à grimacer ; l'étourdi, le rustre, le raté, etc.

Je reconnais ces visages dans la démarche des badauds : ce poids lent, mou, qui me rappelle mes propres gestes chaque fois que je dus me fondre dans le moule de l'employé. Employé : lorsqu'on nous emploie, on n'agit plus, on est un participe passé. On nous *emploie*. On nous utilise. On dit *j'ai employé ce type dans tel bureau* comme on dirait j'ai *employé* le couteau pour éplucher les patates. L'homme employé est interchangeable, idéalement anémié du cerveau et résigné à l'idée que sa situation n'évoluera pas.

Je les observe, dos voûté sur l'abîme de leur existence, et je sens en moi toute la peine qu'ils ont à vivre. Ils *s'ennuient*. Et ils tremblent à la simple pensée de ce constat.

L'ennui. Il n'y a nulle chose sur terre aussi également distribuée. C'est qu'il se distille sous le derme comme un poison. Il est protéiforme. Caméléon, il devient tour à tour attente, oisiveté, travail répétitif, ciel monochrome, béton monotone, partition de musique indéchiffrée, page blanche, toile vierge, machine à actionner, tablier, balai, costume-cravate ou pupitre d'écolier. En toutes ces choses du quotidien couve la peur des hommes de voir leur ennui se faire chair ; la peur de *devenir* ennui. Le mot même vient du latin *in odio esse*, « être un objet de haine » ; il a d'abord désigné un tourment de l'âme, une tristesse qui engendre le dégoût. Désormais, il exprime une lassitude, un désœuvrement ; *tout* devient source d'ennui, l'ennui est le contraire de *tout* : du contentement, de la satisfaction, de l'occupation, de la liesse, de l'euphorie… On a édulcoré l'ennui, et c'est une erreur : la force de la *sensation* ennui ne s'est pas affadie avec le mot. Il émane toujours de la haine, de ce même *odio* qui lui a donné naissance : l'ennui est la forme triviale de l'aversion de soi.

Pour tenter d'anesthésier la conscience qu'ils ont de leur insignifiance – soit leur façon particulière d'incarner l'ennui – les hommes rivalisent d'ingéniosité. Ils se livrent à des jeux de pouvoir dès que l'occasion se présente. Chaque groupe établit sa propre nomenclature en matière d'humiliation. Les habitants de la capitale dédaignent ceux de la province, les provinciaux exècrent la capitale, les citadins se moquent des

« bouseux », les campagnards des urbains, ceux qui résident au centre se distinguent des banlieusards, qui eux-mêmes dénigrent le maniérisme des beaux quartiers, etc. Il n'est pas nécessaire de beaucoup vivre pour comprendre que, partout, les hommes se bâtissent des souffre-douleur et, avec eux, d'excellentes raisons de les persécuter.

Le personnel de l'ambassade constituait, sur ce point, un échantillon probant. Chacun avait un rôle bien défini dans l'organigramme de l'institution, qui ressemblait à une chaîne alimentaire, où les plus gradés se repaissaient des logisticiens. On était intendant, cuisinier, chauffeur, gardien, chiffreur, deuxième secrétaire, premier secrétaire, deuxième conseiller, premier conseiller, consul, ambassadeur, etc. Lorsqu'un jeune surdiplômé évoluait à un poste modeste, où ses qualifications ne lui étaient d'aucune utilité, il était fréquent de voir un supérieur aigri s'acharner sur lui. Il lui attribuait les tâches les plus basses.

Les rapports de domination tiennent plus à un *sentiment* d'importance qu'à la réalité de cette dernière. Il vaut mieux *avoir l'air* essentiel plutôt que de l'être vraiment. On ne songe qu'à son titre, on s'inquiète de n'être pas informé d'une réunion en même temps qu'un autre, on interprète chaque invective, chaque formulation de politesse, le moindre sourire ou la plus petite marque d'agacement, comme s'ils étaient les signes d'une promotion ou d'une rétrogradation. La voix, les gestes, les paroles, la présence des autres ont pour seule fonction de révéler notre propre *valeur.* Une espèce bouffe l'autre afin que chacune puisse persévérer. Et, entre les festins, on fourbit ses armes. Nul besoin d'une industrie pour fomenter une guerre civile ; une poignée d'hommes suffit.

★

Fable première
Les Trois Commis et le Contremaître.

Prenez un bureau. Un bureau avec seulement trois employés. Donnez à l'un une vague responsabilité, à l'autre l'infime espoir d'en avoir une. Ce dernier sera prompt à enfoncer le troisième pour briller auprès du premier. Le troisième tentera, gauchement, de s'attirer les faveurs de l'un et de l'autre, d'établir une solidarité des faibles avec son supérieur lorsque leur chef se montre colérique, d'acquiescer avec ferveur aux insultes du puissant lorsqu'il émettra des doutes quant à la compétence de son subordonné. Tous espéreront l'échec des deux autres, qu'ils feindront de soutenir dans leur chute. Il n'en faudra pas plus pour qu'une guerre intestine se déploie, dans toute sa cruauté, dans tout son potentiel destructeur : trois hommes feront magnifiquement germer le conflit.

Le bureau devient tranchée jusqu'à ce que, l'espace d'un instant, l'ennemi surgisse. Le contremaître entre en trombe. Il est furieux ! Travail mal fait ! Des paresseux ! Des incapables ! Le supérieur reparti aussi vite qu'il est venu, les trois fantassins rangent leurs baïonnettes et signent l'armistice : une légion plus vaste leur fait front, il s'agit de riposter. Mais il ne faudra pas plus de deux heures à cette armée fantôme pour envoyer des émissaires à chacun des camps. Ils se flanqueront alors des chars, des canons, des gaz moutarde, et s'enfonceront dans la boue jusqu'à ce qu'il ne reste de leurs ambitions que des charognes.

Une fois le bureau retourné, le contremaître débarquera en pacificateur ; il adoubera les vaincus de titres honorifiques pompeux puis les mettra à la porte. Il plantera un grand drapeau blanc au beau milieu de l'officine et embauchera trois nouveaux employés. Et ainsi recommencera, à l'infini, l'histoire des Trois Commis et du Contremaître.

Fable seconde
Le Bousier, le Cloporte
et la Mante religieuse.

Le Bousier était le plus envié des insectes. Son prestige n'avait d'égal que la puanteur de la boule d'excréments qu'il s'évertuait à rouler au-devant de lui. Ce tas de purin le précédait en toutes circonstances. Évalué à des millions, célébré par des hordes de fourmis et de mouches comme un totem, il faisait la fierté de son créateur, qui jamais ne s'en séparait. Les mandibules du maître couraient sur les flancs de son globe comme sur une mappemonde : le tas de merde était, à lui seul, une planète en orbite.

Le Bousier avait deux seconds, qui l'aidaient à récolter les immondices nécessaires à la perpétuation de sa gloire : le Cloporte et la Mante religieuse. Le premier était le plus bavard de toutes les créatures. Le soir venu, il aimait s'enivrer et clamait à l'envi qu'un jour il se ferait Bousier. Il s'échinait à faire les révérences les plus basses à son maître, qui les lui rendait en promesses. Aussi le Cloporte discutait-il de son intégration au royaume des *Scarabaeidae*, négociait-il un lopin de fumier afin d'y bâtir sa propre pelote et exposait-il à tous les invertébrés les lois qu'il imposerait là où s'aventurerait sa pestilence.

La Mante religieuse ne disait rien. Dans le froid, l'aridité des déserts, la moiteur des forêts qu'ils arpentaient, elle demeurait muette. Le Cloporte, lui, s'entretenait avec enthousiasme de ses projets avec le Bousier qui, de temps à autre, hochait gentiment la tête. La longue créature avançait avec lenteur à leur suite. Elle amassait en silence. Au bout de quelques mois de dur labeur, elle se mit à onduler autour du Cloporte. Lové dans la chaleur sereine de sa comparse, il se sentit conforté dans sa marche vers la fortune : il s'apprêtait à devenir plus grand encore que le Bousier, son mentor, et semblait gagner l'amitié de la discrète Mante religieuse.

Un soir qu'il rentrait soûl vers son terrier, la Mante religieuse s'approcha de lui. Il eut d'abord un mouvement de recul puis, l'ayant reconnue, lui sourit. Dans la clarté de la lune il la vit qui allongeait ses cerques vers lui en une danse hypnotique. Il crut à un baiser et ferma les yeux.

La Mante religieuse dévora la tête du Cloporte. Puis elle le goba tout entier. Il ne bougeait pas. Il était pétrifié. Il eut un ultime spasme, puis la forme même de son petit corps ingrat disparut ; la Mante religieuse l'avait dégluti. Elle regagna le végétal qui lui servait de couche et s'assoupit du même sommeil impassible qui caractérisait toutes ses nuits. À l'aube, un œuf ovale, petite masse beige parcourue de veinules délicates, gisait à côté du cercle fangeux. Des dizaines de *mantis* à tête de cloporte en surgirent ; ils se dispersèrent en une agitation qui réveilla le Bousier. Ce dernier s'empara du plus bruyant d'entre tous. Il le fit second, lui montra comment œuvrer à la collecte de la bouse et lui offrit sa protection. Enfin, ils se mirent en route et gagnèrent d'autres contrées, d'autres saisons, où le trésor du Bousier deviendrait toujours plus prospère.

La Mante religieuse ne devint jamais l'égale du Bousier. Elle ne l'épousa ni ne le surpassa. Elle se contenta de se nourrir d'un cloporte, chaque année, et d'en essaimer des dizaines d'autres. Ce faisant, elle s'assurait la perpétuation à l'infini de nouveaux seconds qui tenteraient de s'accorder les faveurs du Bousier, et qui ne les obtiendraient jamais.

Ainsi avançait le monde : il tournoyait comme une sphère putride entre les pattes d'un coléoptère.

★

L'ambassade était le lieu par excellence de cette lutte entre insignifiants, sur-signifiés, et tous ceux qui subsistaient entre ces deux catégories. Les petits se dévoraient entre eux, parce qu'ils voulaient à tout prix attirer l'attention des plus gros. Comme les mouches finissent gobées par des poissons à force de tournoyer autour d'eux, ce sont souvent ceux qui crèvent le plus d'être remarqués qui se trouvent éjectés en premier. Je m'enfonçais dans les frasques de l'ancienne génération qui, par ses conseils, son ton doucereux, ses compliments me paralysait et m'attirait dans son sillage.

« Vous dont le cerveau n'a pas encore été déchiqueté par la grande broyeuse qu'est l'administration, éclairez-nous ! tonnait souvent le premier conseiller.

– C'est que, Monsieur, je ne sais pas…

– Mais si enfin, vous savez très bien…

– Je crois qu'il faut aborder la question sous l'angle de…

– Vous pensez mal, ma pauvre Justine. Vous pensez à l'envers.

– Ah.

– Voyez-vous, il faut examiner le problème dans l'autre sens. Voici la solution.

– Ah.

– Merci infiniment pour votre aide, comme il est précieux de pouvoir compter sur la jeunesse ! »

*

On me donnait l'illusion d'avoir un rôle quand je n'en avais aucun. Comme tous les autres, je devais attendre. Je devais dompter l'ennui ; non pas le tromper mais m'y fondre. Ne pas y creuser une quelconque diversion mais forger l'illusion que je servais à quelque chose.

Tout avait le parfum des combats passés, des principes réchauffés, amoindris par le confort des salons. Les valeurs républicaines brandies en étendard par les employés *de la France* leur servaient à affirmer les contours de leur bulle, où rien de ce qu'ils croyaient ne serait mis à l'épreuve de l'éclectisme violent du monde. Ils se retrouvaient dans la petite société aisée de la capitale syrienne. Les affinités tenaient à peu de chose. Des femmes qui fréquentaient la même église. La même association caritative. Une chorale. Un club de cuisine. Structurellement, une partie de la minorité chrétienne, éduquée dans des écoles françaises, se mêlait aux expatriés français. Ce sentiment de partager un capital commun poussait ces derniers à prendre fait et cause pour ceux qu'ils considéraient comme une famille. Par la proximité religieuse, on conservait un pré carré. Celui des *chrétiens d'Orient*, fenêtre où l'Occident s'engouffrait lorsque les portes demeuraient closes.

Nombre d'élèves de l'Institut d'études politiques avaient même souhaité passer une année au Proche-Orient en raison de leur foi chrétienne. Je ris à en m'en faire vomir la cervelle ce jour où j'entendis une étudiante, petite pucelle blonde habillée en enfant de chœur, confier à un professeur qu'elle souhaitait se rendre en Palestine parce qu'elle « s'y sentait appelée ». Elle était persuadée de devoir y accomplir quelque chose ; « peut-être pas régler le conflit israélo-palestinien », mais du moins y contribuer. Il fut édifiant de constater combien la semence coloniale féconde les velléités pacificatrices autant que les ambitions guerrières, même chez les vierges. Croisades et accords de paix, même combat. Briller. Affirmer sa puissance. Morale. Civilisatrice. Humaniste. Opportune. D'autres élèves de l'Institut allèrent en Syrie pour parfaire leur arabe ; certains étaient issus de cette deuxième ou troisième « génération » qui ne signifiait rien d'autre que la naissance sur le sol français, et permettait d'établir un trouble, un soupçon, une différence. Leurs parents étaient originaires d'Afrique du Nord, binationaux ; ils n'avaient pas beaucoup eu l'occasion de fréquenter leurs homologues avides de parfaire leur éducation biblique.

Les premiers s'en tenaient aux quartiers chrétiens – ils s'y sentaient plus en sécurité, selon leurs propres mots – et se piquaient toujours d'y déceler une menace, une *survie*, tandis que les seconds découvraient la région comme s'ils se familiarisaient avec une culture dont la France leur signifierait souvent qu'elle était étrangère. La Syrie était le terrain de notre sédition.

★

Je rédigeai des rapports sur diverses questions touchant la société civile ; celle que le régime, via l'étranglement des citoyens par les *moukhabarat*, avait avortée avant qu'elle ne puisse se construire. Cette donnée, dont nous étions conscients à l'époque, faisait du pays une poudrière potentielle : si une tentative de renversement du pouvoir se préparait, il n'y aurait ni partis, ni tissu démocratique, ni syndicats ou associations sur lesquels se reposer. Il n'y aurait qu'un grand vide. Un tunnel de voix étouffées, de gars épuisés par la prison, d'idéalistes qui tentaient, vainement, de déterminer la forme de leur action. À l'automne 2010, toute évocation de *révolte syrienne* provoquait l'hilarité de l'orientaliste rompu à l'analyse politique. On disait de la Syrie qu'elle était une *exception*, que tous les pays *sauf elle* pouvaient se rebeller, que la population aimait son régime. Bachar était un jeune dirigeant moderne – il portait des costumes bien coupés et avait une femme séduisante –, il parlait anglais : en un mot, il nous était *familier*.

Dans le sillage de la révolution tunisienne, initiée à l'hiver 2010, des appels à plus de liberté se mirent à fleurir sur les réseaux sociaux. Ils étaient interdits sur le territoire syrien – on accédait à la parole virtuelle par un truchement d'ajustements techniques – mais devinrent le premier territoire de la rébellion. Il s'agissait alors de simples rêves de démocratie, de liberté d'expression, d'une interpellation du pouvoir par le peuple. La rumeur s'amplifia. Début 2011, l'inspiration démocratique se renforça. Le 14 janvier, la chute du tunisien Ben Ali inaugura un premier frisson : *et si cela arrivait à Damas ?*

Les langues se déliaient. On évoquait les aspirations libertaires par analogie : on pensait au sort d'autres présidents, d'autres peuples, pour imaginer ce que le sien pourrait devenir. Ainsi l'Égypte, qui fit chuter Moubarak en février, préluda le trouble damascène. Çà et là, je rassemblai des bribes de contestation. Peu à peu germait l'*idée* d'une remise en cause du pouvoir, et on murmurait le mot de *liberté*. À mesure que les cerveaux se trouvaient contaminés, le gouffre de l'appartenance se dérobait sous nos pieds : qui, des fidèles de Bachar ou de ses détracteurs, faisait partie du *peuple* ?

La répression du soulèvement libyen engendra des manifestations de soutien dans la capitale syrienne. Je m'y rendis discrètement ; un petit groupe se posta devant l'ambassade rattachée à Tripoli. Des opposants au régime de Bachar, qui exprimaient par ce geste tout l'espoir et le défi qu'ils plaçaient dans leur propre président. Tout ce qui grouillait dans les entrailles du pays remontait à la surface. Les prisons ne suffisaient plus à contenir la folie : elle se distillait, insidieusement, dans les canaux qui, bientôt, deviendraient ceux de la révolte. La société civile, jusque-là empêchée, inexistante, se structurerait dans la marche vers le conflit. Les procès, un temps interdits d'accès aux observateurs étrangers, reprirent à un rythme effréné.

L'heure n'était plus à la mise en scène mais au délitement : les juges ajournaient les audiences et, au lieu de condamner à huis clos, préféraient épuiser les proches par un accès laborieux aux séances. Celles-ci se tenaient désormais au palais de justice de Hamidieh, et non à Mezzeh. À Hamidieh, on jugeait les *droits communs*. Le tribunal se dressait au cœur de la ville, entre la citadelle et la gare du Hedjaz, dans le flot ininterrompu de vendeurs ambulants, de visiteurs, de travailleurs pressés, de flâneurs happés par l'appel du souk et de la mosquée des Omeyyades… Cette proximité géographique donnait aux procès une immédiateté étrange. Elle les teintait de la frénésie ambiante. Elle les inscrivait dans le *réel*. La guerre était entrée dans la ville. Il y avait là, sans doute, une tentative de rendre leurs jugements moins visibles. De les noyer dans le flux de corps, de familles, de prisonniers tout juste libérés, blessés, accablés, d'enfants, d'épouses, de matons.

On errait de couloir en couloir, avant de trouver la pièce où devait se tenir un procès. Des gardes, guère plus informés que nous, s'empêtraient dans les horaires ; le plus souvent, on nous proposait de revenir une heure plus tard. Était-ce une machination de plus pour nous écarter, ou une énième illustration de la nécrose du système judiciaire, plus prompt à arrêter et à condamner qu'à juger ?

Ainsi le cas d'un vieux militant communiste, participant du printemps de Damas. En 2000, ce mouvement avait vu des intellectuels interpeller le successeur de Hafez Al-Assad, tout juste décédé, afin qu'il impulse une réforme démocratique dans le pays. La disparition du chef, intervenue dans le renouveau de juin, suscitait l'espoir : enfin, la Syrie s'ouvrirait. Mais la liberté ne vint pas. En 2005, certaines de ces mêmes figures réitérèrent leur appel à Bachar par la Déclaration de Damas. Sa réponse fut la persécution. De nombreux militants durent quitter la Syrie ; les autres furent soumis à une étroite surveillance ou emprisonnés. L'homme était de ceux-là. Initialement condamné pour menace à la sécurité publique en raison de son engagement, il fut accusé pour une sombre histoire de trafic au sein de la prison où il croupissait depuis des années.

L'attente régnait en maître dans les couloirs du tribunal. Nous nous rendions au café situé à l'angle de l'avenue An-Nasser, entre le palais et la gare. Il y avait une douceur étrange à se tapir sous le soleil, entre les narguileh et les jeux de cartes, pendant que des types attendaient leur procès quelque part. On s'asseyait à côté d'une petite fontaine dont le clapotis étouffait nos conversations. Les tables alentour étaient peuplées de *moukhabarat*. Ce fut là que j'appris, plus tard, la torture des enfants de Deraa, qui signerait l'entrée, irréversible, dans la crise. Dans ce jardin paisible, je recueillais des nouvelles des prisonniers, les horaires des audiences ; on débattait de la propension des uns et des autres à s'en sortir, pour un temps, du moins.

★

Quelques minutes suffisaient à saisir les limbes où stagnaient les accusés et leurs proches. Ils se mesuraient à la profondeur du silence. Ni temps, ni charges, ni défense, ni même un lieu à associer aux « disparus » : l'attente les assassinait par procuration. Cette détention aveugle, extensible à l'infini, rythmée non plus par des heures, des jours, des saisons, mais par la désagrégation de la torture et de la faim, les achevait. Les corps n'étaient plus des corps. Les esprits s'usaient. On ne jugeait plus, alors, que des animaux en cage, et la furie qui traversait leurs cœurs les érigeait en coupables.

On annonçait des peines. On crachait des noms. Consumés, les hommes se plongeaient une dernière fois dans le bourbier carcéral, avant d'en ressortir comme des spectres. La sentence prononcée, nous parcourions à rebours le flux de silhouettes, de mendiants, d'égarés, de libérés et d'accusés. Il y aurait, le lendemain, une autre arrestation, un autre procès, qui, à son tour, serait annulé ; d'autres gardes hilares, d'autres ombres aux poignets enserrés de lourdes chaînes, et nous y retournerions, et nous parlerions au café, dans le vide encore, avant que ce néant ne nous engloutisse pour de bon.

On riait jusqu'à la démence. Ainsi ce jour où un jeune militant kurde, frêle silhouette vêtue de guenilles, se colla un sparadrap sur les lèvres tandis que le juge lui demandait de s'exprimer. Son avocat, d'abord amusé, se figea la seconde d'après : la plaisanterie lui coûta cher. Séance ajournée, procès reporté. Il fut annulé, puis reporté à nouveau. Le cercle d'opposants se resserrait ; nous entrions dans la révolution comme dans un rêve, sans comprendre, sans savoir. Elle était à la fois l'avènement de l'absurde, et le remède à l'absurde.

Il n'y a rien à dire de la révolution. C'est une humeur. Un fragment. Même dans le futur, elle est passée. Elle est le fantasme du passage à un *présent autre* : il s'agit de brouiller un instant pour en fabriquer un nouveau. Faire table rase d'un temps qui s'est précipité. Il y a des dates, des chiffres, des événements, des faits qui se bousculent. Mais rien de tout cela n'explique, ni ne raconte la révolution.

...

Le 15 mars, je végétais dans mon petit bureau gris. Il faisait chaud à crever, on s'ennuyait, mon ordinateur tout droit sorti des tréfonds de la guerre froide peinait à me guider dans mon errance virtuelle. Le reste de la chancellerie était accaparé à accueillir en grande pompe le nouveau stagiaire de l'ENA.

Les révolutions commencent toujours par ciel clair, et celui-là était propice à d'autres divagations que celle de la révolte. Je cheminais, invisible, entre les réseaux appelant au soulèvement. De lien en lien, j'atterris sur une plateforme où apparaissait la capture d'une manifestation en plein souk Al-Hamidieh. La vidéo venait tout juste d'être postée. Je distinguai quelques hommes, des pancartes et la scansion du mot *houria*, « liberté ». Il semblait que la scène venait d'avoir lieu : on devinait le soleil de ce début d'après-midi, la foule qui se pressait dans le marché couvert.

Je me précipitai à la résidence de l'ambassadeur. J'exposai ce que je venais de voir. *C'est une mise en scène*, me répondit-on. *Deux, trois types cherchent à faire croire qu'il y a un printemps syrien, c'est tout. Va donc te balader à Hamidieh, tu verras qu'il ne s'y passe rien !* J'hésitai. Je me sentais idiote. Je finis par m'engouffrer dans un taxi pour prendre la direction du souk. Aux abords du marché, rien. Pas un embouteillage, pas un attroupement. La voiture s'arrêta sur l'avenue ; il fallait emprunter un sous-terrain pour traverser et parvenir à l'entrée. Tout paraissait calme. Mais, tandis que je cheminais dans le tunnel, une silhouette voûtée accourut vers moi depuis l'autre côté de la rue. C'était l'un des avocats avec qui j'avais passé tant d'heures au tribunal. Il ouvrit les pans de sa veste de manière à masquer son visage et me souffla de faire attention : les *moukhabarat* avaient embarqué tout le monde. Il murmura *demain, onze heures à Merjeh*, et se faufila hors du souterrain.

...

Retour à la surface. Entrée du souk. Dizaines de *moukhabarat*. Partout. Je passai inaperçue. Il faisait une chaleur de chien. Je déambulai sous le ciel aveuglant. L'air de rien. Les manifestants s'étaient évanouis. Il n'y avait plus autour que des types dont la seule présence signifiait l'ordre ; ils venaient de scander quelques chants pro-régime et se dispersaient en riant. Les *moukhabarat* avaient organisé une contre-manifestation en vitesse, intimant à quelques passants et vendeurs de chanter à la gloire du président. La langue arabe distingue la *messira* de la *moudhahara* : démonstration de soutien ; messe contre protestation. Les premières heures de la révolution, fugaces, infimes comme une lame trop aiguisée, s'en étaient allées. Il faudrait des semaines pour comprendre qu'elles avaient réellement existé.

...

Au café, à Shaalan, on jouait, on discutait, on fumait des cigarettes. On ne parlait de rien. Commençait l'attente, broderie de faux-semblants. On brûlait de savoir quel lot de folies *demain* nous réservait. Les mots résonnaient en moi. *Merjeh, onze heures.* Les tentacules du soulèvement se refermaient : la violence sortait des cercles auxquels elle avait été, jusqu'alors, circonscrite.

...

16 mars. Au matin, le premier conseiller était survolté. *Merjeh ! Merjeh !* Il voulait aller à l'assaut de la ville. Voir les premiers tressaillements. Son corps était celui d'une vieille génération avide de connaître une dernière fois les frissons de la nouvelle. Dans son bureau, il paradait : *tout à l'heure, nous irons voir le soulèvement, tout à l'heure, ce sera la révolution !*

...

Sidération. Ce type était fou. Ou idiot. Ou les deux. Il n'avait jamais été interdit d'être et fou et idiot. Bientôt, rien ne serait plus étonnant.

...

Vers dix heures trente, je pris un taxi pour Merjeh. Je m'installai au café surplombant la place. Je n'y étais pas retournée depuis mon arrivée. C'était un grand bâtiment en hauteur, avec des baies vitrées. Je fumai un peu. Onze heures. Onze heures trente. On m'écrivit : *dans trente minutes.* Je faisais semblant de lire. Des types zonaient dans le café. Je descendis.

...

Je croisai un diplomate quittant la place. Il me fit signe qu'il ne se passerait rien. À croire que tout ceci n'était qu'un terrain de jeux. On s'amusait à mimer la révolution comme nos aïeux avaient tracé des lignes, sur des cartes, pour y faire surgir des pays.

...

Ils avaient pris du retard.
Arrêtés ?
Renoncé ?

...

Attroupement. Des dizaines de gens rassemblés devant le ministère de l'Intérieur. Pancartes. Bougies. Appels à la libération de proches en prison. Les visages des avocats, au centre. Puis une vague de policiers fondit sur le cercle. Mouvement chirurgical.

...

Ni bataille, ni bousculade. Étouffement. L'amas pulvérisé. Digéré. Désossé. On asphyxia le soulèvement comme on évide une viande. Geste massif. Rapide. Exact.

...

Je me ruai dans l'allée adjacente. Continuai à regarder en arrière pour voir qui se faisait arrêter. Quelle logique ?

Comment ? Tout allait si vite… Une main empoigna mon bras… On m'entraînait au loin… Je me tournai vers le corps au bout du bras. Le visage. C'était le prophète de la veille.

…

Ne reste pas là, va-t'en, va-t'en, dégage, ne reste pas là…, il gueulait. Courir encore. L'instant d'après, deuxième nuée de policiers. Manifestants arrêtés. Trente, trente-cinq. L'avocat venu à mon secours éclipsé.

…

Repartant vers la place d'un pas tranquille, comme si de rien n'était, je retrouvai un autre ami. Il murmura, *il faut s'en aller maintenant, ils les ont mis dans le camion, ils sont partis*. Tandis que la place reprenait un semblant de routine, une contre-manifestation se déploya ; une dizaine de personnes scandèrent : « Par notre âme, par notre sang, nous nous sacrifions pour toi, Bachar », des portraits du président et drapeaux syriens en étendard.

…

« Par notre âme, par notre sang, nous nous sacrifions pour toi, Bachar ! »

…

Rien n'était arrivé. Cheminer d'un pas tranquille vers la citadelle. Jouer au promeneur crédule. Admirer le soleil, la rue, les babioles.

…

Rue Ata Al-Ayoubi. Le premier conseiller, cinglant sur le seuil de l'ambassade : « Mais enfin, vous êtes folle, je vous avais dit de ne pas y aller. »

...

Une révolution, c'est d'abord un malentendu. Sinon elle n'a pas lieu. Puis elle dure, et on appelle cela une guerre. De là à dire que toute guerre s'ouvre sur un malentendu...

★

« On va s'expliquer, jeune fille, vous n'aviez pas le droit d'aller là-bas et vous le savez très bien », tonna le premier conseiller. J'éructai. Il estima que la manifestation n'avait rassemblé que quelques dizaines d'activistes, dont très peu – trois, quatre, tout au plus – avaient été emmenés par la police. Il arguait qu'*il avait tout vu, qu'il y était, qu'il écrirait un rapport, qu'il savait*. Je ne l'avais pas vu à Merjeh. Je ne comprenais pas. Que disait-il ?

Puis on apprit que trente-deux personnes avaient été arrêtées. Je me rendis au tribunal. Je retrouvai quelques-uns des militants.

On passa une partie de la nuit devant le palais de justice, à attendre, oubliant peu à peu l'objet de notre attente : un procès, une libération, la fin de la dictature ? Lorsque nous partîmes, les *moukhabarat* semblaient s'être multipliés. On se quitta sans un mot, ignorant ce qu'il adviendrait des prisonniers, avec la terrible sensation d'avoir pénétré une nouvelle strate des Enfers. Aujourd'hui encore, quand je songe à ce soir de cendres, l'insomnie me torture.

Tout cela n'est pas réel, pas réel, c'est une mascarade.

Nous passâmes tout le dimanche au tribunal et apprîmes qu'une dizaine d'enfants avaient été arrêtés à

Deraa, au sud, pour avoir écrit sur les murs de la ville des slogans analogues à ceux scandés par les révolutionnaires tunisiens – *Bachar dégage*. Les parents, qui protestèrent auprès de la police, retrouvèrent des gosses torturés, à qui l'on avait enlevé jusqu'aux ongles. Graduellement, la révolte s'étendit à d'autres villes. On réclamait plus de liberté et on ne se heurtait qu'à la violence du régime. Chaque vendredi enfantait une nouvelle manifestation, des tirs dans la foule, des funérailles qui, elles-mêmes, voyaient le sang se répandre.

Les procès se succédèrent, sans trêve. Nous passions notre vie au palais de justice. Pendant que nous guettions la séance de l'un, on s'enquérait de la santé de l'autre ; les journées de travail n'étaient plus qu'une longue attente, jalonnée de rumeurs d'arrestations, de disparitions, de libérations – qui faisaient coller aux peaux des miraculés le parfum du soupçon : qui avaient-ils dénoncé pour sortir de là ? Comment étaient-ils surveillés ? Qui irait en prison à leur place ? Les services avaient appris à briser les réseaux de résistance par la suspicion. Tout libéré était pestiféré, un temps : il était susceptible d'avoir trahi.

★

Parfois, le chaos national rencontrait des chaos particuliers. Ainsi l'histoire de Shajan. Je la rencontrai peu après mon arrivée à Damas. Elle travaillait à mi-temps dans un hôtel de la vieille ville. Une bâtisse somptueuse, dont j'apprendrais par la suite qu'elle appartenait à Misha'af Al-Jibouri, figure irakienne proche du pouvoir syrien. J'y entrai pour demander mon chemin, et sympathisai avec la jeune fille de l'accueil. Elle avait exactement mon âge. Elle me fit découvrir la ville et la peinture contemporaine arabe. Shajan était très belle. Elle suscitait le désir des clients de l'hôtel, et saluait leurs regards d'une satisfaction assumée. Si l'indécence de son mode de vie, luxueux et propice à la futilité, m'agaçait parfois, je ne pouvais m'empêcher de compatir à son sentiment d'enfermement. Son père lui interdisait de sortir seule. Chaque jour, elle était escortée en voiture depuis la banlieue chic de Damas jusqu'à son travail.

Alors, elle rivalisait de stratagèmes pour s'échapper et respirer auprès de quelques rares amis, dont je faisais partie. Chaque semaine, elle prenait rendez-vous dans un hammam de la vieille ville. Le jeudi, de cinq à sept heures du soir. Elle changeait d'accoutrement dans l'une des cabines, enfilait une perruque, un foulard, des lunettes, mettait d'autres chaussures, une tenue plus sobre ou excentrique, afin de ne pas être reconnue par les sbires de son père. Elle se réinventait. Une nouvelle Shajan naissait et mourait. Des billets étaient distribués à la propriétaire de l'établissement et à ses employées, ainsi qu'à l'épicier qui la voyait passer par la porte dérobée. Son chauffeur et son garde du corps la croyaient à l'intérieur, à discuter de choses insignifiantes avec d'autres femmes, et l'attendaient à sept heures tapantes devant l'entrée. Shajan était toujours ponctuelle. Elle s'était re-déshabillée, débarrassée de son camouflage, et sortait du hammam le sourire aux lèvres, avec toujours un mot chaleureux pour les autres clientes, qui lui disaient invariablement *à la semaine prochaine*. Entre-temps, elle allait boire un café, faisait un peu de shopping et oubliait la surveillance qui lui était imposée. Parfois, elle utilisait une stratégie analogue pour sortir le soir et défier l'attention de ses geôliers jusqu'à l'aube. Rompue à l'exercice, elle mentait avec dextérité et parvenait à s'extirper de la demeure familiale avec une agilité surprenante.

Je compris plus tard que le père de Shajan était Misha'af Al-Jibouri lui-même. Il avait placé ses enfants à diverses positions au sein de ses multiples entreprises. Les filles obtenaient des rôles de représentation, inféodées aux décisions de managers qui rapportaient directement au patron, et soumises à des horaires stricts permettant aux sbires du maître de toujours vérifier où elles se trouvaient. Shajan n'aimait pas confier qu'elle était la fille d'Al-Jibouri. Pour qui s'intéressait de loin aux affaires politiques de la région, le nom sonnait comme un coup de fouet. Sa seule évocation suffisait à dissuader les prétendants qui tenaient à leur peau – et à exciter ceux qui étaient en mal d'aventures. Le type était proche du régime depuis son installation en Syrie. Il détenait plusieurs compagnies, dont une chaîne de télévision, qu'il utilisa pour fustiger l'opposition au pouvoir des Al-Assad. Recherché par Interpol pour soutien au terrorisme et détournement de fonds, il apparaissait comme un magnat incontrôlable dont il était préférable de ne jamais croiser la route.

Issu d'une petite ville modeste située entre Tikrit et Mossoul, dans la vallée du Tigre, sa trajectoire personnelle croisa la grande Histoire lorsqu'il fut présenté à Saddam Hussein, au milieu des années 1970. Il avait vingt ans, Saddam le prit sous son aile et le traita comme un fils. Il lui donna de l'argent, une voiture, et l'aida à devenir journaliste, le métier dont il rêvait. Selon ses propres mots, le maître « acheta » ainsi sa loyauté. Il le vénérait. Il se disait prêt à mourir pour lui. Saddam, lui aussi originaire d'une famille pauvre de Tikrit, voyait en Misha'af un héritier. Al-Jibouri se lia d'amitié avec l'un de ses fils, qui découvrit à ses côtés les ardeurs de la jeunesse et l'ivresse du pouvoir. Le général Saddam devint président à la fin des années 1970, et imposa à l'Irak un pouvoir totalitaire, où propagande rimait avec exécution d'opposants.

Une décennie plus tard, Misha'af Al-Jibouri, ainsi que d'autres proches de Saddam ourdirent un coup d'État afin de renverser le détenteur de leur allégeance éternelle. Mais la surveillance mise en place par le chef fonctionna. Les conspirateurs furent découverts. Al-Jibouri, à l'étranger au moment où le complot tomba, échappa à l'exécution qui s'abattit sur tous ses camarades. Il survécut à diverses tentatives d'assassinat. Nombre de ses proches subirent les foudres du président irakien. Il s'installa à l'étranger avec femme et enfants. Il fut aidé par divers responsables politiques, qui sans doute virent en lui une source d'information et un moyen de pression potentiel. Shajan grandit en exil. Elle observa l'exaspération des hôtes que son père épuisait, de Londres à Amman, d'Istanbul à Damas. Le protégé de Saddam commençait à devenir encombrant. L'escapade s'éternisait. Le pouvoir irakien restait en place, et Al-Jibouri embarrassait.

Shajan parlait de son père comme d'un type ignare et impulsif. Loin de l'image de l'homme providentiel qu'il souhaitait donner de lui-même, on le dépeignait comme un mafieux, un petit chef de clan corrompu jusqu'à la moelle, qui avait su reproduire à la perfection la contradiction éhontée de son modèle. Il apparaissait comme le double médiocre d'un Saddam fou, dont même la chute s'était opérée avec panache. Al-Jibouri, lui, menait une existence paisible faite de magouilles et d'extravagances. Régulièrement, il tabassait sa femme, passait ses nerfs sur le personnel de maison – une demi-douzaine de Philippines chargées des tâches domestiques et quelques types qui surveillaient la propriété – ou brisait des objets de grande valeur. L'esclandre avait parfois lieu dans la cour intérieure de l'hôtel, parce que son jus d'orange avait été mal pressé ou que les nouvelles du jour ne seyaient pas à son humeur du moment.

Shajan me raconta comment, après son éviction d'Irak, son père clamait à qui voulait l'entendre que, si un jour les troupes américaines y débarquaient, il y retournerait tout de suite. Le 20 mars 2003, lorsqu'une coalition menée par les États-Unis envahit le pays de Saddam, Misha'af Al-Jibouri ordonna à sa famille de faire ses valises. Il revint à sa terre natale et prit le contrôle de Mossoul, avant de se faire gentiment écarter du gouvernorat par les troupes américaines qui craignaient les tensions causées par sa prise de pouvoir. Il persévéra dans sa démarche en remportant notamment un siège au Parlement, et admit par la suite avoir financé la résistance irakienne contre les envahisseurs américains, d'où son placement sur la liste noire des États-Unis. Il s'installa définitivement à Damas au milieu des années 2000 et y fonda une chaîne de télévision, qui devint, au moment du soulèvement, le vecteur d'un ardent discours pro-régime. Avant même la révolution du peuple syrien, Al-Jibouri s'attaqua à celle du peuple libyen : il soutint publiquement Mouammar Khadafi, arguant que la révolte était orchestrée par des mains étrangères. Il usa du même argumentaire à l'égard du printemps syrien.

Quand j'appris les faits d'armes du père, comprenant que cette proximité accidentelle avec Al-Jibouri me mettait dans une situation délicate vis-à-vis de l'ambassade, j'excluai de renoncer à mon amitié envers Shajan. Ma méfiance maladive me poussa à me demander sans cesse si elle recherchait ma compagnie par sincérité ou parce qu'on lui avait intimé de le faire. Qu'importe, nos conversations ne s'égaraient pas au-delà de nos considérations picturales, et je refusais de céder au péremptoire de la filiation et des stratégies politiques douteuses. J'aimais son indépendance d'esprit, son détachement des types qu'elle traînait de club en club, quand elle n'avait pas le cœur à dormir. Bien sûr, son enfermement était d'or face à tous ceux qui ne disposaient pas de sa fortune, mais il existait malgré tout.

Après mars, le trouble s'immisça dans nos rencontres comme il avait entrepris de gangrener l'ensemble du pays. Quelques semaines après les premières manifestations, on m'appela d'un numéro inconnu. La voix était hachée, haletante ; je peinai à la reconnaître. Shajan s'étranglait. Elle était partie. Le père avait appris de l'un de ses employés qu'elle avait passé la nuit dehors. Il l'avait fait suivre. On l'avait vue avec un type. Al-Jibouri la tabassa. Méthodiquement. Par salves. D'une lenteur de spécialiste. Ce matin-là, son apprentissage auprès de Saddam se concentra dans ses membres, ses cris, ses crachats, dévolus au corps atterré de sa fille. Il lui coupa les cheveux. La déshabilla. Lui enfila un pyjama. Puis il la traîna à la cave, la roua de coups encore ; sa femme, paralysée contre la porte, préféra s'abstenir de gueuler. Il aurait chargé plus fort, ou les aurait tuées toutes les deux. Pourtant, Shajan ne mourrait pas.

Al-Jibouri avait un rendez-vous important. Il devait s'absenter avant de revenir à la cave décider du sort de sa fille. Il intima à son épouse de se taire ; si elle disait un mot, elle subirait le même traitement. Il s'engouffra dans sa voiture, s'éloigna, et songea au moment où il redescendrait pour faire comprendre à cette garce qu'on ne se moquait pas de lui impunément. Mais, pour une fois, la mère eut une fulgurance. Avec l'aide de ses servantes, elle parvint à la libérer. Les sœurs étaient tétanisées. Il fallait partir. Elles avaient une heure pour s'éclipser. Elles appelèrent une amie. Cette dernière les accueillit chez elle, puis réussit à les cacher dans le quartier de Mezzeh Jebel. C'est de là que Shajan me contacta. Elle me pria de l'aider. Les instructions étaient précises. On viendrait me chercher à un angle de rue, et on me mènerait à elle.

Monte dans un taxi et appelle ce numéro. J'indiquerai le chemin au chauffeur. Quelqu'un t'attendra là où il te déposera. Viens seule. Ne pose pas trop de questions.

La voix était suffocante. On se donna rendez-vous dans l'heure. À nouveau, la méfiance me prit. Ça puait la machination mais je ne me croyais pas suffisamment importante pour justifier un tel cérémonial. Mon doute joua en sa faveur. Je songeai que, si elle était en mauvaise posture, elle ne s'en sortirait pas ; j'avais derrière moi les ressorts de la diplomatie française. Du moins, le vague sentiment de n'être pas tout à fait seule dans ce bourbier. Je prétextai une urgence ; de toute façon, le semblant d'ordre s'était un peu délité, de notre côté aussi. Je grimpai dans un taxi sur 'Afif. Il faisait une chaleur de chien. Au lieu-dit, une jeune fille, tout juste sortie de l'adolescence, me fit signe de la suivre. On s'engouffra dans des ruelles ; au fond d'une impasse, on traversa un immeuble pour en rejoindre un autre. On pénétra dans une cage d'escalier dégueulasse, simple corridor coulé dans le béton. Les sœurs se terraient au deuxième étage.

La passeuse m'ouvrit la porte d'une chambre minuscule. Les cinq filles étaient là, dans la pénombre. Shajan, cheveux rasés, visage tuméfié, des bleus tout autour du regard, le corps recroquevillé, couvert de contusions. Elle me sourit. Elle semblait faible mais se montra loquace. Quelques affaires jonchaient la pièce. Elles dormaient les unes contre les autres. Shajan voulait partir. Quitter le pays. Seulement le père avait les passeports. Et il était déjà à leur recherche. Elles avaient jeté leurs téléphones, tous les objets qui pouvaient lui permettre de les localiser, mais il n'ignorerait pas plus longtemps où elles se cachaient. Il fallait les aider à s'enfuir. Je restai avec elles plusieurs heures, et regagnai l'ambassade. J'insistai pour m'entretenir avec le premier conseiller. Sa secrétaire finit par me laisser entrer, et dès qu'il pénétra dans la pièce, je lui exposai le récit des tribulations de Shajan. Parvenue à l'épilogue, je mentionnai sobrement l'étendue des faits d'armes du paternel.

À cet instant précis, je crus que le Conseiller allait défaillir. Le visage blanchi, il lança simplement : « Comment avez-vous dit qu'il s'appelait, leur père ? », la voix étranglée, comme si un insecte avait entrepris de lui mâcher insidieusement les couilles. Il déglutit. Si lentement que j'entendis sa glotte se figer dans son œsophage, puis retomber en un croassement affreux cinq secondes plus tard. Il blanchit encore – approchant alors de la translucidité – et murmura : « Vous m'excusez une seconde ? » Il disparut dans la pièce adjacente, et je l'entendis rapporter notre conversation à un gars des services. L'autre n'avait pas tellement bronché, il répétait régulièrement *d'accord, d'accord, bien, d'accord*, sans enthousiasme, puis le Conseiller réapparut, s'épongeant légèrement le front avec un mouchoir. « Bien. Tout va bien, ne vous inquiétez pas, tout va bien, mon petit », avait-il repris, trahi par sa voix comme un capitaine en plein naufrage. « Tout cela n'est pas bien grave. L'essentiel est que vous ne leur parliez plus jamais. »

Il était visiblement ennuyé, mais il se contint ; il tapotait nerveusement du pied sur le tapis, et regardait dans le vide, les yeux révulsés ; dans d'autres circonstances, j'aurais conclu à une méchante descente de LSD. Que lui fallait-il pour qu'il s'énerve enfin, qu'il hurle que j'étais allée trop loin, que cette fois j'étais virée, que je n'avais plus rien à faire là, que de toute façon, tout s'écroulait et que je ne tarderais pas à sombrer moi aussi… Mais non, le type déglutit encore, et il me sourit, l'idiot, et il me tapota sur l'épaule en disant *c'est rien mon petit, c'est rien*, et moi je me demandais bien comment je devais m'y prendre pour susciter une réaction : tentative de suicide, prise d'otages, coup d'État ? J'aurais dû leur ramener Al-Jibouri en personne, enfin on m'aurait écoutée. Le Conseiller s'administra une dernière rasade de thé et glissa *bon, c'est pas tout ça, mais j'ai rendez-vous avec l'ambassadeur dans cinq minutes. On se parle plus tard, mon petit ? Et cessez de fréquenter des Syriens, ça ne vous va pas du tout. Ne parlez plus à personne, vous n'aurez plus de problèmes.* Il se saisit d'un dossier, ouvrit la porte et m'indiqua le couloir. J'étais congédiée ; je tentai de réfléchir, mais mon cerveau n'était plus qu'un gros amas de vase remuant quelque part dans mon crâne. Je n'avais plus d'avis sur rien. J'avais sans doute été aveuglée par mon ignorance, mon envie de briller : Shajan m'aurait manipulée, et personne n'osait me le dire en face. Était-ce une mise en scène ? Un piège ? L'errement d'une gosse de riche en mal d'attention ? Une simple broutille familiale exacerbée par le contexte trouble ? J'imaginai tous les possibles et, encore aujourd'hui, je ne comprends pas bien ce qu'il s'est passé. Je manque d'éléments. Peu importe. Shajan mourrait, un an plus tard, dans le centre de Beyrouth, percutée par une voiture. *Accident.* Une bagatelle dans le tourbillon de corps et de cris que le pays deviendrait.

Jamais je ne saisis la mesure de cette fuite. À l'époque, la situation privilégiée de Shajan faisait peser sur sa fugue, et sur sa mort, un parfum de soupçon. Cruelle fortune qui masquait tout, avais-je songé alors. Aujourd'hui, cette pensée est suivie d'une impression dérisoire : au fond, ce n'était rien, le reste avait tout emporté. C'est cela, la guerre : une marée qui recouvre fortunes, soupçons, gravité, visages. Et avec ces éléments la perspective de les relativiser. Que Shajan ait menti ou non, que sa situation ait été risquée ou non, cela n'avait plus d'importance. La guerre pulvérise les échelles ; tout est disproportionné, plus rien ne fait *éclat*, ne fait *sens*, il n'y a plus que des débris qui s'enfoncent dans d'autres débris, on ne distingue même plus leur cliquetis tandis qu'ils s'entrechoquent. On est dans une cabine de sous-marin et, depuis le fond des eaux, ni la voix de Shajan, ni son crâne mis à nu n'existent. Il n'y a plus que du vide.

Tandis que je me dirigeai en titubant vers mon bureau, j'entendis la secrétaire du Conseiller parlementer à voix basse avec celle de l'ambassadeur. Je perçus des bribes, tranchantes comme des lames : *je m'inquiète pour la petite... Elle n'a pas l'air en forme... Elle est en train de vriller...* Je songeai qu'il était grand temps que cela se termine. J'étais traitée en malade par les médecins qui avaient fait grandir en moi le mal afin de tester leurs protocoles douteux sur mon corps affaibli. J'étais désormais à l'état végétal. Tout pouvait advenir ; moi, je ne me souciais plus de rien. Je sombrai dans un scepticisme de chaque instant. Je ne croyais plus ni aux hommes, ni aux mots, ni à une quelconque évolution heureuse de la crise dans laquelle le pays s'engouffrait. Je me méfiais de chacun. Je ne parlais plus à personne. *Paranoïa* (nom fém.) : du grec παρα, « contre », et νους, « esprit ». Psychose caractérisée par la présence d'idées délirantes systématisées et permanentes, surtout à thème de persécution. Une *déformation* de la réalité. Cette réalité, nous ne pouvions pas la connaître, parce que le pouvoir syrien l'empêchait. Cette perception faussée du réel, c'est avant tout celle que chacun donnait à voir, parce qu'il était impossible d'*être* dans le réel. Pas le droit de penser, de parler, de défier, de crier… La paranoïa devenait notre seule lecture du monde.

*

Le dernier dimanche d'avril, j'étais attablée dans un café de la vieille ville. C'était Pâques ; j'étais en congé. Le jour était idéal. Le silence absolu.

Une déflagration. Puis une autre. Des cris. Des types couraient depuis Bab Touma vers Bab Sharqi. Je me trouvais juste entre les deux portes. Je réglai en vitesse et m'élançai vers l'origine des tirs ; il n'y avait pas grand monde au-dehors. Un petit attroupement s'était formé à l'angle de la place, d'où quelques badauds observaient deux groupes se faisant face. De loin, on distinguait quelques fusils, et la rixe délimitée par l'agitation des corps. Ils se dispersèrent. Certains fuyaient vers Qassa, les autres vers le vieux centre. Je rebroussai chemin. Je devinai d'autres détonations. À l'horizon, une petite église de pierres blanches. J'avais le salut devant, les balles dans le dos. Je me dirigeai, haletante, vers Bab Sharqi, et rejoignis un ami qui vivait juste là. On attendit quelques heures ; l'armée et la police bouclaient la vieille ville. Il y avait des *moukhabarat* à chaque angle de rue. Plus tard, nous sortirions boire un verre ; il n'y aurait plus que cela. Et, au hasard d'une ruelle, je serais frappée par cette citation inscrite sur un portrait de Bachar Al-Assad, en costume d'aviateur et lunettes de soleil : *Min el-qelb illa el-qelb*, littéralement, « du cœur au cœur ». Comme les balles.

Un soir, revenant d'une énième audience, je croisai l'un des types des services ; je ne le connaissais pas bien. Il me dit *alors jeune fille, on était en ronde ? Il faut qu'on discute, un de ces jours, on vous voit vous rendre dans des manifestations, passer votre vie au tribunal et, pour être honnête, on commence à se demander ce que vous fichez*. Ce gars-là était l'un des seuls qui s'occupait du renseignement intérieur. Il suivait la trajectoire des individus syriens susceptibles de se rendre en Europe, et des Européens venus en Syrie pour y poursuivre des velléités politiques ou religieuses. Il me sourit et entreprit de me flatter, *je crois que vos conclusions sur tous ces dossiers nous seraient très précieuses* ; je bafouillai un semblant d'acquiescement et me hâtai de reprendre le chemin de mon bureau.

Quelques semaines plus tard, ce même type, qui avait obtenu plus de détails sur mes activités, renouvela subtilement l'invitation. Entre-temps, d'autres procès m'avaient accaparée, et l'un des gars que j'utilisais comme intermédiaire pour communiquer avec certains militants avait été jugé suspect par les renseignements extérieurs. J'avais été sommée de demeurer à l'ambassade pour une semaine, le temps que les choses se tassent. Au moment précis où sonna le téléphone de mon bureau, et que je reconnus le numéro du gars, je sus ce qui m'attendait. Je devinai ses lèvres se tordre en un sourire à l'autre bout du fil, *bonjour, chère Justine, que diriez-vous d'un café, dans cinq minutes ?*

Je pénétrai dans l'antre des renseignements intérieurs ; la décoration n'était pas exceptionnelle, on aurait juré une vieille baraque d'anciens combattants. Mon hôte était un grand type, très beau, aux yeux verts d'une clarté étonnante. Il sourit. Décidément, celui-là n'était jamais de mauvaise humeur. Il me fit asseoir dans son bureau. Tandis qu'il se fendit de quelques banalités, je distinguai un petit bout de papier où était griffonné le nom de l'informateur qui me valait tout ce cérémonial. Son ton était doucereux, sa posture cinématographique, de ces acteurs américains jouant au parrain. Il se fit tour à tour compatissant, naïf, froid, complice… Je ne m'attendais pas à un tel déploiement de talent. « Vous avez quoi, vingt, vingt et un ans ? À votre âge, j'étais bien loin de tout cela… Vous tenez le coup ? Je vais être honnête, je m'inquiète pour vous… Vous devez être surmenée… On vous utilise pour des tâches très périlleuses. Ceux qui vous demandent de faire ça se cachent derrière vos airs innocents… Ils doivent être contents de vous avoir, à la chancellerie ! Mais ils vous mettent en danger… Si vous êtes kidnappée, ou arrêtée par le régime, ils feront les étonnés… Ils clameront que vous n'êtes qu'une écervelée en mal d'adrénaline… Vous risquez l'interrogatoire, la prison, le renvoi, ou pire… Et même s'il ne vous arrive rien, je vous plains. Vous nous quittez dans quelques semaines, et qu'est-ce que vous aurez obtenu ? Vous allez rentrer en France, et alors vous serez toute seule, sans personne à qui vous confier. Vous ne pourrez plus vivre et tous ceux-là qui vous ont encensée pour que vous leur donniez des informations ne se rappelleront pas de vous. Ils vous auront abandonnée. » Tout ce temps-là, il ne cessait pas de sourire. Il plantait ses yeux dans les miens. « Si j'étais vous, poursuivit-il, je me mettrais à haïr la France ; j'aurais une bien piètre image des institutions qui vous ont exploitée ainsi. En vous regardant, j'ai honte de les représenter moi-même ; si je pouvais, je parlerai en votre nom au Quai d'Orsay, au ministère de la Défense… Tout ceci est indigne de notre pays. Je suis désolé pour vous. »

En une fraction de seconde, des pensées vertigineuses se bousculèrent dans mon esprit. Il avait terriblement raison. Je n'étais qu'une petite provinciale en quête de grandeur ; je n'avais trouvé que la Syrie pour m'élever. J'étais comme tous les autres, à nous crever pour un pays qui ne voulait pas de nous, à voir dans l'armée la seule source de prestige accessible. La France ne m'aimerait que si je lui servais de chair à canon. Je tentais de prospérer sur le marasme des autres, et je devenais aussi abjecte que ceux à qui je redoutais de ressembler. Les enfants de diplomates qui fréquentaient l'Institut étaient dans des clubs, à New York, dans des universités prisées du continent américain, ou dans des mégalopoles asiatiques... Le cloaque syrien leur paraissait bien insignifiant ; ils n'y perdaient pas leur jeunesse, ils gagnaient en éclat auprès de *ceux qui comptaient*, et moi je m'enterrais encore, au lieu d'enfin émerger à la surface. Né petit, on est condamné à se consumer toute sa vie : chaque tentative de s'en sortir ne fait que raviver le brasier. Si je prends des risques, je me calcine ; si je ne les prends pas, je m'éteins. Tel était le sort des *nés pour rien* : nous étions prêts à tout pour réussir, pour nous faire remarquer, quitte à tomber plus bas que là d'où nous venions. Nous étions le contingent du XXIe siècle, de ceux qui se trouent la peau pour une seconde de gloire, parce que la naissance nous avait cantonnés à des friches industrielles, des banlieues grises, des campagnes en déroute.

Malgré mon trouble, j'envisageais les raisons qui pouvaient pousser ce type à me cuisiner de la sorte. Voulait-il simplement avoir des informations ? M'inciter à dire des saloperies sur la chancellerie pour faire tomber quelqu'un ? Agissait-il sur les ordres d'un gars de la Défense ? Les services de renseignement français s'espionnaient entre eux à l'intérieur de l'ambassade. Les moments de conflit étaient l'instant idéal pour faire sombrer ses adversaires, et ainsi accélérer une carrière, éliminer d'éventuels rivaux, accroître son aura auprès du ministère, etc. Voulait-il me tester, m'enrôler ? Vérifier que je ne dise rien à mon retour, ou s'enquérir de mon éventuelle folie ? Peut-être cherchait-il simplement à s'amuser pour l'après-midi ; il se serait ennuyé, j'aurais été son passe-temps.

« Alors à présent, dites-moi, jeune fille, vous faites quoi, exactement, depuis le début ? » Je savais que je devais me taire, que le discours de ce pauvre type était une version bon marché d'un mauvais script américain, que son jeu d'acteur était aussi pathétique que mes piètres prestations de stagiaire, mais je n'y tenais plus ; je songeai que la vérité valait mieux que les petites tactiques de ces idiots qui n'avaient rien d'autre dans leur vie que ces après-midi de frisson ; que mon interlocuteur s'amusait avant de retourner à son existence grise de petit père de famille, et que je pouvais bien lui octroyer cette once de divertissement. Je lâchai ce que je savais. Il avait obtenu ce qu'il voulait ; me déstabiliser. Il pourrait utiliser le contenu de mon discours pour faire pression sur un autre gars tout aussi névrosé que lui, quelque part dans un bureau gris du Quai d'Orsay ou de la Défense ; peut-être perdrait-on, quelque part, un peu d'influence, ou en gagnerait-on. Il s'agissait sans doute d'un simple agencement de carrières, plus que d'une affaire de sécurité. Comme le pénis se rétracte lentement après l'éjaculation, et se détourne de sa cible, le type m'offrit un café et me signifia posément que je pouvais me retirer.

Quelques semaines plus tard, je quittai mon poste et déménageai dans la vieille ville. Il fallait un grand silence. Une absence. Effleurer le chaos pour être capable de revenir aux supercheries parisiennes. Je me retranchai dans le dessin. Le langage ne m'intéressait plus. Seules m'obsédaient les lignes, la symétrie, la pureté des traits et des formes. Je perdais les mots.

On fumait, sans interruption. Cigarettes, joints. Pas une bouche ne s'épargnait les cendres. Il fallait avoir la mort au bout des lèvres pour l'oublier un peu. On s'élançait sur les chemins escarpés de Mezzeh Jebel dans le ciel nébuleux des matins d'incertitude. Plus tard, l'un irait ramasser des blessés, vers Midan, où chaque vendredi voyait fleurir une nouvelle protestation et avec elle une nouvelle répression ; l'autre rejoignait les mobilisations des jours suivants. Le cercle vicieux des manifestations et des funérailles se mettait en place : à chaque défilé, des morts, à chaque procession funèbre, des cris de rébellion, et, inexorablement, d'autres tirs, qui entraînaient plus de morts, etc.

★

Plus tard, un ami resté à Damas me raconterait comme le visage de la ville avait changé. Comme la lumière, les sons, les hommes avaient changé. Il me dirait la pénombre, le bruit des générateurs dont on usait en raison des coupures d'électricité interminables ; il me dirait combien le noir était, selon lui, préférable à la teinte blanchâtre des néons qui peu à peu remplacèrent l'éclairage tungstène des habitations particulières… Il me raconterait les checkpoints, parasites troublant ses escapades nocturnes ; les heures à attendre sous le regard de types pas plus vieux que lui ; les soldats enrôlés comme il aurait pu l'être et dont, malgré la frontière qui existait entre eux, il partageait l'ennui. Avec la guerre, les ennemis se ressemblaient de plus en plus. À mesure que l'on dressait des barrières, les uns et les autres se faisaient, dans l'âpreté des combats, infiniment proches.

Il m'expliquerait comment il avait un jour exfiltré son frère de la Syrie vers le Liban ; comment il dépensa toutes ses économies pour l'envoyer vers la Turquie, puis la Grèce, en bateau, perdant la raison de peur qu'il ne se noie, parce qu'il préférait encore le savoir disparu plutôt qu'embarqué de force dans l'armée. Par chance, le frère survécut et, d'Athènes, chemina vers l'Autriche. L'aîné, resté à Damas, continua à vivoter derrière la vitrine de stabilité du pays ; on y célébrait la gloire de l'État, malgré les bombardements qui se rapprochaient. Il me dirait enfin l'odeur des corps dans le soleil, la chair consumée par les bombes, les débris où l'on s'aventure sans plus savoir si l'on marche sur des peaux ou des pierres. Il me dirait comme c'est terriblement palpable, comme on se sent vivant. La guerre ne peut se raconter que comme un spectacle, un désastre, un météore sorti de son axe dont on admirerait la foudre tout en craignant ses éclats.

*

La pureté que j'associe à Damas a-t-elle jamais existé ? Cette effervescence des vingt ans, cet empressement à combattre, à traquer l'absolu dans le trouble ; tout cela a-t-il bien eu lieu ainsi que je m'en souviens ? Il n'y avait, au fond de ma jeunesse, ni innocence, ni rage ; une inacceptation de ma lassitude du monde, simplement. J'avais encore de lui, à l'époque, une image linéaire. Je rêvais de révolution. De tout abattre. De tout reprendre. Je crois désormais que l'on ne peut rien faire d'autre que de s'y enfoncer. Le monde nous colle aux membres, il s'acharne à demeurer sur nos peaux, comme la semence s'agrippe à la verge pour poursuivre la vie : il nous pousse à enfanter et, en cela, il nous asphyxie. À ma crainte de la guerre répond mon effroi quant à l'idée de reproduction : je trouve criminel cet entrain à nous fondre dans des images, dans des types, comme on s'empresse de fourrer des sexes dans d'autres sexes pour en extirper des gosses et, le placenta tout juste refroidi, recommencer. La violence de la fécondation répond à celle de la guerre. Où était mon propre vice, dans mon insouciance révoltée ? Où était ma pureté ? Elle n'existait pas, et c'était là la véritable tromperie de ma révolution. Je n'avais pas foi dans le monde ; j'avais foi en *moi*, en ce vide initial qui a, depuis, tout envahi, et il m'aura fallu des années pour comprendre que ni l'une ni l'autre ne méritions le moindre catéchisme.

★

Bientôt, ce tourbillon de doutes fut recouvert par les assertions des spécialistes, par les témoignages des journalistes, les regrets des voyageurs et des jeunes orientalistes. Je gardais le silence. Les élèves de l'Institut d'études politiques s'enorgueillissaient de leur fascination pour le soulèvement syrien ; ils y puisaient le nouveau décor de luttes intestines, garantissant la perpétuation de l'image du pays lointain, en proie à des élucubrations adolescentes, primaires. Je songeai qu'il aurait été facile de voir le pays natal en confessions, en tribus, en « ethnies », en « clans » ; que nos pratiques avaient la teinte rouillée de la mafia. Les droits de l'Homme ne servaient qu'à adoucir le maintien du pouvoir de quelques-uns sur les autres. Ce que je ne savais pas, à l'époque, c'était que cette pensée furtive deviendrait une sensation tenace au fur et à mesure des années. Cette façon de traverser le pays par des checkpoints, qui poussaient les visiteurs et leurs hôtes à toujours s'interroger sur la destination, la provenance, et les raisons du mouvement. Comme si toute tentative de connaître autre chose était devenue suspecte. Sans doute l'était-ce.

★

Nation (nom fém.), du latin *nascor*, « naître » : ensemble des êtres humains vivant dans un même territoire, ayant une communauté d'origine, d'histoire, de culture, de traditions, parfois de langue, et constituant une communauté politique. La nation, ce fantasme selon lequel on ne pourrait exister sans une mythologie commune.

Il est amusant de voir les hommes s'entêter à toujours donner une signification à la naissance. L'initiale, la biologique, l'atomique, n'a de sens que pour les géniteurs : *nous voulions absolument un fils, nous rêvions de mettre au monde, de nous multiplier*, etc. La seconde, la symbolique, la sociale, importe, elle, pour la progéniture : c'est par là qu'elle s'invente un destin. La nation englobe l'une et l'autre. Elle dévore les rejetons, enserre leurs projets : il n'y a ni naissance ni mort hors de la nation. La nation même est le checkpoint originel.

*

Toute guerre est un huis clos. Encore fallait-il, pour saisir la folie de la Syrie en guerre, entrevoir la barbarie de la Syrie en paix. La torture qui s'orchestrait en sous-sol devint un conflit à ciel ouvert. Les opposants se muèrent en étrangers. Les ennemis de l'intérieur, qui autrefois croupissaient toute une vie en prison, se multiplièrent. La majorité du peuple semblait étrangère. Il n'y eut plus de peuple. Aux sévices et aux procès-fleuves succédèrent des bombardements au chlore, des exécutions massives. Le peuple ennemi se mit à mourir par centaines de milliers. Le pays ne *bascula* pas ; il s'affaissa lentement.

La guerre civile ne s'ancrait pas dans la répression des manifestations, dans l'acharnement propagandiste du régime, ni même dans les arrestations, les tortures, les disparitions. Elle se logeait dans les détails, infimes, qui régissaient l'intimité de chacun : toutes les petites frontières que l'on dessine plus ou moins consciemment pour bâtir sa personnalité. Les étaux se resserraient. Celui-là qui hier ne jurait que par le rock anglo-saxon ne chantait plus que de vieilles mélodies arabes, celui-ci se plongeait dans les photographies de son enfance, où se nichaient des costumes traditionnels, des villages reculés, des aïeux venus d'ailleurs ou des hommes en treillis.

Ces fissures, apparemment dérisoires, mais si profondément gravées, je les observai à l'un de mes retours en France, après une longue absence. Je les décelai dans ma propre obsession de l'étymologie. J'entrepris de m'agripper aux racines comme on remonte les branches d'un arbre généalogique. Ma passion pour ce qui avait précédé les mots n'était pas une érudition, elle était une maladie de l'époque. J'excavais la langue. Je la déterrais pour lui arracher les membres, le cœur. Même le français était contaminé par notre bêtise, alors je tentai d'y sauver quelques vestiges, avant de le mettre à mort. Je devins fossoyeur des mots. À ceux qui décidèrent de se réfugier dans la nation, de pleurer les victimes d'attaques terroristes en fantasmant un terreau commun, j'opposai le latin, le grec ancien. Nous étions, les uns et les autres, embourbés dans cette folie des origines qui constitue l'argile de la guerre.

★

Aujourd'hui, la Syrie, ce sont des corps rampant entre des ruines, des peaux réduites en cendres dans les faubourgs d'Alep, en une de la presse, et massés dans les tréfonds de nos mondes virtuels. Chaque jour, les réseaux sociaux exposent un nouveau massacre ; je contemple des diaphragmes convulsés, des pupilles sidérées de chlore ; j'examine les plaies des torturés et le silence des gosses nés par et pour la guerre. La Syrie n'est plus un territoire. Elle est un corps outragé. Il faut anéantir les hommes jusqu'au dernier. Lorsque le pays sera un désert, enfin, tout pouvoir y apparaîtra comme la solution : sans peuple, plus de problèmes. Face à ce ravage, le monde n'a qu'un rire jaune. Cette grimace, c'est la mienne. Celle de l'impuissance. *Damas ne sera plus une ville, elle ne sera qu'un monceau de ruines.* Il n'y a qu'une putain de guerre pour me faire citer la Bible. Mon cerveau est gazé au sarin, mes neurones brûlés au napalm.

Sur internet, je lus le service funèbre d'anciennes connaissances ; j'appris la chute de l'un, dans une manifestation, l'exécution d'un autre, dont les ultimes photographies le montraient gisant dans la poussière, l'uniforme de l'Armée syrienne libre boutonné autour du torse. J'assistai aux enrôlements, aux tragédies, aux routines de la guerre et hasards de l'exil, sur une simple page web, comme le spectateur se demande si l'écran est bien réel, dans la chaleur rassurante d'une salle de cinéma. Le voisin de Muhajirin : fusillé. Le gosse du café, retourné dans sa famille après le début de la guerre : emprisonné, torturé. Pas une trace. Certainement enterré dans une fosse commune. Et puis tous les autres. Ceux qui partirent, restèrent, s'engluèrent dans le quotidien de cette guerre qui les avait épargnés ; qui les avait vidés de tout pour mieux les condamner à vivre. Ceux qui se battaient encore. Ceux qui avaient renoncé. Qui tenaient. Pas tout à fait debout.

Des années plus tard, j'avais le terrible sentiment que c'était à notre tour. Quand je regardais en arrière, je ne voyais que des conflits, des tranchées, des épurations, des combats contre les envahisseurs, les libérateurs, les peuples colonisés. La guerre n'était pas nouvelle. C'était précisément pour cela que j'y voyais un horizon. J'avais l'impression vivace, qui parfois faisait sourire mes interlocuteurs, que nous y retournions. De la terre à la terre. De la guerre à la guerre. La propagande qui suivit la prononciation de l'état d'urgence, au lendemain des attentats de Paris, encourageant la jeunesse à rejoindre l'armée, me rappela les affiches qui fleurirent après le 15 mars en Syrie, apposant sur des portraits de jeunes gens la mention *Ana Souria*, « Je suis la Syrie ». Dans les pierres de la ville où je naquis, je ne percevais que la violence des Allemands, des Américains, des résistants de la dernière heure, qui s'étaient vengés sur les femmes, les vieillards, les louches, les déroutés ; cheminant sur le Pont-Neuf je devinais les pas des manifestants algériens, jetés dans la Seine en 1961 ; au détour de chaque paysage je visualisais des champs labourés de bombes, des soldats tombés dans la bataille, des gosses apeurés ; je tressaillais au moindre bruit, à la pensée même de ce déferlement furieux qui toujours a fait battre le cœur des hommes. Partout je sentais la guerre : elle était en moi.

★

À Palmyre, l'Histoire me donna le vertige. Pour la première fois de ma vie, elle ne m'asphyxiait pas. Au son de la brise du soir, tout se mettait en ordre. Dans le sable, dans le bleu, ma déroute parisienne devenait une victoire. Je songeais aux Fers-Moult, à mes camarades de l'Institut, à ma solitude, et je me sentais enfin à ma place. L'étendue ocre me dictait la marche à suivre. J'y retournerais, et je saurais comment cheminer, que dire, quelle posture adopter. Je serais lestée du poids des ans ; désormais, il ne serait plus un fardeau.

La poussière, contre les fenêtres du bus que l'on prenait depuis Damas, conférait au voyage une aura irréelle. Parvenus à destination, elle nous environnait de toutes parts. La nuit tombait sur les fondations antiques de la ville.

On attendait, le déclin de l'astre pour seul horizon. Il s'étirait à l'infini ; littéralement, puisque chaque dune de ce désert rendait le coucher plus lent. L'accouplement du jour et de la nuit est d'un érotisme absolu, parce qu'il n'enfante de rien. Il n'est qu'une rupture. Un *instant*. Les bâtisses anciennes faisaient peu de cas du spectacle qui nous émerveillait. Il s'agissait, pour elles, d'une formalité. Il était impossible alors d'imaginer que le site serait mis en péril. D'ailleurs, aujourd'hui, malgré les images qui nous assaillent depuis le front, et qui annoncent la destruction de Palmyre, mon cerveau refuse de voir. Ironique, ce désir que les vestiges demeurent *intacts*. Dans le chaos de la guerre, seules les traces me semblent capables de résister. Elles ont le passé pour bouclier. À l'époque, leur plénitude me sidérait. Les colonnes se tenaient debout. La Grèce était juste là. Rome à ses côtés, qui lui succéda, et qui érigea le temple de Ba'al, au Ier siècle. Il obliquait dans le crépuscule.

Le soir s'abattait sur les corps. Le soleil resurgissait en veilleuse. Lumière rasante. Pleine. Chaude. Heure vespérale sur ciel pigmentaire. Nous restions là. Assis dans le sable. Face au désert. Le bruit des hommes dans le dos. Il ne restait à la surface de l'asphalte que ces colonnes abîmées, qui, malgré les ans, persistaient. Palmyre ; c'est cela que je retiens de la Syrie.

★

Je partis à l'aube. Sur la piste de l'aéroport, je revis les bâtiments cacophoniques, les pans de sable comme des cratères, les flancs du Qassioûn où flottait le drapeau immense, et la réverbération de la lune dans la nuit totale où s'enfonçait le pays. La paix n'existait plus. La révolution était advenue.

IV

J'avais vingt ans. Je ne laisserai personne
dire que c'est le plus bel âge de la vie.
Paul Nizan.

Il est des instants comme des lames, qui vous tranchent la gorge au seuil de la vie : la voix peine à cicatriser. La Syrie demeurera une dague puissante. Et, à jamais, un silence abyssal. Je voulais une arme : me foutre une balle au fond de la tempe ; une percée comme un astéroïde déflorant la Terre. Je vécus, après mon retour à Paris, dans une profonde obsession de la mort. Pas de sa finitude, ni de son état, mais de son procédé : comment passe-t-on d'un côté à l'autre de la frontière, entre cette condition que l'on appelle la vie et celle que l'on nomme trépas ?

Je rêvais de connaître ce moment précis où l'on franchit le checkpoint. Chien armé, chambre face au canon, détente enclenchée, amorce touchée. Et la balle s'échappe. Du métal à la chair. De la poudre à la plaie. Le revolver, c'est une affaire de chiffres qui devient une affaire d'hommes. Un agencement de compartiments, de munitions, de membres ; une certaine courbure de la matière qui permet la projection. Le fruit de calculs savants et d'une habile mise en œuvre technique précipitée en blessure. Et ce mot, *revolver.* La langue qui déroule et enveloppe ; donne et reprend d'une syllabe à l'autre. *Revolver* (subs. masc.) : pistolet à un seul canon et plusieurs culasses, dont chacune, au moyen d'un engrenage, vient à son tour coïncider avec le canon, au moment où le marteau passe au cran du bandé. Du latin *revolvere,* « tourner en arrière », qui a également donné le mot *révolution.* Aller vers l'arrière.

La révolution m'avait laissé une fêlure dans le crâne. Une absence. Cette steppe au fond de ma tête contamina tout le reste : rien n'y germerait plus, à présent que le froid avait tout recouvert. Le souffle de l'explosion avait pulvérisé les souvenirs, les rêves, les visages, les voix : je ne reconnaissais plus rien, j'avais le cerveau comme un gouffre.

Ce signal lancinant au creux de mes tympans faisait de moi un spectre. J'errais dans Paris. J'étais le gosse qui marche dans Tchernobyl, à l'aube, dans la poussière et les débris ; le vieil homme qui vient de trouver le corps sans vie de sa femme sous le revers du drap, et qui va acheter son journal, chaque matin, comme si de rien n'était ; j'étais une faucheuse ordinaire, celle qui peut continuer à vivre et n'éprouve plus aucune honte à le faire, parce qu'elle a oublié la honte, et la vie, et le chaos, et l'absurde.

La guerre avait autorisé la vie. Avec l'éloignement de la guerre, l'impossibilité de la vie. J'attendais sans savoir quoi attendre. J'étirais chaque tâche, même dérisoire, afin qu'elle dure des heures. *L'attente*, cette palpation de l'oubli. L'oubli pour tout horizon.

Je déambulais dans Paris, ce monstre froid bâti comme un puzzle pour adultes. Cet enchevêtrement de ruelles comme les dorures d'un vêtement. Ses artères en colimaçon, son métro replié sur lui-même. Ces broderies de bitume avaient quelque chose de monstrueux. Là où le territoire originel ne révélait que des lignes droites et des obliques, comme des plans de constructivistes russes, la carte de Paris avait les courbes d'un Rubens. Tout fleurait l'entourloupe. Sous l'éclat de la ville macéraient ses entrailles. L'infamie se poursuivait dans les catacombes. En archéologues, nous marchions chaque jour sur des ossements ; ils nous contaminaient de leur paralysie.

Je passais mes soirées dans le métro, à aller d'un terminus à un autre, pour tenter de retrouver la mesure de ce temps arrêté. J'étais l'affamée qui dévore toutes les carcasses, pour tenter de distinguer la faim de l'écœurement.

Alors il fallut, à nouveau, retrouver la violence. Je m'épuisais à aller d'amis en inconnus, à ne jamais demeurer nulle part, à jeûner, fumer, parler des heures, à délirer, gerber, baiser tout le monde et n'importe qui pour tenter d'acquérir une consistance. Chaque instant à ne plus savoir qui j'étais me renvoyait à mon état de décrépitude.

Je n'appartenais à nulle part, à personne ; ce que j'avais vécu en quittant mon bout de monde, je le vivais une seconde fois. Les nuits s'abattaient sur nous comme des bêtes sauvages ; elles râlaient longuement, d'un souffle lourd, et nous retournaient en proies dociles. Ma survolte se terrait sous des airs d'eau calme : tout stagnait et tout s'agitait ; les lacs limpides sont le repaire des vases les plus infâmes. Je ne savais plus. Le langage. Je n'avais plus de mots.

★

Le poids de la jeunesse, bientôt empêchée, descendait sur nos têtes. Nous nous apprêtions à courber l'échine : il faudrait accepter toutes les tâches, parfois atroces, souvent idiotes, qui bientôt annihileraient l'espoir d'en effectuer de plus nobles. L'heure n'était plus à l'avenir mais au présent déjà pourri comme une sentence. Il devenait clair que nous étions, depuis le premier jour, depuis l'avant-nous, soumis à un sursis que le temps ne faisait que prolonger. Sous la garde à vue couvait une peine lourde. La vie ne serait pas légère, ainsi que nous l'espérions. Elle aurait la lourdeur de nos efforts démesurés.

Rien ne changeait mais nous prenions conscience de la peine. Nous n'avions fait que tourner en rond : au lieu de nous échapper, nous avions creusé notre asservissement. Nous avions plongé dans le grand bain qui change les détenus en criminels : à creuser des tunnels sous le béton de nos cellules, nous devenions les matons. Ce grand système où nous avions souffert en silence, bizuts anonymes d'un rite anonyme, nous avait happés. De la cour carcérale, nous distinguions peu à peu des barreaux, hauts comme des murailles, dents affamées, pointées vers le ciel. Ce dernier resterait inaccessible. Afin d'envisager un avenir, nous devions travailler des mois, pour rien, en stage, puis passer des concours, pour obtenir un statut, et un emploi, et un crédit, et une reconnaissance factice ; nous arborerions le visage de l'échec que nous redoutions. À notre tour, on martyriserait des jeunesses.

Dans l'ensemble, mes pairs s'accommodèrent fort bien de cet atterrissage forcé. Certains vécurent mal cette redescente. Il y eut des trajectoires abîmées. Des familles déçues de ne pas voir leurs progénitures se presser vers les bancs de l'administration ou de la finance. Mais il y eut surtout le flot d'individus malléables, qui consentirent à faire ce qu'on attendait d'eux, comme les langoustes rougissent doucement dans la marmite après y avoir frémi. On jouait le jeu. Nous avions été de jeunes premiers avides de démolir les fondations des aînés ; nous y marchions désormais sans la moindre défiance. On nous *cooptait*, tout simplement. Je parle d'un ami épris de mots, qui se complairait dans une préfecture de province, à bénir les aristocrates locaux et à vomir ses sujets – concitoyens ! –, et de ces apprentis politiciens qui, à peine le diplôme en poche, s'inventèrent un folklore afin de remporter des élections municipales ; je parle aussi de ces passionnés d'environnement qui, bien vite, écriraient des notes sur le gaz de schiste pour Total ou Shell, de ces défenseurs de l'information qui assureraient la communication d'un PDG ou d'un parti ; bref, je parle de ces grands principes, qui jusqu'alors nous faisaient tenir debout, et sur lesquels chacun d'entre nous s'assit allègrement, les fesses lâches de tant d'abandon. Les dernières années d'école furent un lubrifiant somptueux.

★

Il s'agissait de revenir aux petits duels de couloir, aux élucubrations de Saint-Germain-des-Prés, aux cocktails chics, aux conférences dont la seule fonction était d'aller serrer des mains, aux sourires de circonstance et aux mots bien sentis au détour d'un examen.

J'observais d'un œil distrait la fascination de mes camarades pour la guerre ; je prêtais peu d'attention à ce professeur, qui s'extasiait sur la beauté des bombes au phosphore et l'élégance phallique des fusils, et à cet autre, qui louait la discipline de l'armée française et la magnificence des stratégies militaires. Mes codétenus me donnaient la nausée : GI américains revenus d'Irak et avides d'enfin donner un visage aux gosses qu'ils avaient terrorisés à Bagdad ; idéalistes, poètes de l'humanité qui n'avaient pas encore compris que l'ONU, l'Union européenne et toutes les organisations dont ils rêvaient n'avaient rien à faire de leurs alexandrins ; types s'apprêtant à passer leur vie dans des salles de réunion grises et des hôtels de luxe, à spéculer sur le retour du terrorisme en Afrique subsaharienne pour de grandes compagnies pétrolières… Ces deux années furent celles de la psychose démultipliée.

★

La guerre civile est une idée qui doit être dans le domaine public, dit Rosenthal. Ça ne se dépose pas.
Paul Nizan.

Toute guerre civile est-elle internationale ? Telle fut la question qui me fut posée à la fin de mes cinq années à l'Institut d'études politiques. C'était le grand oral. Le couronnement de nos études. La fin des illusions. Comme chaque fois qu'un gouffre se présentait, je somnolai. J'annihilai toute possibilité de vertige. Je ne voulais pas y croire. Je laissai les mots résonner en moi de toute leur ironie. *Guerre civile. Guerre. Civile. Guerre. Guerre. Guerre.*

Je ne savais que dire. Des images de Syrie se bousculaient dans ma tête. Et je voulais dire. Mon incapacité à dire. Mon incapacité à penser. L'impossibilité suprême de me prononcer sur cette question. Je rêvais de me présenter devant le jury, bien peignée, calme, et de simplement déclamer ceci : *il est impossible de me prononcer. Je ne sais pas. Je crois que personne ici ne sait. Pourrions-nous cesser cette mascarade ? Vous me donnez mal à la tête.*

Je m'empêtrai dans une analyse médiocre… Je ne saisissais pas la nomenclature imposée : civile contre internationale, intérieure contre extérieure, inceste contre étranger. Il ne s'agissait pas de comprendre mais de débiter une communication : que ferait un émissaire des

Nations unies devant pareille question ? Quelles en étaient les implications concrètes ? La finalité du questionnement avortait toute perspective de raisonner avec intelligence.

Tout comme je ne compris jamais les discours sages condamnant l'inceste, je ne parvenais pas à me fondre dans ce cadre de pensée. Ainsi que j'aurais aimé parler du tabou du sexe et de sa sacralité, je glosai sur l'*enfantement* de la guerre. Je voyais dans les racines de l'Homme celles du mal. Il nous poussait à inventer des ennemis. Et venaient, ensuite, les figures des victimes et des bourreaux.

Il me semble désormais que toutes les guerres sont intestines. Les griefs des nations, des religions, des partis, des économies, des cultures, ne sont que des apparats qui n'importent pas plus que les uniformes des combattants.

★

Je me souviendrais de ce jour de juillet 2014, à Barbès, où se tenait une manifestation en soutien à la population de Gaza, alors en proie à une attaque israélienne. La marche initiale, prévue autour de la place de la République, avait été interdite pour des raisons de sécurité – la crainte d'un discours antisioniste, ou antisémite, de certains manifestants était en cause. Mais il ne s'agissait pas de Gaza. Il s'agissait de notre sédition.

Comme aux premières heures coloniales, le sud de la Méditerranée servait de catalyseur à nos propres guerres intestines. Cet après-midi-là, les CRS avaient quadrillé le quartier, depuis la gare du Nord jusqu'à Pigalle, la Chapelle, et depuis le haut du boulevard Barbès. Peu après le début du rassemblement silencieux, ils avaient tiré des gaz sur la foule massée aux abords de Château-Rouge. Ils avaient chargé. La colonne voûtée de Paris s'était repliée sur ses indésirables. Dans chaque ruelle nous avions jailli, n'ayant plus d'artères par où nous enfuir. À l'horizon, une haie d'uniformes noirs. La foule s'engouffra dans des impasses, des cours d'immeubles, les recoins de voies de garage ou de vitrines… Réfugiée avec d'autres à l'arrière d'un immeuble de la rue Myrha, je contemplai une jeune fille qui, assaillie de gaz lacrymogènes, ne parvenait pas à respirer.

On venait de m'offrir un superbe appareil photo. Ironie : l'objet trouvait, immédiatement, un modèle à immortaliser. Je mitraillai cette fille, dont le diaphragme se soulevait bruyamment dans le silence de la cour. Je transformai les instants en images, sans ciller, sans un mot ; je me haïssais d'agir mécaniquement, mais il m'était impossible de *faire autrement.*

Un peu plus tard, nous entreprîmes de sortir, trompés par le silence de la rue que nous pensions désertée. Les CRS étaient toujours là, armée mutique comme une seule ligne noire barrant la rue Custine. Ils chargeaient à un rythme régulier, dès que le flot de passants, qui tentaient d'échapper au quadrillage de la zone, se faisait trop dru. Alors, on se repliait dans d'autres ruelles. Bruissement de bottes sur le pavé. Je mitraillai encore. Ombres se détachant dans la brume. Silhouettes cagoulées. Objets abandonnés sur le bitume. Douilles. Caoutchouc. Tissus imbibés d'eau. Auréoles d'essence. Guenilles. Je fus agressée par un type. Persuadé que je faisais partie des services de renseignement, il voulut me lyncher parce qu'il m'avait vue le prendre en photo. Je n'avais immortalisé qu'une silhouette et me défendis de toute trahison, me jetant sur lui pour retrouver l'étreinte rassurante de mon appareil photo.

J'avais dressé une frontière entre moi et les autres : l'*image*. Cette ligne de fracture me rendait suspecte. Elle me rassurait. Elle me fragilisait et m'enivrait. Je ne parvenais pas à déterminer si l'objet, luisant dans la fumée des lacrymogènes, matérialisait une rupture déjà effective, ou si je venais de l'inventer. Puis je retrouvai des amis dans un appartement du boulevard. On contempla les nuées de scélérats depuis le balcon. On vit le jour s'éteindre sous l'odeur calcinée qui s'élevait depuis Château-Rouge. Des manifestants s'étaient repliés le long de l'artère et avaient initié des feux. Paris revêtait un masque. Elle n'était plus la vieille femme endormie. Paris se réveillait. Je quittai la ville quelques semaines plus tard. Je gardai de cette nuit de Barbès un goût amer. L'image d'un tableau en proie à une dégradation fulgurante, qu'aucun artiste ne pouvait empêcher. On tentait de dissimuler le pourrissement de la matière, mais rien n'y faisait : Paris était entrée en déliquescence.

Des années plus tard, en une nuit fulgurante, je revivrais la violence de Barbès, avec le calme rétrospectif des témoins qui autopsient plus qu'ils n'observent. Loin de cette simple manifestation, anecdote vouée au silence, la convulsion revint comme un boomerang.

★

Latitude : 40° 42′ 51″ N.
Longitude : 74° 00′ 21″ E.
Altitude : 57 mètres.
Teinte : bleu de phtalo.
Heure : inoffensive.
Ciel : pur.

C'est un vendredi de novembre. Un treize. Il est quatre heures de l'après-midi environ. C'est une salle de rédaction, quelque part dans Soho ; l'un de ces grands bâtiments autrefois industriels, reconvertis en bureaux épurés. Ce sont des teintes neutres ; du gris, du beige, de l'ivoire. Des bois clairs. Des écrans bleutés, çà et là. Partout des visages enjoués. Des mots lancés comme des pierres par des individus à la mode. C'est un de ces lieux que l'époque ne tardera pas à sacrifier. Vite érigé, vite éteint. Comme les hommes qui le peuplent. Au loin, le vacarme de Manhattan.

Une Française dans cet immense bureau. Elle s'affaire sur les derniers films à finir, sur des scripts, des tournages en cours. Elle attend la fin du jour comme le condamné à mort s'impatiente de connaître enfin la potence. Elle lance un regard par la fenêtre. Tout autour, des journalistes, des auteurs, éditorialistes, polémistes, réalisateurs, sbires en tout genre qui se fendent de bons mots pour obtenir un article, ou une promotion. Elle est l'étrangère. Cette duplicité de langue trace une fine frontière, de ces lignes esquissées à la craie dans les cours d'école, pour s'inventer de nouveaux mondes. Elle évolue dans une cabine ouatée, à l'abri du brouhaha continu de ses camarades de galère. Elle se perd dans le bruit quelques minutes, puis elle se concentre à nouveau.

1. INT. JOUR. SOHO.

La Française se tient droite sur sa chaise. Elle scrute un fil d'actualités, sur la plate-forme d'un site d'informations français. Elle décèle une phrase, anecdotique, dans le flux de formules. *Tirs entendus dans le XIe arrondissement.* Elle est un chien dressé pour rapporter les nouvelles. Chien aux abois. Fracas de données. Le chien remue la queue, les oreilles. Le chien s'agite. Il avance vers ses maîtres en grognant.

CHIEN

I think something happened. In Paris.

CHEF
Where ? What is it ?

CHIEN
I guess gun shots… It's probably nothing, but worth keeping an eye on.

CHEF
Great. Thanks. [7]

FIN.

La Française retourne à son poste. Elle songe qu'elle ne s'identifie à rien. Son qualificatif de « française » tient au fait qu'elle seule ici n'est pas américaine. Ce pourrait être n'importe quel étranger dans n'importe quel pays ; un étranger dont la terre d'accueil a gobé la terre d'origine : Amérique contre Europe. Géant avalant le vieux peuple. Fils dévorant son père, comme si la progéniture de Saturne, miraculée, se repaissait de son aïeul. La Française perd pied dans ces sables mouvants. Tandis qu'elle pense à tout cela, le fil d'actualités se charge de nouvelles alertes. Tirs sur une autre terrasse, toujours dans le XIe arrondissement. Les balles, comme des hommes, ont un cheminement. Un bar, un autre ; une rue, une autre. Puis une prise d'otages dans une salle de concert. Le chien rapporte les faits en bavant.

2. INT. JOUR. SOHO.
Le chien arpente l'espace pour faire défiler le temps. Sur les écrans de télévision, le visage du président de la République française. Le chien aboie. Il éructe. Les mots heurtent sa gorge. Il suffoque.

VOIX GRAVE
L'état d'urgence sera proclamé sur l'ensemble du territoire. Les frontières seront fermées.

Le bruissement de l'*open space* redouble. Il est l'heure de quitter Soho pour aller boire, un peu plus loin dans Manhattan, à Brooklyn. Çà et là des rires fusent. Tout cela n'a pas d'importance.

VOIX GRAVE

Face à la terreur, la France doit être forte. Elle doit être grande, et les autorités de l'État fermes. Nous le serons.

FIN.

Le chien, abattu, se traîne jusqu'à son poste. On l'assaille de questions : il doit traduire, expliquer, situer, décortiquer le territoire de Paris pour les journalistes américains. Il doit écouter ce qu'on lui dit de son pays. Le chien voudrait n'être ni français, ni là, ne pas se soucier du sang ni du brasier qu'il enflamme. Le chien veut ignorer la France et mordre les ignorants qui la lui enseignent.

▲

Le chien ne sait où aller. Il se précipite vers la meute. Il n'appartient pas à cette horde ; c'est un bâtard, mais ce soir il veille avec ses semblables.

3. INT. NUIT. BAR.

Un bar de Meeker Avenue, minuscule *diner* avec salle de danse et comptoir engoncé entre une station-service et un club de boxe, au pied du Brooklyn Queens Expressway. La Française est devenue corps. Cerveau haché d'informations. Cerveau mis à mort. Cerveau en sommeil ; corps en survolte. Il n'y a rien à faire que de fatiguer le squelette ; que le jour finisse. Mais la nuit a beau se replier sur elle-même, le corps refuse de s'éteindre. Il danse et se perd dans la contemplation de la piste.

Le corps titube.
Il oscille.
La tête se penche.
Les yeux balaient les autres,
le comptoir, les bouteilles, les rires,
les lueurs du BQE et les phares des voitures.
Le corps s'élance au-dehors.

L'air est empreint de fumée de cigarettes et de kérosène. Le corps se heurte aux passants, aux voitures ; il se traîne jusqu'à une petite maison atrocement tranquille.

Le corps s'écroule.
La pendaison est advenue.

▲

Aux premières heures du jour, le corps n'est plus qu'un spectre. Il fait beau sur Brooklyn, ce matin-là. Le soleil envahit la minuscule chambre blanche de Monitor Street. Ce pourrait être n'importe quel pays, n'importe quel quartier ; seule la réflexion de la lumière sur les murs intacts signifie quelque chose.

4. INT. JOUR. CHAMBRE.

Le spectre se réveille. Il n'est pas six heures. Il se redresse, encore embué du gin de la veille. À côté du spectre, un téléphone. Il vibre contre le parquet. Le sol tonitrue. Le bois fait un bruit infernal. Les murs tremblent. L'intégralité de la chambre se voue au séisme. Le spectre s'empare du fétiche lumineux.

SPECTRE
Hi. Who is this ?

RÉDACTRICE EN CHEF
It's me.

SPECTRE
Oh, hey. Hi.

RÉDACTRICE EN CHEF
I've had a crazy idea.

SPECTRE
What is it ?

RÉDACTRICE EN CHEF
How would you feel about going to Paris ?

SPECTRE
I… Yes, of course. I mean good. I'd feel good about it.

RÉDACTRICE EN CHEF
Great. You're leaving today. There's a flight in a
[8] couple of hours.

L'instant d'après, la rédactrice en chef se perd en d'infinies considérations. Elle raconte à la Française ce qu'est la France. La Française ne dit rien. Elle hoche la tête. Toutou obéissant. Si elle grogne, on la soupçonnera d'avoir la rage ; si elle ne dit rien, on moquera son ignorance. Alors le clébard se tait. Il acquiesce. Il prépare sa valise. Depuis son arrivée à New York, la Française n'est jamais retournée en France. Cela doit faire presque deux ans. Elle n'y a pas pensé. Le temps s'est engouffré. Il a tout emporté.

FIN.

C'est un vol de nuit. Il n'y a aucune turbulence. Aucun bruit dans l'habitacle. Le spectre sirote de minuscules bouteilles de vin. Le vol dure un peu plus de sept heures. Nuit somptueuse à ne pas dormir. À laisser filer le temps. À boire sans se soûler. À attendre. Nuit noire sur l'Atlantique.

Cela ne ressemble pas à un voyage mais à un tir de mortier. Le départ en trombe de New York comme le sifflement qui précède la chute. Les allers-retours en taxi, de Brooklyn à Manhattan, puis Manhattan-Brooklyn, Brooklyn-Queens, sens dessus dessous, la furie des nouvelles au goutte à goutte depuis la seringue d'une radio... Un sac d'affaires rassemblées dans l'urgence, comme on dispose des obus dans le viseur, avec une dextérité de fantassin.

Au point du jour, quelque part entre les deux continents, le ciel rougit. Le ciel comme un tison bleu oscillant vers le retour de flammes. Le spectre observe les méandres du territoire d'en haut. Les côtes françaises ressemblent à un brasier éteint. Les routes comme des traînées de cendres délimitent le pays. Tout semble minuscule. Comme l'adulte revient sur les lieux de l'enfance et songe *Dieu que tout paraissait plus grand alors*, le spectre découvre la petitesse du pays quitté. La ville, si calme dans le matin.

▲

Latitude : 48° 51′ 12″ N.
Longitude : 2° 20′ 55″ E.
Altitude : 42 mètres.
Teinte : bleu maya.
Heure : point du jour.
Ciel : arachnéen.

Le spectre est catapulté dans Paris comme on largue une bombe au-dessus d'une raffinerie d'essence.

Le boulevard Magenta fourmille de voitures, de passants. Au cœur du capharnaüm, une porte tranquille. Passé le seuil, une entrée somptueuse, irréelle. Je vois des lustres, du marbre, des velours carmin ; il aura fallu le chaos pour pénétrer dans cet hôtel de la gare du Nord. Dans les couloirs, des dizaines de journalistes se ruent vers la place de la République, les hôpitaux, les cafés : il s'agit de trouver de la chair fraîche à malaxer. Il faut parler aux survivants. Il faut à tout prix hurler des discours sur le silence des morts. L'homme, anthropophage, se révèle dans toute sa splendeur.

Le spectre s'isole dans le silence de sa chambre. Elle est plus belle que toutes les chambres où il a dormi jusqu'alors. Le spectre découvre un autre Paris, un faux Paris ; un Paris de sang et de luxe, un Paris inconnu. Le spectre se regarde dans le miroir et ne se reconnaît pas. Il se réfugie dans la salle de bains, fait couler de l'eau dans la baignoire, ouvre la fenêtre et fume une cigarette. Puis il s'allonge sur le lit et écoute un morceau de musique, des dizaines et des dizaines de fois à la suite.

رائع
رإيع
كنت رائة كنت بائس
[9] كنا رائعين

Le spectre écoute le nouveau discours du président.

5. INT. JOUR. HÔTEL.
L’ordinateur est soigneusement posé sur les draps blancs. Le spectre prépare sa caméra. Il nettoie les optiques avec méticulosité. Il se tait.

VOIX GRAVE
C’est un acte de guerre qui a été commis par une armée terroriste contre la France, contre ce que nous sommes : un pays libre qui parle à l’ensemble de la planète.

Le spectre ferme le sac où il a glissé des filtres, des cartes mémoire, des micros.

VOIX GRAVE
La France sera impitoyable.

La musique reprend. Elle devient hymne. Elle est le seul son qui donne du courage au spectre.

رايع
كنت رائة كنت بائس [9]

FIN.

Une armée peut-elle ne pas être terroriste ; n’est-ce pas la fonction première de l’armée que d’instiller la terreur chez les autres peuples ? Le spectre demeure perplexe. Il rejette les mots. Il ne comprend pas pourquoi *mettre* des mots. Il ne désire que le mouvement, l’impact du soleil sur les murs de la ville, les reflets sur les trottoirs. Le spectre ne veut pas *parler*.

▲

Je vois des ombres errant dans Paris. Je ne vois plus ni hommes, ni femmes, ni enfants ; je vois une foule comme un seul corps. Elle coule dans les artères. Elle irrigue Paris d'un seul souffle. De toutes parts elle s'embrase : il faut honorer les morts.

Des forces de police bloquent la ville. Partout des cordons de CRS contiennent le monstre qui s'éparpille en divers points de commémoration. Le monstre acclame la police. La félicite.

Le corps devenu spectre devenu témoin ondule dans cette foule qui ondule sur le boulevard Voltaire. Il a la foi d'un Don Quichotte attendant Godot. Le soleil de fin d'après-midi aveugle les croyants. République. Checkpoints en travers de la route. Le spectre-chien va rejoindre la meute quittée il y a longtemps. La rue du Chemin-Vert, tortueuse, est bloquée ; le spectre contourne le quartier. La veillée funèbre n'en finit pas de s'étendre dans la nuit.

Chacun s'empresse de mentionner ses liens plus ou moins étroits avec les lieux touchés. *Je connaissais très bien ce bar, j'y avais fêté mon anniversaire ; j'empruntais cette rue tous les matins pour aller au lycée ; je travaillais avec l'une des victimes ; l'un de mes amis a échappé de peu à la tuerie ; moi aussi, si je n'avais pas été ailleurs, j'aurais été là ; moi aussi, j'aurais pu mourir. Moi aussi, j'aurais pu y passer.* Moi aussi. Moi aussi. Moi. La culpabilité se tresse en bougies, en couronnes de fleurs, en slogans tagués sur les façades ou en rimes sur les réseaux virtuels.

Qui décide de notre emprise sur le territoire ? Qui arbitre entre les intimes, les amis, les proches, les familiers, les parasites, les opportunistes, les tristesses feintes et celles qui font vaciller ?

Le territoire devenait cadavre. Chaque homme qui l'avait arpenté cherchait à revendiquer en sa disparition son propre deuil. Je compris alors que l'on ne marche jamais, dans une vie, que sur des cimetières.

▲

Latitude : 33° 53′ 20″ N.
Longitude : 35° 29′ 39″ E.
Altitude : 102 mètres.
Teinte : bleu saphir.
Heure : tombée du jour.
Ciel : limpide.

C'est un groupe d'amis attablés quelque part près du boulevard Voltaire, un 15 novembre. C'est dimanche. Personne ne veut rentrer. Ils s'enfoncent dans la nuit. L'alcool ruisselle mais l'ivresse ne vient pas. La rue ne refroidit pas les corps. Ils sont incandescents. Ils ne sont qu'une *jeunesse*, et ce mot ne veut plus rien dire du tout. Il deviendra une arme, retournée contre la génération qu'il désignait autrefois. En cet instant, ils ne sont plus que des organes, des membres, des cheveux, des chairs vives.

L'Histoire est plus grande qu'eux. Elle les englobe. Ils ne font pas l'Histoire, c'est l'Histoire qui les défait. Ignorant cela, ils plongent la tête la première dans des discours vains et courent au-devant de ce qu'ils redoutent : leur perte. Voilà des jeunes gens empêchés et par l'Histoire et par l'absence d'Histoire, et par le prestige et par l'indigence ; ils sont comme la grille alambiquée de ces rues baptisées de noms de maréchaux et de ducs, où, soudainement, comme des trouées de chevrotine, percent un soldat anonyme ou un martyr accidentel. Ils sont à la mesure de cette ville. Elle prend la forme de leurs visages, de leurs bouches, leurs yeux, leurs rires. Elle a le son de leurs voix. Elle n'est plus qu'un corps las que l'on étire avec des banderilles.

▲

كنت رائة كنت بائس
[9] كنا رائعين
Stromae par La Bronze.

Ils brûlent dans la nuit de Paris. Ils brûlent de ne pas savoir dire. Ils ne disent que l'impossibilité de dire : le silence ne parvient plus à exprimer ce que les mots précipitent dans l'oubli. Alors ils parlent, à tort et à travers, sans savoir ce que le langage peut encore leur réserver ; ils parlent et parlent et se consument. Ils ne sont plus qu'un tas de cendres.

Ils disent l'amour, *l'amour* ; nous devons *aimer*, telle est la solution. Ils ont beau maudire la guerre et lui opposer l'amour, ils ne changeront pas l'équation : l'une et l'autre s'engendrent sans que le second ne triomphe jamais.

Je sortis du cercle. Je cessai d'écouter. Je trouvais cette référence à l'amour ridicule. Ignoble. La phase ultime du divertissement. Cette semaine de novembre ressemblait à une œuvre de Cervantès. J'avais le sentiment d'être face à une horde de poissons planifiant leur fuite d'un bocal au couvercle transparent.

Et tandis que j'étais assise à cette table, quelque part à l'angle de Charonne et Faidherbe, je me voyais à Beyrouth. Je sentais l'air de la Méditerranée me battre les tempes.

Et je songeais au frère, je songeais à ses mots crachés à ma face comme une rengaine : *c'est l'alcool ou tous ces jobs minables, c'est l'alcool ou plus rien, c'est l'alcool ou je crève*. Et je disais en silence : *c'est les bombes ou plus rien*. Les armes étaient devenues notre seule appréhension du vide.

J'entendais la voix de Tim, qui me racontait la traversée de son propre frère ; je l'entendais qui murmurait que Damas avait changé de visage, que la lumière de Damas s'était éteinte.

▲

Latitude : 33° 30′ 36″ N.
Longitude : 36° 17′ 28″ E.
Altitude : 701 mètres.
Teinte : bleu pervenche.
Heure : midi.
Ciel : nébuleux.

Je me trouve propulsée dans les concerts où l'on jouait, avec Tim et les autres. Je nous vois, dans des galeries sombres, dans des caves, nous soûlant de trip hop et de rock, à délirer sur la musique qui nous rendrait sourds aux tirs crevant les corps des manifestants. Ils étaient fous de Pink Floyd, de Massive Attack ; on gueulait dans les volutes, on s'étourdissait pour trouver l'oxygène qui manquait à nos jours.

Désormais, les musiciens végétaient à Beyrouth, à Amman ; ils rêvaient d'Europe mais savaient qu'elle ne rêvait pas d'eux. Ils s'entassaient dans des barques, des bus, des camions. La putréfaction de leurs corps sur ces routes anonymes ne constituerait de cimetière pour personne ; il n'y aurait pour eux ni commémoration, ni foule, ni chandelles, ni cendres. Ils avaient déjà cessé d'exister.

Sous mes pas remontant la République vers gare du Nord, je sens les nuits de Palestine.

▲

Latitude : 31° 53′ 58″ N.
Longitude : 35° 12′ 15″ E.
Altitude : 879 mètres.
Teinte : bleu fumée.
Heure : dix, matin.
Ciel : détaché.

La voiture avance, aux environs de Ramallah. On franchit un checkpoint ; c'est une simple barrière, au sommet d'un mont. Nous avons évité la furie de Qalandia, le passage le plus proche de la ville, où l'on s'est déjà épuisé des heures.

L'air sent l'essence et la cigarette. On passe la nuit dans cette voiture, à parler, à écouter de la musique. On contemple le mur qui scinde le territoire en deux. On suit des yeux les routes, les monceaux de toits venus des colonies, les ruines, les arbres qui tentent de s'extraire du béton. On observe les deux côtés de l'encéphale, dressés l'un contre l'autre ; à cette heure de la pénombre, où plus une lumière ne plonge la Cisjordanie dans l'oubli, les deux rives sont jumelles.

Je songerais souvent à ces passages abrupts, à la traque des coffres et des corps, aux barricades défigurant les territoires. J'y penserais encore, loin de la Palestine et de ces lieux physiques, qui matérialisaient un vide ; comme cette nuit où, le A train ne passant plus à Utica Avenue, je pris un taxi jusqu'à Tribeca. Le chauffeur me parla parfaitement français d'une voix de cinéma ; il était ivoirien, anciennement animateur de radio et passionné de musique. Dans la voiture, il enchaîna les succès du rap français, et ne me parla que de paroles, de beats, d'harmonies.

▲

Je suis l'as de trèfle qui pique ton cœur
L'as de trèfle qui pique ton cœur, Caroline.
MC Solaar.

On passa devant ces échoppes tenues par des Algériens, qui constituaient, ironiquement, mon seul îlot de langue française dans la grande ville. Quels checkpoints avait-on abattus pour se rencontrer là, à des milliers de kilomètres du territoire commun ? Pourquoi n'aurait-on pu se rencontrer à Paris ?

Je fus assaillie des mêmes questions, suite à la réflexion d'un autre chauffeur de taxi, un jour de septembre où je séjournai à Paris. « Quand on vous voit comme ça, on ne croirait pas que c'est possible, de parler avec vous ! »

avait-il dit. Je m'étais d'abord demandé pourquoi le vouvoiement. Pourquoi l'étonnement, ensuite. Et j'avais résumé cette histoire en un mot, tiré de l'anglais, évidemment, puisque la langue française évitait, à coups de métaphores et d'euphémismes, ce qui l'embarrassait.

CHECKPOINT

Littéralement : « point de contrôle ». De *check* et *point*, « à l'origine, un terme d'aviateur faisant référence aux reliefs ou structures dont la hauteur peut servir à mesurer l'altitude de l'appareil ». Autrement dit, l'individu vagabonde dans les airs à la recherche de repères pour estimer son élévation. Dans une seconde acception, le checkpoint désigne un endroit au bord d'une route ou au niveau d'une frontière, où les voyageurs sont susceptibles d'être arrêtés pour une « inspection ».

D'où la présence de checkpoints dans des zones de guerre, sous forme d'agrégats de barrières ou de simples camions militaires arrêtés sur le bas-côté. Ainsi la matérialisation d'une violence physique, de la domination d'un État sur un autre, d'un territoire sur un autre.

Qalandia, qui divise la route de Ramallah à Jérusalem ; abattoir où les hommes sont parqués comme du bétail, cheminent dans le soleil ou la neige, sont fouillés pendant des heures ; sont soumis à l'attente insoutenable qui n'a de sablier que l'ennui des geôliers. Souvent, des révoltes autour du checkpoint ; des rixes, des blessés ; mais aussi des femmes accouchant contre les grilles, des cœurs fatigués s'éteignant dans la poussière, des gosses apprenant la guerre à hauteur de fusil.

Le checkpoint constituait à lui seul son propre territoire, sa propre loi ; une zone tampon entre deux autres espaces. Mais il n'était pas que cela.

Le mot *check* est sans doute le plus fascinant des deux : son arbre généalogique remonte de l'ancien français au persan, en passant par le latin médiéval et l'arabe. Ainsi, l'anglais moyen *check*, issu du jeu d'échecs, *esquachier*, baptisé en latin moyen *scacus*, lui-même issu par l'arabe du persan *shah*, « roi ». C'est son usage dans ce jeu de stratèges qui lui valut son sens de « contrôler, enquêter ».

Point vient quant à lui du latin *punctum*, « piqûre, point ». Il signifie tour à tour le but, l'objectif, la virgule ou encore la raison, l'objet de ce que l'on *veut dire*. *To point at*. « Montrer du doigt, indiquer, viser. » Comme le canon d'un revolver, que l'on pointe vers une cible. Le point de contrôle donc ; la case du jeu où l'on se réfère au roi pour mettre d'autres pions en suspens. À la fois inspection et exécution. Une blessure en forme de repère sur une carte aérienne. Il ne s'agissait pas seulement de territoires physiques, mais aussi de tous ces mondes que nous traversions sans le savoir : classes, langues, communautés, religions, fois, partis, sensibilités, amitiés, amours, inimitiés, haines… L'ensemble de ces territoires qui, un temps, nous initiaient à une forme de liberté et, bien vite, nous asservissaient.

Exemple de checkpoint : le langage. Lorsque j'étais enfant, j'étais souvent frappée par ces écarts de langue que s'autorisait ma grand-mère. Il s'agissait de *son* français. De *son propre territoire*. Selon la façon dont on le parlait, on dénotait son appartenance à telle ou telle frange de la population, telle ou telle région, etc. Ainsi, elle ne disait pas « je suis tombée », mais « j'ai tombé » ; elle ne cessait de remplacer, au passé composé, l'auxiliaire « être » par « avoir » ; cela m'amusait et me rendait folle en même temps. Il lui semblait impossible d'*incarner* ; elle ne rêvait que de *posséder*. Les activités de sa journée s'empilaient comme les bibelots amoncelés sur sa cheminée ; ils étaient les perles qu'elle comptait à son chapelet, rien de plus. Ni expériences, ni efforts, ni sensations éprouvées par le corps ; rien que des *choses*. Des objets. Partie depuis longtemps, n'entendant plus personne commettre cette erreur de langage, je l'oubliai. Je passai un checkpoint. Il me devint impossible, par la suite, de supporter cette maladresse linguistique. Je crevais d'envie de hurler, au beau milieu de sa petite cuisine, renversant mon café sur la nappe en lino : « On ne dit pas "j'ai tombé" mais "je *suis* tombée" ! » Pourquoi tant de colère pour un simple écart de conjugaison ? Il ne s'agissait pas de défendre la langue française ; l'Académie le faisait mieux que moi, et sous couvert de bien des reconnaissances ; non, il s'agissait de clamer haut et fort que j'avais rayé cette faute de mes repères grammairiens ; que j'avais *changé de territoire*, et qu'il était hors de question de revenir en arrière.

En ce 13 novembre, je pris conscience de ces checkpoints que j'avais passés sans m'en rendre compte, de ces contrôles de nuit, invisibles, indolores, au hasard des routes dont j'avais oublié la géographie. Peut-on traverser le checkpoint à rebours ?

▲

Latitude : 48° 51′ 12″ N.
Longitude : 2° 20′ 55″ E.
Altitude : 42 mètres.
Teinte : bleu Klein foncé.
Heure : nuit absolue.
Ciel : liquide.

Le spectre est visité. Dans la nuit de Paris, les morts ressurgissent. Ils sortent des entrailles de la Terre. L'écartèlement des territoires cisèle la mémoire du spectre. Les fantômes s'engouffrent dans les brèches. Les visages oubliés réapparaissent. Tout se télescope.

Les espaces se bousculent dans ma tête. C'est un séisme neurologique. La faille ouverte avec le départ de Damas initie une tectonique folle. Je ne contrôle plus rien. Les reliefs se hissent, se déchirent, éructent. La lave recouvre toute ma vie. Je ne sais plus où je suis.

La révolution syrienne avait débuté par une succession de jours saints : les vendredis. La perte de la France arrivait, elle aussi, par les vendredis. Le soir, la prière des païens. La mort par la vie. Les vendredis de fête. J'y songerais chaque matin, le pas battant les couloirs du métro de New York, à attendre d'autres nouvelles.

▲

Dans le récit de son périple en Italie intitulé *Rome, Naples et Florence*, Stendhal conceptualise un état connu depuis lors sous le nom de *syndrome de Stendhal.*

Sortant de la basilique Santa Croce, à Florence, où il séjourne en 1817, l'écrivain tombe sous le coup du sublime face aux fresques de Volterrano, qui ornent la chapelle. « La vie était épuisée chez moi, je marchais avec la crainte de tomber », écrit-il. Depuis lors, ce *syndrome* désigne un vertige provoqué par la contemplation d'une œuvre d'art.

Au soir du quatrième jour, avachie sur la banquette élimée du bar Le Sully, je songe à Stendhal, à son trouble devant les merveilles de Florence. Je songe aux corps éventrés dans la fosse, à ce cercle comme celui d'une arène, où des esclaves ont vaincu, où des esclaves ont péri. Les images se sont démultipliées, comme les insectes sur la paume d'un personnage de Buñuel ; tous les yeux ont scruté les corps, le sang, la *fosse*, chacun a songé à l'ironie cruelle de ce mot, qui prédestinait les danseurs à la tombe ; chaque cœur a cessé de battre devant le tableau. Il en est de ces instants de stupeur comme des œuvres qui précipitèrent Stendhal au bord de l'infarctus. Les victimes, photographiées dans le trépas, sont célébrées comme des statues de marbre. Elles sont devenues objets par deux fois : par la mort, et par l'esthétique de cette mort.

On joue Gainsbourg quelque part, dans la rue du Faubourg-Saint-Denis. Des silhouettes sont massées là. On fume. On parle. On rit. Je chemine, lentement. La chanson monte le long de la porte Saint-Denis. *Ces naufrageurs naïfs armés de sarbacanes / Qui sacrifient ainsi au culte du cargo / En soufflant vers l'azur et les aéroplanes.*

Et je songe au sang surgissant des corps, fleuve rouge qui contaminerait tout : les passants, les serveurs, les anonymes dormant dans leurs chambres ; les familles alentour, les maisons de banlieue. L'intégralité du pays enflammé comme un tableau se construit autour d'un seul crime.

Les visions sont fulgurantes. Terrassantes. *N'ayant plus rien à perdre ni Dieu en qui croire / Afin qu'ils me rendent mes amours dérisoires / Moi, comme eux, j'ai prié les cargos de la nuit.*

Je sens le timbre du chanteur m'érafler les veines. J'entrevois des scènes coupées, comme des plans échappés d'une bobine de film. Pellicule abîmée, consumée, parcourue de parasites. Le théâtre de la ville originelle, dont je ne distingue pas la scène mais la salle, depuis les coulisses d'où l'un des amis de mon père œuvrait en machiniste. Puis le poulailler, les soirs de spectacle ; les balcons de velours, la poudre dans les faisceaux des projecteurs, les pas des danseuses contre le plancher. Le son trépidant de l'adrénaline dans les tympans. Puis Paris, Paris qui, d'ici, n'est plus Paris : le Paris où je fus heureuse, tout de même ; les soirs de juin à siroter du vin bon marché, sous les toits d'une piaule de Wagram, à défaire le monde pour en faire un horizon, une ligne ; les vers de Char et d'Aragon murmurés dans le soûl ; la fin des illusions, les pavés de Damas, la blancheur du soleil et le sourire des partisans sans lutte ; le cri silencieux d'une révolution, le brasier de ma jeunesse, qui enfin ourdit son édifice de cendres ; mon père, m'apportant un croissant et du chocolat, ma mère chantant dans un jardin ; les ciels de Syrie, de Palestine et d'Amérique ; la rengaine de New York, enneigée, enfiévrée, la pâleur des plages et la soif des cœurs précoces.

Le film s'interrompt. Des pas sur le bitume. Ce sont les miens. Gare de l'Est. Magenta. Gare du Nord. Je chemine vers l'hôtel. Je suis *hors* de moi.

Je nous vois, gosses ivres déambulant dans Paris vide, la nuit. Ivres mais lucides. Je nous vois silencieux. Je nous *vois*. Il ne s'agit plus d'un *nous* mais d'une image. Les mots sont, à nouveau, pulvérisés.

★

C'est cela, la genèse du basculement : *la fin du langage*. On lâche les quelques branches de mots auxquelles on se raccrochait. On abandonne. On ne croit plus à la parole. On veut vendre ses cordes vocales à l'oubli, mais l'oubli, comme les mots, ne veut plus de nous : alors on s'enfonce le crâne dans le silence comme on crie dans le sable.

★

Avant de quitter le pays pour l'Amérique, je n'avais pas conscience de tout cela. Les lignes de fracture apparaissaient comme d'infimes tremblements sur les cartes. Rien à signaler sur l'échelle de Richter. Le séisme viendrait plus tard. Inattendu. De ces secousses pressenties dont le choc ébranle au point de rendre amnésique. Je ne me doutais pas, fuyant la France, que je m'y trouverais catapultée en pareille circonstance. Dans le Paris d'alors, où la violence, larvée, ne laissait pas transparaître son éruption prochaine, je ne parvenais pas à trouver ma place.

★

Après l'Institut d'études politiques, il n'y eut pas d'avenir radieux, mais la sensation d'un dur retour à l'avant. Cette tentation suicidaire, qui m'avait saisie par peur de l'échec, me prit à nouveau ; seulement, cette fois, elle me restait dans la bouche comme une amertume. Je songeais, *si j'étais mieux née, je serais propulsée dans le monde, je saurais quoi faire de mon diplôme*. Je me sentais coupable, ridicule, comme ces vieilles personnes demeurées dans l'ombre qui toujours narraient à leurs progénitures ce jour où elles avaient *failli* devenir quelqu'un. Mes tempes me brûlaient à l'idée que je passais à côté d'un avenir. Que je serais, à jamais, celle à qui le succès *aurait pu* arriver.

D'année en année, cette conviction d'avoir manqué ma chance s'aggravait. Je tentais, comme l'animal s'efforce de résister aux courants, de m'accrocher à de nouvelles sources de réussite. Je quittai l'Institut ; la politique me déroutait, les mots me manquaient, alors je me tournai vers la recherche ; celle-ci me laissa sceptique. Je crus que tout venait de ce pays, de ce territoire, de ma difficile acclimatation parisienne. Je décidai de fuir... *En attendant d'exister enfin*.

Je devais partir. Retourner le revolver : il ne serait plus pointé vers ma tempe mais vers le monde. *Revolvere*. Comme une caméra, qui ne cesse de capturer le présent pour fabriquer des impressions du passé. On place le boîtier au-devant de soi, bouclier qui attaque, pour faire de ce qui s'annonce une image surannée. En anglais, *to shoot* signifie « faire feu » et « filmer ». De même que le film achève ce qu'il prétend explorer, la mort ne vient pas du corps, elle vient de l'arme : c'est d'elle que gicle le sang, avant de trouer la carcasse. Une impulsion vers l'arrière. Une *révolution*. Détruire. Que le rétropédalage soit si violent qu'il faille tout reconstruire.

★

Je quittai Paris pour New York ; il n'y aurait désormais ni mots, ni grandes théories : je voulais faire des films, me noyer dans des images et des sons. Ne plus parlementer sur ce monde qui n'en finissait pas de se saisir de nos langues pour en faire des soupes de tentacules.

V

Est-ce que tout ça peut-être autre chose que les jouets d'un dieu fou, qui nous a créés pour les lui construire ?

C'est une voix de femme, profonde, qui se réverbère dans la nuit où se détachent des buildings en surimpression d'une silhouette robotique, bleutée. Elle résonne. Un *beat* anxiogène, comme le battement d'un encéphalogramme qui résiste, ponctue la diction. À chaque phrase elle se suspend ; elle attend avant de livrer les nouveaux mots qui donneront sens aux précédents.

Imaginez un homme de Néandertal qui a la vision de cette chose-là dans sa tête. Un flash de ville la nuit, avec ses mouvements et ses lumières.

Je vois une main tissée de ridules. Des traces éparses de la paume au revers : la main a vécu. Le bout de chair se tord sur l'écran de cinéma. C'est un lac de derme. Il passe et repasse sur un tapis d'ordinateur. Comme le balancier d'une pendule. Une ombre qui oscille dans l'obscurité. La voix dit encore :

Il ne sait rien de ce qui compose cette chose-là. Il a juste eu une vision poétique, pleine de mouvements et de lumières.

Une autre main. Une main de femme, pleine. Elle passe et repasse sur un tapis d'ordinateur. Un tour de cadran. La vieille main, la nuit. La jeune main, le jour. Les visages virtuels comme des statues. Leurs têtes, figées, sont filmées en gros plan. Les reflets de la ville sont la seule cadence. Buildings. Lampadaires. Boulevards. Voitures, par centaines ; réclames sur panneaux publicitaires, baies vitrées illuminées dans le soir, réfléchies dans le calme d'un fleuve ; drapeaux. Puis des parasites sur l'écran.

Leurs pensées, leurs souvenirs : des misérables bribes d'information. Mais aucun de nous ne sait ce qu'est une ville.

Je me tourne vers Santiago, puis vers Shiva, je bois une gorgée de bière bouillante achetée chez un épicier de Downtown Brooklyn ; on est en août, elle n'est plus fraîche ni gazeuse ; peu importe, nous ne sommes pas dans le réel mais dans *Level Five*. Dans ce film de Chris Marker, qui était alors projeté pour la première fois aux États-Unis, il est question de sacrifice, à travers un récit futuriste de la bataille d'Okinawa, cette île japonaise qui fut la seule à n'être pas évacuée pendant la bataille du Pacifique. Contrairement aux autres archipels, tous vidés au cours de la bataille, Okinawa revêtait un statut particulier dans l'affrontement. Son fort peuplement rendait impossible une évacuation par la flotte japonaise, alors fragilisée.

Ses habitants, dont la plupart devinrent combattants malgré eux, furent encouragés à se supprimer, pour ne pas être pris par l'ennemi américain. Le pouvoir aux abois livrait une description sanglante de l'armée yankee à grand renfort de contes propagandistes.

> *Ils vous mangeront, vous violeront, se repaîtront des viscères de vos enfants, et, lorsqu'il n'y aura plus rien à dévorer, la patrie servira d'ultime festin.*

Bien vite, les civils devinrent soldats, dernier rempart à leur propre perte. Lorsque la chute de l'île se fit proche, les suicides collectifs se multiplièrent. Des témoignages d'enfants miraculeusement rescapés racontent comment des officiers les rassemblèrent dans des grottes, célébrèrent leurs derniers repas avant de leur distribuer des grenades. Les familles, assises en cercle, se faisaient exploser en deçà de l'asphalte ; l'asphyxie des chairs valait mieux que le regard de l'ennemi.

Okinawa devint la honte de la bataille du Pacifique. Arrière devenu front. Enfants mués en soldats. Vies précipitées dans les mots des discours japonais ou américain ; destins assassinés deux fois par les propagandes des deux camps. *Les Américains ont frappé*, a-t-on dit à l'Est ; *les Japonais ont suicidé*, a-t-on juré à l'Ouest. Le personnage principal du film de Marker, interprété par Catherine Belkhodja, s'adresse à la caméra – « Chris » – et parle à un amant défunt, créateur d'un jeu informatique, interface prétexte vers le feu d'Okinawa.

Film vertigineux de Marker. Voix vertigineuse de Belkhodja. Sons hypnotiques des machines analogiques. Robots comme des statues. Morts d'Okinawa comme les personnages disparus d'un mauvais jeu virtuel. Réalité enfouie sous les décombres d'un futur fantasmé. Réalité enfouie sous ses propres mensonges. Je me perdis dans l'écran immense, dans la bouche immense clamant son attraction pour *Level Five*. Je me perdis dans ces premiers instants comme dans des limbes. Je ne savais plus où j'étais. J'étais arrivée la veille.

J'entrai dans New York par le film de Marker, comme on pénètre un univers parallèle. *Aucun de nous ne sait ce qu'est une ville*. J'adoptai une autre vision, une autre identité, une autre voix. La réalité cessa de me tyranniser. Dès lors, je naviguai dans le monde comme la main de Marker se déplaçait sur le tapis d'ordinateur. Territoire ravagé, labouré, délavé, javellisé, pixellisé ; la mappemonde devint une tour, un faisceau d'informations où les robots avaient remplacé les visages, les hologrammes les statues…

Le visage de Belkhodja s'assombrissait. Elle le basculait doucement contre sa main. Tête inclinée, posée en diagonale, offerte à la caméra, elle attendait. Elle était, en cet instant, absolument mélancolique.

> *Et je me souviens qu'un jour je t'ai dit, faut-il être mort pour atteindre Level Five ?*

Je crois sincèrement que, depuis lors, je n'eus plus pour ambition dans la vie que d'atteindre *Level Five*. Pas de mourir, non, mais de rejoindre cette ataraxie heureuse que la voix décrit dans le film de Marker. *Level Five*. Une image froide, arrêtée, du monde en mouvement : je cessai d'y distinguer des hommes, des pays, des nations en guerre ou en pourparlers. Je ne voyais plus que des lésions. La carte planétaire était une grande radiographie, où se révélaient des blessures anciennes, jamais cicatrisées, des faiblesses osseuses, des impacts de balles et des œdèmes neurologiques.

*

Latitude : 40° 42′ 51″ N.
Longitude : 74° 00′ 21″ E.
Altitude : 57 mètres.
Teinte : Indigo.
Heure : mutine.
Ciel : versatile.

New York, ce fut cela : un long travelling où chaque ombre, chaque geste, cessa. Je contemplai les autres depuis la rame vide d'un métro vide, seul déplacement dans une ville à l'arrêt. Derrière ces mirages en forme de buildings, de stations essence, de routes, je tentais de saisir l'image du pays que j'avais quitté. Un territoire brut, loin de l'immensité américaine. J'éprouvais à la fois l'angoisse du conflit et l'espoir que nous trouverions les mots pour en sortir. J'attendais le verdict du radiologue, perplexe devant les « images ». Dans le métro qui me ramenait à Madison Street, à Bedford Stuyvesant, la voix hypnotique résonnait dans ma tête.

> *Est-ce que tout ça peut être autre chose que les jouets d'un dieu fou, qui nous a créés pour les lui construire ?*

Elle me rappelait le passage mythique de ce fabuleux film d'Alain Resnais, *Je t'aime, je t'aime,* où il est question de la raison d'être du chat – l'animal étant, ironiquement, l'avatar de Chris Marker qui n'aimait pas montrer son visage. Dans le film, Olga Georges-Picot, qui donne la réplique à Claude Rich, soliloque :

« Imagine-toi une seconde que Dieu ait créé le chat à son image.

– Le chat ?

– Oui, le chat. Après des millénaires ou quelques heures, je ne sais pas, Dieu aurait créé l'Homme.

– L'Homme ?

– Oui ! Uniquement dans le but de servir le chat, de lui servir d'esclave jusqu'à la fin des temps.

– D'esclave ?

– Parfaitement. Ainsi, au chat il aurait donné l'indolence et la lucidité, et à l'Homme la névrose, la passion de construire et de posséder des choses.

– Ah... je vois oui.

– Tu ne vois rien du tout. Ainsi, l'Homme n'aurait été créé que pour prendre en charge l'existence du chat. Tu comprends ?

– Oui, oui, je comprends.

– Voilà. Toute la civilisation que l'Homme a édifiée n'aurait qu'un but : offrir au chat le confort, le manger, et le gîte.

– Au chat ?

– Parfaitement. Ainsi l'Homme n'aurait créé des milliers d'objets que pour produire les quelques objets nécessaires au bien-être du chat. [...]

– Je suis content que tu aies résolu le problème du qui sommes-nous et pourquoi, il y a longtemps que ça me tracassait.

– Mais moi aussi, mais tu vois il suffisait d'y penser. »

Bientôt, ces voix de personnages de film – plus réels que les êtres rencontrés dans la vie palpable – se confondraient avec celle du poète du A train, qui sévissait quelque part dans mon trajet, entre Utica Avenue et West 4th Street. Il descendait de la rame avant Manhattan, à Hoyt – Schermerhorn ou Jay Street – MetroTech. Je ne sus jamais s'il était conteur ou prêcheur ; indépendant

ou commissionné. Quoi qu'il en soit, le *preacher* du A train nous abreuvait de ses aphorismes avec une solennité christique. Il titubait dans le wagon. C'était un homme d'un âge indistinct – il avait entre vingt et quarante-cinq ans – toujours flanqué d'un pantalon de lin tombant comme un voile sur sa maigreur. Il entrait dans le train, et contemplait les visages comme la vigie d'un bateau observe l'horizon. Il ne semblait pas distinguer des hommes mais des îles, des terres vierges, des volcans, des monts, des ports menaçants ; puis il s'annonçait comme un capitaine s'adresse à la bleusaille. *Ladies and Gentlemen, I'm the poet from the A train. I'd like to tell you a few words.* Il se repaissait [10]
du silence un instant. Après avoir parcouru encore l'assemblée de silhouettes ensommeillées, encombrées d'inquiétudes passagères – factures, crédits, fuites d'eau, un contrat délicat à gérer, des prestataires à honorer –, il leur offrait sa bénédiction.

Ladies and Gentlemen,
You must
Have
Forgotten.

You must have forgotten
The dawn on the poor
The sunset on their eyes
The coldness from the concrete
The heat boiling from the oven
Of the richest of the Rich
Bodies, bodies dancing
In the winter,
In the spring,
From autumn to summer

Bodies, bodies dying.

You must have forgotten
The Flesh, the
Colored,
Uncovered skins,
Burning
At dawn, at sunset
In the winter,
In the spring,
From autumn to summer
Bodies, bodies falling.

Ladies and Gentlemen,
You must
Have
[11] *Forgotten.*

Chacun s'enfermait dans sa propre stratégie d'isolement : çà et là, les hommes se concentraient sur leurs livres, leurs téléphones, leurs mains ; ils s'adonnaient à diverses tâches pour éviter de croiser le regard du poète qui à présent faisait la manche. Ce dernier s'adressait encore à la foule, les veines ressortant de ses tempes en un rythme nerveux : « Please, dont be afraid, give whatever
[12] you can, a pickle, a penny, a dime, whatever... »

Les jours fastes, de misérables centimes lui étaient distribués ; la plupart du temps, il ne recevait que des excuses bafouillées par des jeunes gens assoupis. Alors il sortait en trombe, insultant les passagers d'une voix prophétique comme l'oracle annonce la chute de Rome.

★

La force imprévisible et rouge, la force
qui soutient la vie et celle qui fait avorter la vie.
Antonin Artaud.

Et le réel devint une grande fiction. À filmer la vie des autres, je compris que la réalité n'a de valeur que le masque : la réalité elle-même n'est pas *réelle*. Elle existe en miroir de la fiction.

Fiction. *Nom féminin*. Création de l'imagination ; ce qui est du domaine de l'imaginaire, de l'irréel. Du latin *fingo, is, ere, finxi, fictum*, « façonner », « fabriquer », « imaginer », « inventer », « modeler », « pétrir. »

Réel. *Nom masculin*. Ce qui est, ce qui existe, ce qui arrive en fait. Du latin *res, ei*, « événement », « chose », « circonstance », « fait », « objet ».

L'*objet* réalité était *malaxé* immédiatement par les doigts des hommes. Il s'agissait de puiser la glaise où nous pourrions sculpter les histoires qui siéraient à notre ennui. Ainsi, cette célébration de la réalité brute, laissée intacte par notre empreinte, n'était qu'un mirage. Nous brodions des intrigues, des caractères, des territoires, sans que jamais personne ne puisse voir l'envers du canevas : des milliers de fils épars, désordonnés, qui soutenaient un tableau lisse, apparemment vierge de toute action humaine, mais qui avaient été tissés par elle.

Chacun témoignait comme il le pouvait ; il était sommé de le faire. Cette dictature de la chronique était insupportable. Il y avait alors un romantisme à s'émerveiller de la misère comme on louait autrefois la nature. Nous faisions des films sur des héros de quartier, écrivions des poèmes en forme de rêveries de supermarché et d'odyssées de parking. Il nous fallait inventer une langue des bas-fonds fantasmée par les puissants, un idiome fictif agglomérant les images que certains se figuraient de la plèbe. C'était à croire que ces réalités avilissantes n'existaient que pour être reproduites dans des œuvres dont les classes supérieures se gargarisaient. La réalité servait à nourrir la fiction.

★

Éphèse la blanche, haletante,
saignée à blanc ; Éphèse la calcinée.
Alain Nadaud.

Ainsi les guerres, aussi réelles que des balles transperçant la peau, aussi réelles que les bombes, la poussière, les morts, étaient engendrées par les plus grands scénarios : la patrie, le désir de puissance, le fantasme du danger, l'empressement à conquérir. C'était la légende d'Érostrate, ce citoyen grec qui incendia le temple d'Arthémis, à Éphèse, afin que son nom restât dans l'Histoire.

On ne sait plus qui, d'Érostrate ou du feu, a forgé la légende. L'événement a-t-il fabriqué l'homme, ou l'homme a-t-il fait l'événement ? Supplicié, voué à l'oubli par les Éphésiens qui interdirent à quiconque de prononcer son nom, Érostrate demeura malgré tout dans la postérité : à vrai dire, on ne retient de l'incendie que le patronyme qui lui est rattaché. Il n'existe plus de cette réalité que le visage inconnu de l'homme qui l'a créée.

Je crois que nous sommes tous des Érostrates. Nous laissons la guerre se déployer pour pleurer sur les cadavres. Nous érigeons des monuments pour nous morfondre sur leurs ruines : l'amour des hommes pour la vie se mesure à leur promptitude à déclencher des désastres. En se recueillant sur la dépouille du monde, ils célèbrent son âge d'or.

New York se fit le miroir sans tain de cette imposture. J'y croisai des dizaines d'usurpateurs : on se donnait des airs de forçats pour ne produire que des films creux, sans talent, sans risque, sans ambition, sinon celle de justifier son salaire et sa position. On courait en rond dans des cages de verre. Souvent, on se sentait menacé par une remarque lancée sur notre travail, ou par le zèle d'un nouveau venu ; alors, on devenait agressif, on défendait bec et ongles des points de vue imbéciles, pour ne pas perdre la face, pour ne pas admettre que nous ne servions à rien. Au bout du compte, les choses revenaient dans l'ordre et l'on gardait sa place, sans trop hausser la voix, sans trop en dire : le flegme l'emportait sur les saillies lucides, car tout ce petit monde était lié par le secret tacite que ni les uns ni les autres n'occupions une véritable place. Nous étions là parce que nous ne pouvions être ailleurs. Notre plus grande tâche consistait à dissimuler le fait que nous n'en accomplissions aucune.

Par ces illusions qui nous faisaient paraître essentiels, on gagnait de l'argent, en quantités importantes, dont une partie non négligeable servait à payer un loyer, lui-même scandaleusement surestimé, parce que là encore il suffisait d'apposer un prix sur la pierre pour qu'elle devienne précieuse. Nous consommions des biens eux aussi inutiles : viandes riches, légumes exotiques, sucres raffinés, alcools colorés, produits reconstitués ; nous nous achetions des vêtements très chers, des accessoires, des outils technologiques dont la confection entraînait, quelque part en Chine, des cancers fulgurants. Nous ne savions plus si nous existions pour consommer ou si nous consommions pour exister ; quoi qu'il en soit, il y avait dans ce quotidien en forme de cercle vicieux une humeur vaine que nous cherchions à oublier par tous les moyens. D'où les cocktails sirotés à Brooklyn, les bières à la pression en libre-service dans les bureaux *hype* de Manhattan, les bouteilles de mauvais vin finies dans des cages d'escalier de Bushwick, de Crown Heights ou de Harlem : il fallait combler le vide. Ainsi se faisait et se défaisait le *réel*, cette valeur érigée en pilier par ceux-là mêmes qui composaient sa mythologie.

> *C'étaient des atomes de savoir qui traversaient nos écrans ; c'étaient des trous noirs de savoir où s'engouffraient les rêves de puissance de ce siècle qui n'en finissait pas. Quelquefois l'écran se déchirait en grandes formes noires qui nous rappelaient d'autres formes : celles où le siècle avait d'avance fait le brouillon de son suicide, en écrivant dans notre mémoire des images de villes en ruine. C'étaient les ruines de Berlin, de Dresde et de Stalingrad. C'étaient les ruines d'Okinawa.*

Mes premiers mois à New York se déployèrent entre le cœur de Brooklyn et son flanc nord ; entre Bed-Stuy et East Williamsburg, sur South 4th Street, entre Bedford et Driggs : c'était là, au rez-de-chaussée sans fenêtre d'un vieil immeuble résistant à la gentrification, que vivait Goran.

★

Histoire de Mr G.

Goran était le prénom d'un grand musicien yougoslave ; Goran Bregović, compositeur aux influences éclectiques qui collabora notamment avec le cinéaste Emir Kusturica. *Goran* tirait son origine du mot *montagne*. C'était aussi le nom d'un petit garçon de huit ans qui vivotait du côté de Williamsburg Bridge, jouait aux jeux vidéo et se passionnait pour les espaces-temps parallèles.

Je rencontrai Goran un soir de semaine, au parc pour enfants de Berry Street. J'avais passé une annonce dans une école du quartier quelques semaines auparavant ; je cherchais un enfant âgé d'environ sept ans pour tourner un film documentaire sur les rêves. Avant dix ans, la mémoire des enfants ne distingue pas encore tout à fait l'onirique du réel. Les rêves sont empreints de merveilleux, qui fait irruption dans le quotidien, avant que celui-ci ne le dissolve tout à fait. J'avais cherché partout un petit garçon qui pourrait partager ses songes avec moi, et m'aider à faire mon film. Tout le mois de septembre, j'arpentai la ville en quête d'un héros.

La mère de Goran fut la seule à m'appeler ; elle me laissa des dizaines de messages, m'écrivit de nombreuses fois. Elle tenait à ce que je rencontre son fils, qui, selon elle, était *un être exceptionnel.* J'écoutai la voix sur mon répondeur avec scepticisme. Je n'étais pas sûre de vouloir lui parler. Son enthousiasme me gênait. Il n'y a rien de plus encombrant que l'ardeur des autres. Je voulais faire un film sur les mécanismes des rêves et de la mémoire : comment cette dernière produit des souvenirs, qui interviennent dans le sommeil, et comment ces visions elles-mêmes laissent des traces dans nos routines. Je cherchais à faire un court métrage contemplatif. Je doutais que *l'être exceptionnel* évoqué par cette mère pressante pût être la clé de mon projet. Mais, faute d'autres pistes, je me résolus à le rencontrer.

Je le découvris un mardi soir, dans l'été finissant de Williamsburg. Il ne dit pas un mot. Il n'osait pas parler. Il s'assit quelques minutes et repartit jouer avec son petit frère, River. Beatriz, sa mère, me raconta son histoire. Son mari, un Serbe arrivé aux États-Unis à l'âge de sept ans, était enfermé dans la prison de Rickers Island depuis des années. Avant qu'ils ne se séparent, il la battait à mort ; alors enceinte de River, elle était parvenue à le quitter. Il avait frappé d'autres femmes après elle, et l'une de ces batailles s'était mal terminée. La violence avait commencé par ses crises de manque ; à l'époque, East Williamsburg n'était pas un paradis pour jeunes *hipsters* en quête de reconnaissance mais une plaque tournante du deal new-yorkais. On s'y bagarrait toutes les nuits, et la dose allait de main en main, que le sida décimait une à une. Le jeune homme avait sombré dans l'héroïne et l'alcool. Et, à mesure qu'il chutait, sa femme bleuissait. Du plus loin que remontaient ses souvenirs, Goran ne connaissait que les traces de cette violence. River avait manqué de peu la mort fœtale.

Mais l'histoire de Beatriz n'avait pas commencé là : son père, figure portoricaine bien connue de la lutte pour les droits des *latinos*, était lui-même imbibé d'alcool et shooté au crack. Sa mère, avec qui elle passa le plus clair de son enfance, faisait de ses compagnons de défonce des amants en série, qui gagnaient le droit de violer sa fille au poids des substances qu'ils lui ramenaient. Beatriz vécut au rythme de pénétrations forcées et de crises de démence. Elle fut mariée à dix-huit ans à un ami de la famille qui avait le double de son âge. Ils eurent un gosse, dont j'apprendrais l'existence plus tard, pensant que Goran s'inventait un frère aîné au gré de nos entretiens hebdomadaires.

Désormais, il n'était plus question que de Goran, huit ans, et de River, quatre ans, dont la vie se résumait aux quatre murs humides d'un appartement toujours plongé dans la pénombre. Tandis que Beatriz, qui n'avait pas encore quarante ans, achevait le récit de son périple, je contemplais les gosses jouant dans le soir. Je me retrouvais avec l'histoire clé en main d'un conte misérabiliste digne des grandes heures des festivals de Tribeca et Sundance : mère célibataire, frappée à mort, enfuie, élevant deux enfants sur le salaire misérable d'un *job* à mi-temps, enfermée tout le jour dans l'appartement sombre où elle était née, en proie aux souvenirs abjects d'une prime enfance foudroyée par les viols de ses beaux-pères successifs et les crises de manque de sa propre mère. Une belle histoire pour un documentaire : du sang, des larmes, des doses, des regrets, et des gosses au milieu du tableau.

J'hésitai. Je refusai de filmer tout cela. Immortaliser la merde revenait à faire feu une seconde fois ; achever les enfants avant qu'ils n'aient pu s'en sortir. Je les quittai. La survie de Beatriz semblait tenir à mon film. Il fallait que Goran parle. Je ne savais que faire. Je promis de rappeler. Tandis que je rejoignais le métro aérien de Marcy Avenue, et que Broadway défilait dans la nuit, je percevais dans les enseignes d'épiceries bon marché, dans les vitres des *lavomatics*, les silhouettes des ivrognes et les cris des mendiants, tout le glauque de cette vie qu'on m'offrait sur un plateau. J'étais le vautour qui hoquette devant un nouveau cadavre. La carne d'un bestiaire entier me coulait encore dans l'œsophage que, déjà, on me présentait d'autres dépouilles.

Regagnant ma chambre, je sentais la nausée monter en moi. J'attirais la merde. Je songeais que l'on se trouve toujours d'un côté ou de l'autre de la barrière : soit on patauge dans le purin, soit on admire ceux qui s'y embourbent. Je ne savais plus si ma honte venait d'y avoir un jour baigné, ou d'en être sortie. J'avais honte d'avoir eu honte. J'avais honte de provoquer la honte des autres. J'avais honte de savoir que ma propre honte convoquait celle de Goran, de River et de sa mère. Je m'enlisais.

Je devais dire *non*. Décliner gentiment les avances de Beatriz. Faire le film que j'avais prévu de faire. Trouver un autre enfant, à la préhistoire moins lourde. Un passé sans alcools, sans drogues, sans coups. Mais voilà. Ça m'était tombé dessus. Je n'avais rien cherché. La semaine suivante, je retournai à Berry Street comme on va chercher sa dose. Je parcourus tout New York, du Bronx à Brooklyn, avec un vieux caddie chargé d'optiques, de lumières, de filtres. J'étais le chasseur s'enfonçant dans la forêt. Je me souviens des escaliers de Marcy Avenue dans l'hiver astral de New York, puis dans ses nuits d'incandescence ; les soirées frugales avec les autres camés de la New School. Comme les maniaques se racontent leurs vies, nous parlions toujours de la même chose : de quoi avions-nous chargé nos veines ce jour-là ? Quelles images dans nos objectifs ?

Pendant trois mois, je m'enfermai dans le minuscule appartement de South 4th Street pour filmer les aventures de Goran et River. Deux gosses dans le vide d'une piaule sans lumière, s'inventant des steppes, des villes, des fleuves, des océans, des mondes entre un vieux matelas et une table de cuisine en plastique. Le film, *Rêve Party*, fut construit comme un *loop*. Il commence sur ces mots :

> *It was a stormy night. There was a grown up and a nine-*
> *year-old-boy. Their names were Goran and Justine. They*
> *were walking in the woods and suddenly a zombie came*
> [13] *for Justine. And then... The End !*

La voix de River se perdait en un souffle saccadé. Elle exhortait le frère à livrer l'étendue de ses rêves. Alors, Goran tentait de raconter. Il s'aventurait dans la cour grise parsemée de barreaux, dans la cage d'escalier, se cachait

dans la salle de bains… Toujours, il était l'ombre traquant
la lumière. Petit homme dissimulé sous un grand manteau
noir à capuche, déambulant dans les rues de South Wil-
liamsburg, Goran s'inventait une machine à voyager dans
le temps et l'espace. Il se figurait des mondes dont il était
le chef d'orchestre.

I'm the sniper picture, the picture sniper, déclarait-il avec [14]
défiance. Il me rappelait ce film tourné en plein conflit
balkanique, dans le feu des tireurs sans visage : *Les
Vivants et les Morts de Sarajevo*. Je suivais Goran qui suivait
la caméra. Sa main lui dictait où aller, et la mienne pressait
l'objectif tout entier tourné vers lui.

Goran ne savait pas dire son histoire ; il ne savait dire
que l'impossibilité de *dire*. Ses phrases étaient entrecou-
pées de longues pauses ; souvent, il renonçait. *I can't
answer your question ; I'd rather not respond to that ; it is hard
for me to tell you more…* Le silence de Goran. Son visage [15]
noyé dans le bleu. L'azur blanchi de Brooklyn, les volutes
de l'appartement, la froideur des trottoirs de Williams-
burg… Goran confessant : *he can't see me and I can only
come to him and he is really far away. – Where ?* demandais-je [16]
souvent. *I don't wanna say that question*, répondait-il dans
une faute de langage fascinante : « Je ne veux pas *dire* cette
question », au lieu de « je ne veux pas répondre à cette
question ». Il ne s'agissait pas seulement d'une réticence
quant au mot *prison*, quant à la réalité du lieu où se trou-
vait son père, mais aussi d'un refus d'admettre son
absence : tuer le mystère même de l'invisibilité du père.

Un soir, tandis que nous inventions une énième aven-
ture, la sonnerie de l'appartement retentit pendant de lon-
gues minutes. Une voix de femme, rocailleuse, erratique,
intimait : *Goran, Goran, let me in*. Je me souviendrai des [17]
yeux de Goran, désaxés ; de sa main, paniquée puis étran-

gement précise lorsque, la seconde d'après, il appuya sur
l'interphone. Il se tourna vers moi, la voix absolument
[18] claire, glaçante de peur : *it's our grandmother.* En ces
quelques minutes qui séparèrent la sonnerie stridente de
l'avènement du désastre, il passa, sans transition, d'une
froideur de vieillard à la panique aiguë de l'enfant terro-
risé : nous ne pouvions la laisser entrer, et ne pouvions pas
ne pas la laisser entrer. Un scandale sur le seuil de l'im-
meuble était tout aussi indésirable que la présence de celle
[19] que Beatriz avait résumée en un mot, *trouble*, à l'intérieur
de cette bulle fragile. Goran ouvrit furtivement le loquet,
laissant la porte entrebâillée, espérant qu'un malentendu
empêcherait le parasite de s'introduire.

Mais il fit irruption. La vieille femme était un être
minuscule, aux seins énormes et au ventre rond comme
une mappemonde. Plus qu'une présence elle était un râle
qui envahit tout l'espace ; un cliquetis de bouteilles de
bière qu'elle transportait dans son sac, le bruissement
d'un décapsuleur attaché à la ceinture de ses jeans, qu'elle
[20] entreprit de défaire. *That's all I needed : a restroom.*

Elle tituba jusqu'aux cabinets. Les deux enfants l'ob-
servaient, paralysés. Elle baissa son pantalon pour s'affaler
sur la cuvette des toilettes, la porte grande ouverte, sans
nous quitter des yeux. Elle reprit une gorgée de bière, le
son de ses rots couvert par celui de sa pisse qui coulait
[21] dans la tuyauterie. *Oh boy, that feels good.*

Elle se releva maladroitement et se rhabilla. Elle s'ad-
ministra une nouvelle rasade et s'immobilisa en m'aperce-
vant. Elle me scruta sans un mot ; sa respiration cessa. Elle
regarda la caméra, mes mains figées sur le trépied, mes
yeux, mes affaires posées sur le divan, et sirota bruyam-
ment une autre gorgée. Puis elle se mit à hurler. Le dis-
cours était chaotique. *Who are you ? Who are you to hurt my*

babies like this ? You ain't got no right to film my babies… Elle [22]
s'empara brutalement de Goran et River. Ils ne parvenaient pas à prononcer le moindre mot. Ils semblaient sortis d'eux-mêmes ; ils haletaient, impuissants à masquer leur effroi. La vieille continuait de japper. Chien beuglant à la mort. Chien dévorant sa propre progéniture. Chien préférant salir les siens plutôt que de les livrer à une autre meute. Elle m'accusait de tous les maux : *que faites-vous ici, qui êtes-vous, de quel droit filmez-vous mes enfants, ma fille est folle, comment a-t-elle pu vous laisser entrer, vous devez partir…* Sourde à mes explications, elle décida d'appeler la police. Les mots se bousculaient dans sa voix. *She's insane.*
Come get her. She's mad. I don't know who she is. Au bout du [23]
fil, l'agent de police semblait interloqué. *Have you been*
drinking ? – Not even half a bottle, officer. [24]

On resta ainsi un long moment : *eux*, retranchés dans la cuisine, triangle de corps agglutinés, deux petites nuques empoignées par le vieux tas d'éthanol ; *moi*, dans la pénombre du salon, inerte, guettant le voyant lumineux de mon enregistreur qui capturait toute la scène. Moi et ma culpabilité. Moi et mon inconséquence. Mon désarroi. Puis des sirènes sur le boulevard. Des coups contre la porte en ferraille. Deux hommes en uniforme firent leur entrée et tentèrent de comprendre cette histoire folle contée par une folle. Ils prirent mon nom, posèrent d'innombrables questions, plusieurs fois, puis embarquèrent l'ivrogne. Elle grognait contre la police. Contre sa fille. Contre moi, contre l'immeuble, contre New York, contre le temps, contre le monde. Dans le silence absolu de l'appartement mué en cage, Goran alla tirer la chasse d'eau. Il entraîna River dans leur chambre et me glissa, *Let's never*
talk about this ever again. [25]

Beatriz revint un peu plus tard. Pour une fois depuis des mois, elle s'était autorisé un rendez-vous chez le coiffeur. Elle découvrit avec stupeur les stigmates laissés par le passage de sa mère : une canette de bière vide, enveloppée dans un sac plastique opaque, des traces de pas sur le carrelage beige de la cuisine. L'appartement avait une odeur d'apocalypse. Je me trouvai frappée de la crasse du réel. Je retournais à la merde initiale. Le goût de rance qui m'avait longtemps habitée, et que j'avais fui, me traquait jusque dans les tréfonds de New York. Dans l'hiver de Bed-Stuy, je retrouvais l'amertume de l'enfance. Je voyais la maison, je sentais les mains sur mes genoux, mes épaules ; je distinguais une ferme, des silhouettes, des chiens, des bouteilles vides. Je ne m'étais jamais lavée de cette glaise putride qui m'avait servi d'eau de baptême : je m'y étais enfoncée, jusqu'au cou, et elle parviendrait un jour à me noyer. Beatriz murmurait : *I don't want you to be tainted.* « Je ne veux pas que cela vous entache. » Je demeurai interdite. Les mots me manquaient.

Observant les rides qui se dessinaient sur son front à mesure qu'elle répétait cette phrase, de plus en plus rapidement, avec l'avidité de celle qui recherche l'approbation et non la pitié, je pris conscience du mur qu'il y avait entre nous. Elle voyait en moi l'étudiante prometteuse évoluant dans les beaux quartiers de Manhattan, issue d'une université de renom qui me garantissait un bel avenir ; j'avais la prétention de ne marquer aucune frontière entre elle et moi. Cette honte intense que ses enfants avaient ressentie en contemplant la vieille femme déféquer devant mes yeux, je la connaissais par cœur. Elle se déployait comme un poison dans leur cerveau. Ils avaient, en eux, collés en eux, l'odeur de merde de la vieille folle, sa voix, ses mots, son air renfrogné tandis qu'elle se passait du papier sur les fesses en hurlant ; elle était en eux et il leur était impossible de la faire disparaître.

Depuis cette cuisine de Brooklyn, je me trouvai propulsée, un après-midi de printemps, dans le jardin d'une belle maison. C'était l'anniversaire de ma mère. La maintenant éloignée du logis grâce à la complicité d'une tante, mon père avait organisé une fête somptueuse. Des tables avaient été dressées sur la pelouse ; bouquets d'hortensias sur nappes immaculées, mets raffinés sur plats en argent, champagne et musique des années de jeunesse – France Gall, Véronique Sanson, Janis Joplin, Patti Smith, Dire Straits, etc. Toute la famille était là, ainsi que des gens *importants* ; les supérieurs hiérarchiques de maman, le patron de papa, quelques élus municipaux, un ou deux professeurs, un couple de médecins... Lorsqu'elle fit irruption, une joie intense l'envahit. Les festivités commencèrent. Nous goûtions à un état de grâce. Puis un claquement de porte. Le pas forcené d'un convive inopportun.

Le frère avait débarqué, titubant, ballotté d'un point cardinal à l'autre par l'alcool qui lui courait dans les veines. Ses hoquètements couvrirent la musique. Corps désarticulé, vêtements crasseux, un vieux jeans et un tee-shirt enduit de sueur. Animal sauvage entre les tables blanches et les guirlandes de fleurs. Il riait bruyamment. Il se mit à chanter. *Joyeux anniversaire... Joyeux anniversaire... Joyeux anni...* À la troisième occurrence du mot *anniversaire*, il se mit à vomir.

Et je perçus la honte dans les yeux. Ceux de ma mère, visage défait et posture inerte sous le coup de l'effroi. Ceux de ces invités de prestige, d'*honneur*, uniquement conviés pour forger de nous-mêmes une image reluisante. Ceux de la famille ; ces petites billes rondes jouissant devant le spectacle comme on se repaît d'un film gore ;

bientôt, leur désolation se muerait en plaisir ; ils raconteraient la scène à leurs amis, leurs amants, leurs collègues, avec la voix frénétique des enfants excités. Ma propre nausée, malsaine, jouissive elle aussi, de contempler une nature d'homme éclatant au grand jour ; une *vérité pure* explosant à la face des hypocrites, qui s'espéraient transfigurés par la grâce d'une réception bien tenue.

Comme Goran, j'avais ressenti ce goût rance de la honte. Sa putrescence. Je n'avais rien dit. Pas bougé. J'avais observé la scène, et m'étais laissé envahir comme un État neutre demeure muet face à la violation de ses frontières. J'avais vu ma mère se diriger lentement vers mon frère, éponger le dégueulis sur son torse avec une serviette parfaitement blanche ; arpenter le jardin de ce même pas léthargique, silencieux, jusqu'à sa chambre où elle le déshabilla, le lava avec douceur et le mit au lit. Je ne m'étais pas précipitée pour aider mon père, qui s'était baissé avec peine pour nettoyer le désastre ; je n'avais rien dit pour épauler ma grand-mère, qui entreprit de distraire l'assemblée avec une nouvelle tournée de champagne. J'étais demeurée immobile tandis que les conversations reprenaient pour tenter de masquer *notre honte*.

Comme les géniteurs avaient lessivé l'immondice dans l'espoir d'en faire disparaître le souvenir, nous usions du bruit pour purger le silence. Et moi je ne dis rien. Je ne désirais pas la fin du silence. Je voulais enrober la fange d'un grand scaphandre de plastique, comme une pièce à conviction, pour puiser, tout le reste de ma vie, dans cette saleté initiale : on n'annihile pas la moisissure en l'inondant de savon. Aussi, comprenant que je ne pouvais envahir le silence de Beatriz par mes mots, je me tus.

Nous ressentions la même honte. Mais nous ne pouvions pas la nommer : nous étions vouées à la garder pour nous. La honte ne se partage pas. Alors, nous ne parlâmes plus jamais de l'irruption de la grand-mère.

Je coupai cet instant au montage. Je n'ai pas voulu réécouter les bandes d'enregistrement. J'isolai cette voix de ma mémoire. Comme mon personnage, j'étais face à *l'impossibilité de dire*, qui se solde irrémédiablement par le silence. Ce soir-là, je n'ai pas dormi. J'ai eu envie de hurler, de tout arrêter, de partir. Et puis je n'ai rien fait. Au matin, j'ai repris ma caméra et j'ai songé, *ça passera*. Ça finit toujours par passer.

Armée de mon inexorable paranoïa, j'en viendrais plus tard à me demander si Beatriz elle-même avait pu orchestrer ce guet-apens. Pourquoi s'était-elle absentée si longtemps ? Savait-elle que sa mère débarquerait en trombe ? Avait-elle imaginé un esclandre sur grand écran ? Une scène de drame lynchéenne, de ces instants où Isabella Rossellini, droguée aux coups de son amant, s'affale au sol dans sa légendaire robe de velours bleu et en redemande, encore et encore ?

Dans le film, Goran, transfiguré en un vieil hologramme de lui-même, conclut : *You can actually go to the past, or the future. You can't talk to yourself, or time and space will do something terribly wrong to the present.* De sa vie, rien ne serait [26]
révélé : ni les coups du père, ni la solitude de la mère, ni les affres de la grand-mère. Ce n'était pas ce qui importait. À l'université, des mois plus tard, la voix de Goran s'élèverait dans l'amphithéâtre : *when I first met Justine, it was weird.* À [27]
New York, en Goran, j'avais retrouvé la terreur des premiers pas dans la vie.

★

Je distinguais mes propres ruines dans la ville impeccable. Avancer dans New York signifiait marcher à rebours.

Mon quartier avait la jeunesse des maisons habitées lors des primes années : ces matériaux rehaussés de toc, ces voitures garées devant des jardins minuscules, les papeteries d'appoint où l'on achète des cahiers juste avant l'école.
[28] Au détour d'un *project* du Bronx, la même odeur de friture que dans le HLM de ma grand-mère. À Bed-Stuy, la réplique de ces échoppes où je traînais, gamine, pour tuer le temps qui ne passait pas.

L'enfance me revenait contre la langue comme un bonbon acide. L'âge juvénile signifiait d'abord, pour moi, la violence par les couleurs : teintes agressives, faussement joyeuses, des jouets, des vêtements ; lumières artificielles des lieux clos où l'on aime à parquer les gosses. À cheminer dans Bushwick – devantures jaunes et bleues des drugstores, ombres géométriques sous le métro aérien, déferlement d'enseignes : Taqueria La Placita Puebla, GEM Super, Mr Kiwi's, signaux lumineux des pizzerias – je revoyais la galerie marchande du supermarché *Continent* où ma grand-mère m'emmenait chaque mercredi. Elle nous embarquait, moi et sa voisine. On faisait le tour des boutiques ; prêt-à-porter bon marché, bijoux en plastique, bibelots en tout genre. On s'arrêtait au manège, globe mauve, scintillant, où se reflétaient les néons de la galerie comme autant de flashes. Nous y étions des vedettes de cinéma. Au-dessus de nous les lumières blanches comme des soleils, et partout des visages qui nous connaissaient et que nous connaissions aussi : la caissière, le vendeur, les voisines de sortie. La folle matinée se terminait au bistro.

Je me souvenais de tout cela comme d'une liste : décors, accessoires, raccords maquillage et gestuelle. Fausse terrasse – puisque couverte, mais de toute façon, on avait encore le droit de fumer à l'intérieur –, sol carrelé, *flipper* dans l'angle des toilettes. Un croissant recroquevillé dans une petite assiette blanche. Deux allongés, un chocolat chaud. Chaises noires, luisantes, torchon blanc du serveur sur pantalon à rayures, rire de la voisine qui s'esclaffait à chaque fin de phrase. Le parfum de la grand-mère, réplique de *Shalimar*, mais en plus sucré ; un petit flacon qu'on vendait à la sauvette sur le marché, les mardis et les samedis, entre les fruits, les poissons de la rade et les jarrets de porc. Le brushing de la voisine, mèches courtes sur petite tête, frisettes peroxydées, noires à la racine et blanchies au bout. Coiffe qui se froisse sous les carrés de plastique servant à se protéger de la pluie, et qui, découvrant l'arrière du crâne, dessinaient de drôles de silhouettes. Le bar sentait le tabac froid. Souvent, il y avait un peu de cendre aux coins de la table, et je jouais avec, en regardant le manège qui ne s'arrêtait jamais. La grand-mère et son amie passaient en revue les derniers ragots, je commandais une grenadine et griffonnais sur des serviettes en papier.

Puis l'on rentrait. Elles habitaient à un ou deux kilomètres, dans une zone pavillonnaire construite dans les années 1960. Un bijou, ce quartier ; chaque petite maison était légèrement différente des autres, il y avait des garages où les grands-pères bricolaient, des jardins, et sur la place au bout de la rue, entre les parkings, un arbre qui nous servait de totem : l'endroit où l'on se rassemblait, autour duquel on parquait les voitures, offrandes au dieu anonyme que nous chérissions. Sur le trottoir, mal garée, la *Fiat Panda* rouge dans laquelle on s'entassait.

Les enseignes de Bushwick me renvoyaient tout à la figure : le sucre qu'on ingurgitait pour oublier l'ennui, les pinces mécaniques des machines à sous destinées à attraper des cadeaux, les bonshommes visqueux, qui s'agrippaient à tout, les petites balles pailletées… L'ensemble de ces idoles que notre civilisation en disgrâce adorait. Je voyais dans cet amoncellement de lieux anodins un vaste temple : les laveries, les *fast-foods*, les prêteurs sur gage et autres quincailleries obscures partageaient la grandeur des sites antiques ; les tours de Manhattan s'élevaient d'une insolence de pyramides et nos habitations minuscules disparaîtraient aussi promptement que les guérites des populations englouties.

★

De cara a la pared
[29] *Se apaga la ciudad.*
Lhasa de Sela.

Sanctuaire au cœur de la cité : Ground Zero, érigé sur les débris des tours du World Trade Center. Oscillant entre la *Freedom Tower* et le vide des bassins, j'avais le sentiment étrange de participer à un mensonge. Du muséum vendant des martyrs aux badauds prenant des selfies, on se trouvait pris en étau entre les formes les plus crasses de tourisme mêlées à une propagande *cheap*.

Regardez nos victimes, admirez notre blessure ; mais voyez comme nous ne cessons de bâtir. Si vous désirez d'autres proies, les voici ; elles tomberont de plus haut et, la prochaine fois, nous les vengerons plus fort.

Le dérisoire de cette course à la grandeur comme réponse à la mort me faisait sourire. Pourtant, derrière l'absurde, on ne pouvait s'empêcher de reconnaître une certaine beauté à ce lieu. Verticalité cacophonique, lignes déroutées, butées, fracassantes. L'acier et l'azur. La transparence envahie de ce bleu plein, franc ; le bruissement de l'eau qui se précipite dans l'abîme. Et puis le soleil inondant les bassins ; cette lumière éblouissante qui lie les particules aux astres, les tréfonds au ciel… Je ne voyais pas seulement l'édifice, je distinguais les éléments qui le composaient. C'était cela, le plus terrible : la conscience du tout *et* de ses membres. L'érection et la destruction en une même bâtisse.

Je songeais, la puissance du lieu réside dans ce que l'on ne sait pas ; on pense *qu'il y a* du vide, sans pouvoir le vérifier. Les trous noirs de Ground Zero me rappelaient ce petit accessoire utilisé par les juifs orthodoxes dans leurs prières, les *tefillin.* Boîtes de cuir sombre, elles étaient nouées au front et au bras des fidèles lors de la prière du matin, heurtant le Mur des Lamentations au rythme de leurs hochements de tête. La *tefillah* contient quatre passages de la Torah. Le premier d'entre eux est le *Chéma Israël* : « Écoute Israël, l'Éternel est notre Dieu, l'Éternel est un. » Mais ces mots du Deutéronome, aucun fidèle ne peut en attester la présence *dans* sa *tefillah.* Personne ne sait si la petite boîte contient véritablement les parchemins : cela nécessiterait de la briser. Alors, face au doute, on s'arme de sa foi. On ne peut que *croire* qu'elles en sont emplies. Il me semblait que le vide habitait le fond des bassins comme la Torah habite les *tefillin. On a un sentiment de foi comme on a un sentiment de vide.*

⋆

We should try a little harder
In the tedious march of the few.
LCD Soundsystem.

C'était le milieu des années 2010. Nous étions repus de guerres en Afghanistan, en Irak ; on avait lu toutes les théories possibles sur le 11 Septembre et l'on connaissait le chemin de toutes les délocalisations par cœur… On

allait boire des bières bon marché dans des *dive bars* de Bushwick, où l'on parlait des heures de Foucault, de Sontag, de Baldwin et de Cage. On causait étymologie, musicologie, sociologie ; on s'embourbait dans la lutte contre les stéréotypes : on se moquait de l'image des femmes, et de celle des hommes, on disait que l'éducation était une tyrannie. Au bout du cinquième verre, on songeait que la dénonciation de la tyrannie en devenait une également, poussant les femmes au foyer à vouloir à tout prix devenir des héroïnes de Wall Street. Au septième verre, le comptoir était plein de notre amertume contre le capitalisme, qui faisait de tous les genres – et même des *queers* – des consommateurs anthropophages. Au dixième verre, il était temps de se laisser emporter par la rue : on rejoignait des caves, où des DJ obscurs mixaient des sons obscurs, pour oublier les thèses obscures que l'on venait d'énoncer avec des tas de gens – les rebuts dont nous faisions partie – qui pensaient exactement la même chose que nous. On y rencontrait de nouvelles têtes, pourtant si semblables à celles que nous connaissions déjà. Nous avions les mêmes activités : *I study gender appropriation in emerging countries through a transdisciplinary approach ; I bartend at night and*
[30] *sometimes, during the day, I work on my own indie films…*
Nous parlions la même langue morte.

Nous étions tous des artistes. Nous étions tous des artistes rêvant de faire du grand art. En attendant, nous étions des artistes travaillant comme *media managers* ou pigistes pour payer les factures ; nous étions des artistes sans art. Nous allions tous *faire* du grand art. Peut-être n'en aurions-nous pas le temps. Le temps disparaissait sous le béton de Brooklyn et dans les bureaux de Manhattan. Nous étions tous des artistes. Nous attendions. On causait Marx, Hegel et Blanchot ; on se riait de Beyoncé et

Rihana érigées en madones. D'ailleurs, on moquait toutes les madones.

Chacun se laisse emporter par les errements de l'époque. Un enfant se félicitera d'intégrer le groupe des terreurs de l'école, l'adolescent se fondera dans celui des sportifs ou des musiciens, et l'adulte ira de romance en enfer au fil de ses rencontres ; du cadre moyen à la profession libérale au mode de vie foutraque. Tout au long de mon existence, je ne rencontrai que des hommes qui tentaient d'approcher la lumière comme une nuée d'insectes autour d'une ampoule. Les élèves de Sciences Po se ruaient dans les cocktails des ministères, les journalistes se massaient aux abords des cafés chics, les maîtres de la publicité s'agglutinaient autour des créateurs à la petite semaine, et toute cette bave accumulée à la commissure de leurs lèvres formait un océan de baiseurs de culs.

Il fallait, pour réussir, devenir une image, et il n'y avait rien de plus violent que cela. L'image cadre, exclut, enferme. Elle n'immortalise pas l'homme mais une imitation d'homme. Ce dernier est une larve dont on ne connaîtra jamais la mue : il est condamné à n'être qu'un *imago*.

★

Après l'université, j'officiai un temps pour l'un de ces médias bâtis sur une fausse respectabilité : un magazine virtuel prometteur de jeunesse. Il était l'œuvre de deux héritiers de l'Upstate New York, Nate Berlowitz et Joseph – « Joe » – Flecher. Le premier avait fait ses armes chez Goldman Sachs, le second dans le giron de la Maison Blanche. Leur embryon d'empire médiatique était né avec la couverture des printemps arabes à destination des *millennials* américains, soit la génération Y, née entre les années 1980 et le début des années 2000. Il se construisit autour de valeurs *humanistes* : la dénonciation des conflits et la célébration de la paix, l'exécration du racisme, du sexisme, du classisme, du fascisme ; l'appel à la tolérance et à l'acceptation de l'autre, etc. Des logorrhées sur les tueries raciales et le harcèlement sexuel défilaient en de longues pages sur leur site internet. L'indignation était le meilleur des modèles économiques. Philanthropes accomplis, les deux compères aimaient à discuter bombardements irakiens et récession dans des *cocktails parties* du West Village.

À chaque occasion qui leur était donnée de faire un discours, ils déployaient leur légende : l'aventure avait commencé dans une *warehouse* d'Harlem, sans eau ni électricité, puis ils avaient déménagé dans un loft dernier cri à Soho, avant de signer un bail de dix ans avec la société qui administrait le World Trade Center. De minuscule blog étudiant, leur caprice était devenu une start-up à succès, dont la vue depuis le quatre-vingt-quatrième étage de la *Freedom Tower* s'étendait de Brooklyn au New Jersey.

★

Mon rôle consistait à réaliser de courts films documentaires. Lorsque je fus embauchée, on me promit le ciel : *creativity* était le maître mot de mes supérieurs. *Créativité* : capacité, pouvoir qu'a un individu de créer, c'est-à-dire d'imaginer et de réaliser quelque chose de nouveau. Masque dissimulant le gouffre qui nous guettait : jamais on ne nous demandait de *créer*, mais plutôt d'exécuter, de combler des attentes, de donner une apparence *inédite* à des rebuts de films mille fois éprouvés. Comme je le constatai ensuite, les objectifs mégalomanes s'essoufflaient vite en une résignation joyeuse. Les plans sur la comète se trouvaient peu à peu modifiés, simplifiés, rognés, puis redessinés selon une imitation exacte des succès des autres. Des films de plus en plus courts pullulaient, selon des modes opératoires dictés par les plates-formes sur lesquelles nous les diffusions ; il nous fallut nous soumettre à cette *mode* qui eut raison de nos ambitions.

Chaque jour, un nouveau manager me convoquait pour m'entretenir d'un grand changement, d'une refonte en profondeur de notre style documentaire : que nous fassions les plus beaux films, telle était *son* obsession et, par voie de fait, la mienne. « On a besoin de toi pour tout révolutionner, *tout*, qu'on donne un bon coup de pied dans la fourmilière. » J'écoutais, je notais, j'approuvais, sans ciller, sans sourire ; seule s'élevait sur mon front cette petite ridule de celle qui s'en foutait, parce qu'elle savait que, le lendemain, un autre manager lui demanderait autre chose ; la composition d'une œuvre tout aussi grande qui contredirait la première. Alors, à nouveau, je prendrais des notes en silence, sans broncher, sans mettre le doigt sur la contradiction à l'infini qui se tissait dans mon carnet. Je ferais semblant de croire à leur ton impérieux, je les assurerais par ma nullité de ma pleine dévotion à leur pouvoir. Ils étaient de grands califes qui disposaient de tous les droits. C'est à ma soumission qu'ils m'appréciaient. J'acceptais toutes les missions, même les plus idiotes, même les plus absurdes : de toute façon, la plupart du temps, elles étaient annulées avant d'advenir. Un autre manager aurait eu gain de cause sur le précédent, et un autre encore lui succéderait qui proférerait un ordre tout aussi idiot.

Ils se référaient à des données invérifiables, à des dieux païens pour justifier leurs demandes : les algorithmes des réseaux sociaux, le temps de concentration supposé du public, ses *désirs*, ses attentes – qu'il fallait, en bons molosses disciplinés, satisfaire –, ils achetaient des vues sur Facebook pour montrer au monde qu'ils avaient une audience ; bref, ils s'inventaient des gloires factices sur des plates-formes qui nous dictaient quoi faire et comment le faire. Entre deux tournages au fin fond de nulle part, on pourrissait dans l'immense salle de rédaction. Il fallait avoir l'air heureux, arborer les mêmes airs, le même langage que celui du chœur que nous formions ; l'on ne pouvait déroger à cette satisfaction qui pesait sur nous comme un diktat.

Je me laissai aveugler par une sensation de liberté, une impression que le poids des apparences et des territoires pesait moins sur moi qu'en France. À New York, l'opportunité de réaliser mes propres films me fut donnée. Mais toujours transparaissait dans des détails le récit de mon illégitimité. Chaque instant était propice à la remise en cause de mes compétences : j'étais vouée, dans l'imaginaire collectif, à ne rien savoir bâtir. L'égalité claironnée de toute part s'effritait au contact du réel.

Sous prétexte de donner voix aux oubliés de l'Amérique, nous reproduisions les inégalités que nous dénoncions. Joe et Nate employaient des femmes, oui, mais elles demeuraient inféodées aux hommes ou s'adonnaient à des tâches traditionnellement considérées comme féminines – la production plutôt que la réalisation, les travaux rédactionnels plutôt que techniques ; demeurer inférieures au lieu d'occuper des postes à responsabilités.

Je me figurais leurs nuits comme des dîners de vautours, où les convives se repaissaient de la merde des autres. Nos deux *leaders*, en Bousiers stratèges, roulaient leurs pelotes en des centaines de circonvolutions tout autour du globe : ici une conférence sur la représentation des transsexuels dans les médias, là un forum sur les crises migratoires… Ils recevaient des distinctions, se voyaient honorés par des classements de renom : les dix entrepreneurs à surveiller, les cent personnalités qui comptent, *Forbes 30 under 30…* La misère même leur appartenait : elle était une scène tout entière dévolue à leur propre célébration.

Ils se pensaient en géologues dont la renommée dépendait de leur capacité à détecter les bonnes failles. Sans doute rêvaient-ils de voir leurs prénoms apposés sur les questions dont ils se saisissaient, comme des phénomènes ou des lieux sont associés aux scientifiques qui les découvrent. On dirait ainsi, *la fracture prolétaire natinienne*, *la haine suprémaciste blanche de Joseph*. Aussi se saisirent-ils d'une ligne de rupture majeure qui gangrenait la société américaine. Elle tenait en un mot, qui revenait en toutes étapes de la vie : lors d'une candidature à l'université, d'une proposition d'emploi ; dans nos conversations profondes, anecdotiques, futiles… Il ne s'invitait pas ; il avait toujours été là, en creux, lettres rampantes déployant leurs radicules en tous points de nos vies.

RACE

Le mot dont on ne devait prononcer le cœur : ce mot banni de la langue française, réservé tout au plus à l'espèce animale. Mot absent ou mot drapeau, mot idole, mot qui ne servait pas à dire mais à masquer : qu'on le taise ou qu'on le crie, il m'apparaissait comme un écran apposé sur une réalité. Il ne s'agit surtout pas d'aller vers les autres mais bien de les mettre à distance. *Race.*

L'étymologie même de ce mot était obscure. Selon le *Littré*, on retrouvait sa trace dans le bourguignon *raice*, dans l'italien *razza*, le portugais *raça*, le provençal et l'espagnol *raza*, ou encore l'ancien haut-allemand *reiza*. Quant au latin, le terme de botanique *radix*, « racine » aurait enfanté de *raïs* – arabe pour « chef » – mais certainement pas de *razza*. Comble de l'ironie : le mot même qui désignait la souche était dépourvu d'origine ! Race sans racines.

Une jeune fille cristallise, dans mon esprit, tous les paradoxes attachés à ce terme. Norma Jones. Jamais je ne rencontrai quiconque qui prononçât le mot *race* aussi souvent que Norma.

Elle était issue de multiples métissages ; ses grands-parents maternels venaient respectivement de La Havane et d'Australie ; ils s'étaient rencontrés à Yale, aux États-Unis, et s'étaient installés à Long Island, où l'hostilité à l'égard des couples mixtes – la grand-mère était afro-cubaine – n'avait d'égal que la fraîcheur des hivers sur la *Great South Bay*. Ses grands-parents paternels étaient descendants d'esclaves ; leur périple forcé remontait aux confins du Bénin et du Togo. Ses parents se rencontrèrent à Harvard, devinrent tous deux de brillants avocats d'affaires et élevèrent sept enfants dans un quartier cossu de Boston. Norma, comme tous ses frères et sœurs, fréquenta un lycée huppé de la ville, puis, à l'instar de leurs parents, l'université de Harvard. Elle entreprit ensuite de s'orienter vers le journalisme, comme sa tante, Soledad O'Byrne, star du petit écran aux États-Unis.

Son corps même frôlait la perfection : silhouette sculptée par des heures passées à la salle de sport, peau impeccable, coiffure irréprochable, vêtements de marque. Elle excellait en danse, en chant, pratiquait diverses activités, et se faisait le porte-voix de tous les *oubliés*. Elle parlait au nom de tous les rebuts de la société, s'insurgeait contre le racisme, raillait les *white girls* du bureau dont elle exécrait les airs supérieurs. Aussi se présentait-elle comme la voix d'une *race* invisible dans les milieux où l'on évoluait.

Ce qui faisait souffrir Norma, c'était d'être blanche dans un corps de métisse. Une moitié d'elle-même, ce passé d'esclave légué par son père, lui manquait. Elle était privée de cette violence, et cela était insupportable. Cette violence l'habitait, dans une parcelle de son corps qu'elle ne parvenait pas à toucher. Alors, elle se consacrait à une révolte d'apparat, une rébellion contenue, convenue, une broutille de plateaux de télévision et de *catch phrases* de magazine. Cette insurrection bruyante n'était rien de plus qu'un discours ; en sous-main, Norma s'échinait à tisser le fantasme exotique que d'autres tentaient de déconstruire. Elle évoquait avec amusement la coquetterie des femmes noires, se piquait de raconter mille anecdotes sur sa façon d'arranger ses cheveux, de se faire peinturlurer les ongles, sur les mouvements de hanches incomparables des êtres féminins de sa *race* ; d'un autre côté, elle plaidait pour l'égalité. Derrière ses suppliques, la fréquentation de ce que l'Amérique faisait de plus exclusif : rallyes, vacances dans les Hamptons, sororités et galas de bienfaisance aux côtés de sa tante présentatrice sur CNN.

Sur le mot de race, je voudrais apposer celui de colère : *anger*. La colère de ceux qui, loin de pouvoir revendiquer le *mot*, loin de pouvoir faire de ce mot le leur, d'y dessiner les contours d'une lutte, de le hurler, de le chanter, ne faisaient que le subir. Il ne s'agissait pas de RACE mais de RAGE. Celle de Nina Simone, furieuse de n'être pas devenue la pianiste classique qu'elle aurait pu être ; celle de Malcolm X et des Black Panthers ; la rage des vieux camés de Detroit et celle, hésitante, de leurs gosses, dont le silence dessinait les contours d'un territoire. Un espace mouvant. Changeant. Relief volatil aux frontières indistinctes. Il prenait la forme d'un champ de coton, du naufrage de La Nouvelle-Orléans, la forme d'un linceul dans la banlieue de Chicago et celle d'une chaise électrique en Alabama. Pour taire la géographie de cette zone sordide, on la résumait à un mot, simple, dont la brutalité n'égalerait jamais celle des réalités qu'il avait pour fonction de recouvrir : la *race*.

Çà et là, on prenait des mesures pour lutter contre l'avancée de ce désert. Il s'agissait, en réalité, d'y puiser quelques hommes que l'on déplacerait, et d'y parquer les autres. Aussi la salle de rédaction où je travaillais adopta-t-elle cette stratégie : peu à peu vinrent se greffer des employés femmes et issus de « communautés » alors peu représentées dans les médias ; en un mot, des non-Blancs, puisque telle était la couleur du monde décideur. Je comprendrais bien vite qu'il n'avait jamais été question d'une sincère adhésion à ces principes, mais de l'exploitation de leur potentiel *marketing* : on parlait égalité, diversité, engagement, *empowerment*, comme on aurait pu vanter la formule d'un nouveau produit. Les rapports de domination, eux, ne changeaient pas : les instigateurs de ces *changements* s'emparaient des réformes avant qu'elles ne les évincent. Ainsi, transfigurés en sauveurs, ils maintenaient leur emprise sur ceux qu'ils utilisaient comme la vitrine de leur bienfaisance. Habile.

Mais ce transfuge, apparemment indolore, créait parfois des séismes de moyenne intensité. Un jour, une tuerie eut lieu en direct à la télévision : un homme s'introduisit dans les studios d'une chaîne locale, et abattit deux journalistes devant les caméras. On contempla la scène sans ciller. Juste après, les deux fondateurs de la compagnie sillonnèrent les allées de l'*open space*, visages graves et costumes sombres, pour s'enquérir de l'état des uns et des autres. Ils voulaient savoir si tout le monde allait bien, si nous n'étions pas traumatisés. Les journalistes étaient blancs. La diffusion de leur mort en temps réel était effroyable, mais il était difficile de ne pas songer à toutes les autres exécutions qui rythmaient alors le pays.

Les éditorialistes noirs, qui avaient écumé leurs derniers mois dans des rallyes de suprémacistes blancs ou au chevet de victimes de tueries raciales, s'étonnèrent de cette soudaine sollicitude. Ils étaient envoyés sur le terrain en fantassins : ils constituaient notre *première ligne*, et personne ne s'enquérait des dilemmes et dangers auxquels ils s'exposaient en faisant leur travail. Il semblait naturel d'envoyer les auteurs « noirs » couvrir des sujets « noirs ». On se gargarisait de trouver les journalistes « légitimes » pour poster de ces sujets. Face à l'émotion qui parcourut la rédaction, ils se sentirent plus que jamais étrangers. Leur appel à une discussion collective se heurta au silence des responsables. Ils ne *pouvaient pas* comprendre. Ils n'avaient jamais arpenté ce territoire-là ; ils n'en connaissaient qu'une image partielle ; un cliché de carte postale, une radiographie trop localisée pour être parlante. Les rédacteurs en chef retrouvèrent la parole bien plus tard. La nuit de l'élection présidentielle, ils mirent leurs contributeurs noirs, latinos, gays, queers – bref, ceux que le président américain s'était employé à stigmatiser pendant la campagne – sous le feu des projecteurs. Un à un ils apparurent sur les ondes, visages gris de fatigue et de dégoût, et n'eurent pour leurs auditeurs que des larmes de défaite. Ils étaient sortis du giron de l'humanité pour entrer dans la sphère des objets : ils n'étaient plus des soldats mais des mercenaires échappés d'une terre vers une autre.

Je ressentis la même absurdité au cours d'un autre épisode. S'emparant des statistiques effrayantes concernant les viols sur les campus américains, les rédacteurs en chef avaient décidé de nous commander un documentaire sur ce sujet. Nous devions rencontrer une jeune femme qui avait subi des violences sexuelles pendant ses années de faculté. La réalisation du film ne me fut pas confiée. Elle fut assurée par l'un des hommes de l'équipe – j'étais la seule, d'ailleurs, à avoir fait l'erreur de naître sans pénis. Le récit de ma propre histoire m'était refusé : je ne pouvais être que l'actrice docile d'un metteur en scène qui ne connaissait pas la profondeur de cette intrigue. Il s'agissait d'être une marionnette, certainement pas de tirer les ficelles. Je ne pouvais être que témoin, victime, applaudir les hommes qui avaient le *courage* de dénoncer les méfaits de leurs semblables ; ma qualité de personne m'était niée. J'étais un accessoire ; un appui-tête ou un marchepied, bref, n'importe quel bidule permettant au sexe masculin de m'écraser pour se faire acclamer. Partout, on circonscrivait les femmes à une réplique des rôles qui leur étaient réservés dans la sphère privée : de mères au foyer nous devions être productrices, de nourrices nous devenions enquêtrices, scriptes ; il fallait agencer, ajuster, mesurer, encadrer, mais jamais nous ne pouvions *créer*. Nous étions mises en avant pour parler de sujets dits « féminins », pour gloser, pour *imager* ; cependant, la prise en main de ces questions nous était refusée.

Les territoires, légèrement modifiés, infléchis, se trouvaient en fait décuplés. Nous ne sortions pas de nos prés carrés ; nous ne faisions que naviguer entre des reproductions à l'infini des prisons originelles. Tous les lieux de mon errance s'enchaînaient comme de longues suites de miroirs où se réverbéraient des dizaines, des centaines, des milliers de fois les visages de ma désillusion.

★

Ami, dit l'enfant grec, dit l'enfant aux yeux bleus,
Je veux de la poudre et des balles.
Victor Hugo.

Ainsi, nous nourrissions la fascination des hommes pour les désastres. Je me sentais acculée par tous les fléaux croisés sur la route. Je songeais qu'en s'emparant d'eux pour créer on ne ravivait pas leur souvenir ; on donnait naissance à des monuments. Te souviens-tu, lecteur, des corps implorants du *Massacre de Scio* de Delacroix, de sa *Grèce pleurant sur les ruines de Missolonghi* ? De *L'Enfant* d'Hugo, qui demande de la poudre et des balles pour venger les ruines ? Du *Tres de Mayo* de Goya ? Crois-tu qu'aucune de ces œuvres a glacé le sang au point qu'on décide de ne plus le verser ? Non. Elles ont *romantisé*. Elles ont fait des guerres des splendeurs. Toutes ces productions n'ont-elles pas fait naître un folklore de guerre, comme il existe une tradition des icônes religieuses ou des paysages tourmentés ? Avec un effet immédiat : la mise à distance. Une fois représentés, les événements violents sont relégués au passé. Une photo d'un enfant syrien sur une plage et, immédiatement, cette réalité brute prend des airs de vieux cantique. Oh oui, on s'identifie. On se sent proche de l'enfant comme l'on agonisait aux côtés des malheureux de Scio. Mais le transfert ne s'effectue que dans un sens : on ne se projette pas dans le tableau, on en extrait le personnage. On l'emporte avec soi ; on se dit que, dans ce désastre, il n'y a plus de vies à sauver. L'action est passée, le gosse est mort : il n'y a plus rien à faire.

—

Réclame

Le savon Lavtou lave tout ! Il récure, il détache, il détonne ! Et il sent bon ! Lavez tout avec Lavtou !

—

Flash d'actualités

Un nuage s'engouffre, de la surface vers les cieux. À mesure qu'il s'élève, son souffle devient tourbillon : des sillons de fumée s'enroulent les uns sur les autres pour former une pyramide éphémère, qui sème la mort partout où elle s'aventure. Déflagration verticale. La bombe a été larguée un peu après huit heures seize. L'île s'éveille à peine que, déjà, elle s'endort.

Nom de code. Manhattan. Le missile. Little Boy. Cible. Le Japon. Hiroshima.

Silhouette dégingandée, figée sur les photographies en noir et blanc. Statue de fumée, comme une danseuse virevoltant sous un parapet de voiles. Hiroshima. Un nom qui pourrait être celui d'une femme. Une vedette de cinéma. Héroïne ultime. Muse qui inspira des chants, des films, des poèmes.

Beauté ! Beauté immense ! Elle nous transcende. Nous habite. Nous savons les peaux laminées, les corps brûlés, les squelettes déformés, les visages défaits, remodelés pour être rendus à l'état de monstres… Mais cette beauté d'Hiroshima ! Cette nuée somptueuse ! Cet immense dôme de coton au-dessus de l'archipel. Volute sublime. Pourtant, les corps n'exhalent pas ; ils s'embrasent.

—

Réclame

C'est un déjeuner, un goûter délicieux,
Banania, Banania, Banania,
Du cacao à gogo, y a bon Banania !

—

Qu'en est-il lorsque l'image crée en même temps qu'elle représente ? Lorsque l'auteur ne compose plus l'image mais la réalité de cette image ? Lorsque l'œuvre en train d'être constituée est l'œuvre elle-même ? *To shoot* : faire feu, filmer. À diriger le canon de son appareil photo vers une scène que sa présence modifie ou génère, le reporter ne se contente pas de témoigner, il déclenche lui-même la déflagration qui deviendra la pièce maîtresse de son travail.

—

ENTRÉE

Veuillez suivre le couloir situé à votre droite. Des brochures sont à votre disposition dans le sas de gauche. Merci de garder le silence et de maintenir vos téléphones portables sur le mode avion. Bonne visite.

—

Sur la torture
en Irak

C'est un instant de terreur. Un moment d'humanité suspendue. Les membres se tendent devant une lame, soumis à la pression d'une corde que l'on serre autour des chevilles, ou d'un objet contendant qui menace de faire céder l'épine dorsale.

Homme bâillonné, yeux exorbités vers le soldat qui semble lui intimer des menaces. Le tissu, d'un blanc éclatant, contraste avec sa barbe sombre. Le visage ne revêt plus la crispation de la peur : les mâchoires sont relâchées ; le combat est déjà perdu.

Ali Arkady a capturé les corps comme des natures mortes : il ne figure pas l'humanité mais l'absence d'humanité. Quel rôle a-t-il eu dans la disparition de cette dernière ? Embarqué dans la bataille de Mossoul avec une unité de l'armée irakienne dont il avait gagné la confiance suite à la prise de Falloujah, il suit les soldats dans leur répression contre Daesh. Seulement la lutte contre l'État islamique a le visage de l'horreur : intimidation des civils, raids nocturnes, coups, humiliations contre des Irakiens sunnites soupçonnés d'avoir aidé des combattants de Daesh. Arkady étant, lui-même, sunnite. À deux reprises, il est amené à prendre part aux tortures ; les soldats se rassemblent autour d'un homme interrogé et l'intiment de frapper. Arkady s'exécute. Dès lors, il est lié aux bourreaux par la contamination de la violence : il n'est plus seulement témoin, il est *complice*.

—

Sur la mort de Daesh

C'est une longue étendue de sable, où vogue le viseur d'un tank. Nous avançons à sa suite. Le tableau se déplace, cible de poussière dont le cadre se meut au gré des tirs qui le parcourent.

Des cris. Tout autour. Nous sommes au milieu des combattants, mais où ? Contre qui se bat-on ? Les douilles volent au niveau de la ligne d'horizon. Le tireur se tourne vers nous, de temps à autre.

Juste avant, ils ont salué un kamikaze qui, venant de revêtir sa ceinture d'explosifs, prononçait ses ultimes mots devant la caméra.

L'homme est un soldat de l'État islamique. Une petite caméra fixée sur son casque, il avance, droit sur son char avec d'autres combattants, tentant d'abattre une nuée de Peshmergas. Le panorama est magnifique. Ciel clair sur champs ocre. Mais la panique gagne. La mitrailleuse ne cesse de bondir en tous sens. Autour du tank, les éclairs se multiplient. Le territoire n'est plus que fracas.

Le calme claironnant des débuts se délite. Le chaos envahit le char. Notre cheval de Troie se précipite sur son arme et en pointe le canon vers l'ennemi invisible. Après de longues minutes de cris et de tirs, l'équipée déserte le véhicule. On avance seuls, hissés sur le crâne de notre soldat qui, bientôt, titube et chute. L'image sombre avec lenteur. La ligne d'horizon est brisée. On ne distingue plus au loin que des oasis de fumée. Ciel et terre sont inversés.

À la fin de l'enregistrement, une main tâtonne le long du corps ; elle fouille l'uniforme, cherche des noms, des indications, des consignes ; elle inspecte l'état de notre réalisateur de fortune, lui ferme les yeux et éteint sa caméra. L'armée kurde a vaincu. Le Peshmerga aura livré les bandes à un média international. L'édition américaine de Vice dit avoir *obtenu* cet enregistrement suite à la mort de ce héros sans visage, dans la bataille de Daesh contre les Peshmergas au nord de l'Irak, en mars 2016.

—

SORTIE

L'exposition est terminée. Des signaux lumineux indiquent la sortie. Vous pouvez vous procurer le livre de cette rétrospective dans la boutique du musée, pour la modique somme de quarante-cinq euros quatre-vingt-dix-neuf. N'oubliez pas de signer notre livre d'or.

Merci de votre visite.

—

Portés par la romantisation des uns et l'exhibition des autres, nous nous contentions d'être des témoins, d'inventer des recettes, un *reader's digest* de tout ce que l'époque recelait de pathétique. La violence nous servait d'appât. On se délectait du mets sans se soucier de la provenance du gibier.

—

Recette pour une
violence digeste

Ingrédients :
Une situation dramatique.
Une tension quelconque.
Des enjeux personnels et sociétaux.
Une portée nationale ou internationale.
Une mise en danger.

Une fin positive et/ou ouverte.
Un héros anonyme.
Des détracteurs anonymes.
Des proches reconnaissants.
Un ou plusieurs êtres vulnérables (enfants, vieillards, femmes, malades psychiatriques, minorités ethniques ou religieuses).

Identifiez une histoire palpitante dont la résonance s'étendra bien au-delà de ses seuls protagonistes : le périple d'une mère dans les affres du système judiciaire américain pour sauver son fils innocent d'une condamnation à mort, la rédemption d'un ancien félon bien résolu à sauver la jeunesse en proie à des démons qu'il ne connaît que trop bien, la solitude d'un enfant autiste dans une école qui le rejette, etc.

Identifiez des agendas qui pourraient concorder avec et/ou susciter la narration de ces histoires. Exemple : si vous savez que *Columbus Day* approche, prévoyez la réalisation d'un court film avec des *Native Americans* afin de leur demander ce qu'ils pensent du fou qui a confondu la terre de leurs ancêtres avec les Indes avant de les piller, de violer leurs femmes et d'en faire des citoyens de seconde zone dans un grand pays démocratique où ils finiraient parqués dans des réserves. Pour cette même occurrence, il sera opportun de raconter une histoire plus intimiste auprès d'un héros local tentant d'améliorer le sort de la communauté indienne.

Ainsi, vous devrez déterminer une période particulièrement propice au tournage et à la diffusion des images capturées. Exemple : s'il s'agit d'un film sur les violences conjugales, envisagez une diffusion lors de la Journée internationale des femmes. Vous pourrez également décongeler le tout et le resservir froid, en apéritif ou comme assortiment lors de divers scandales sexuels, à l'occasion d'une soirée de rétrospective des mouvements féministes ou en parallèle d'un procès particulièrement médiatique.

Pour ce même exemple, il conviendra de choisir une femme battue en plein moment charnière d'un programme de réinsertion, de préférence hors d'une grande agglomération – les difficultés rencontrées n'en seront que plus savoureuses. Vous déciderez d'une période de tournage. Cette étape est cruciale : il s'agit de savoir quand votre viande sera la plus fraîche – en s'assurant qu'elle aura du temps à vous accorder – mais aussi de sélectionner une phase de son développement au cours de laquelle des rebondissements seront à prévoir. Mieux vaudra la rencontrer pendant une saison de chasse qu'en période d'accalmie ; ses témoignages promettront d'être autrement plus juteux.

Maintenez un contact privilégié avec vos proies. Elles se sentiront plus en confiance et vous offriront toute leur saveur. Demeurez ouverts à des changements – l'ajout de condiments ou de nouvelles viandes – si vous pensez que l'histoire en bénéficiera. Faites confiance à votre jugement ! Surtout, ne cherchez pas à transcender ce que vous racontez : restez au plus près de leurs vies, de leurs aspirations, de leurs doutes ; si une tendance générale se dégage de ce que vous filmez, montrez-le clairement. Le public a peu d'appétit pour la nuance. Il faut que le repas soit prêt à consommer et facile à digérer. N'oubliez pas, nous préparons un spectacle, pas une exégèse de l'horreur humaine !

Servez à point, salez, poivrez ; agrémentez de commentaires acides auxquels s'ajouteront des réflexions amères, âcres, mielleuses, aigres-douces, rances ou sirupeuses. Prévoyez autant de couverts que possible.

Dégustez !

—

Depuis le luxe de Manhattan, nous fomentions nos recettes hasardeuses en savants fous. La fumée nous montait à la tête : nous étions ivres de nos propres idées au point de devenir aveugles à ceux qui étaient censés nous les inspirer. Nous allions chercher ce que nous voulions voir. Il fallait maintenir la grande fiction du monde pour que le réel nous offre de quoi concocter les plats les plus infâmes.

Depuis le quatre-vingt-quatrième étage de la *Freedom Tower*, je songeais à cette violence qu'on m'envoyait trouver. J'allais à la pêche chaque jour : je demeurais des heures la tête sous l'eau, en apnée, à traquer les monstres qui me permettraient de gagner ma vie. Il s'agissait de recueillir le chant des sirènes et de toujours prier ce même dieu invisible : le *viewer*. Celui qui visionnerait nos images. Il deviendrait, bien vite, mon pire ennemi. Et toi, lecteur, vas-tu me jeter au feu si je ne t'appâte pas d'une voix sibylline ?

Admets-le, elle te fait bander, cette violence-là. Penses-y sincèrement. Ta verge s'anime rien que d'imaginer. Les corps écrasés par la fatigue, les courses-poursuites sur des parkings, les mères esseulées, cheveux gras mal colorés, des mômes sur les bras aux veines éclatées par l'héroïne, les files d'attente devant les locaux des *Social Services*, les couloirs du métro infestés de vagabonds, les types qui baissent la tête en te demandant quelques centimes… L'alcool, les psychotropes, la galère dans laquelle ils vivent ; ça te fait jouir. Tu te dis que, toi, tu ne sombreras jamais. Alors tu ris à gorge déployée. Tu jouis. Fort. Souvent. C'est ça qui te fait tenir : contre ton ennui leur désœuvrement, contre ton inertie l'inanité de leurs fuites.

Depuis la *Freedom Tower*, nous anticipions tes besoins, tes désirs, tes manques, tes frustrations, tes fantasmes, tes doutes, tes déceptions, tes envies. Tout autour de nous, des êtres se pressaient, des routes s'animaient, l'Hudson et l'East River s'illuminaient. Partout, des costumes gris, postures élégantes, yeux vifs. Le flegme calme des créatures proches du divin. Nous étions des satellites. D'en haut, je distinguais des artères, des vestes noires comme des carapaces grouillant sur le sol, un champ de stèles immenses qui s'étendait à perte de vue. Depuis le quatre-vingt-quatrième étage, nous scrutions les hommes. Nous prétendions les connaître au cœur, lorsque nous ne savions d'eux que le pas lointain de leurs chaussures contre le bitume.

★

Bitume éprouvé, éventré, bitume échoué. Les rues défilaient comme un long enchaînement de fantômes. Des ronces, des orties, des mauvaises herbes envahissaient les bordures des *highways*. La route. La route. Rien que cette ligne de béton, implacable. On s'arrêtait de temps à autre, pour un peu d'essence, un café, une cigarette. Les étapes se succédaient.

★

Latitude : 39° 44′ 20″ N.
Longitude : 104° 59′ 04″ O.
Altitude : 1 636 mètres.

Un hangar, cube de tôle au fond d'une impasse, quelque part dans la banlieue de Denver, dans le Colorado. Nous avions eu vent d'une histoire folle, comme seule une terre morcelée, schizophrène, pouvait en offrir. Histoire de famille. De drogue. D'excès. Histoire idéale qui me reviendrait dans la face comme un boomerang.

Denver. Point minuscule au milieu du territoire américain. Repère écrasé entre les fantasmes de la côte Est, la légende de New York, les plages de Floride, et le rêve suscité par l'Ouest, la route de San Francisco et les lumières de Los Angeles. Repère anecdotique de la conquête millénaire, qui en faisait la simple étape d'un périple ; un endroit où l'on passe, où l'on se perd, mais où l'on ne reste pas. Ville au quadrillage précis, aux quartiers résidentiels calmes, dominée par les Rocheuses ; un *mile* exactement au-dessus du niveau de la mer, une seule ligne de buildings dressée entre une bande végétale et les sommets enneigés.

Dans une serre immense, où fermentaient des plantes grasses, deux silhouettes se détachaient dans un halo de lumière. Rick et Wanda. Ils riaient dans l'humidité palpable qui berçait cette forêt artificielle. Il s'agissait de leur royaume : des pans de cannabis, à perte de vue.

Ces deux-là s'étaient retrouvés quelques années auparavant. Ils partageaient un père ; ils étaient frère et sœur mais avaient été élevés à des milliers de kilomètres l'un de l'autre. Wanda avait grandi là, dans la banlieue confortable de Denver, elle avait fréquenté l'université du Colorado, puis avait rejoint la Navy. Rick avait grandi au Texas, avec une mère à la dérive, dans un milieu très modeste. À dix-sept ans, il fut arrêté pour possession de quelques grammes de marijuana, et jeté en prison. Là, il prit part à la récolte du coton. Réminiscence absurde du temps où des esclaves cultivaient ces mêmes champs.

Dans les États du Sud, ce passé endormi ne cessait de s'agiter en somnambule. Système de traite ressuscité sous une forme carcérale. Exploitation d'individus majoritairement noirs, pour des délits mineurs, au nom de la justice, comme jadis on parquait leurs ancêtres dans des enclos.

Wanda fumait elle aussi. Dans les rues tranquilles de Denver, à l'université, entre ses succès professionnels et réceptions mondaines... Puis, lorsque la marijuana fut légalisée au Colorado, elle vit dans cette plante une opportunité inespérée. Elle devint la seule femme noire à posséder des dispensaires de cannabis dans cet État. Les ventes se multiplièrent, les employés furent recrutés par dizaines. À la tête d'une entreprise florissante, elle pouvait se flatter d'amitiés prestigieuses, dont celle du président Obama.

De l'autre côté de la frontière, où le cannabis était prohibé, des milliers de jeunes noirs étaient arrêtés pour la seule consommation de quelques grammes. Comme l'industrie de la marijuana, l'emprisonnement constituait un business florissant : des tonnes de produits étaient fabriquées gratuitement chaque année par des travailleurs incarcérés.

Ainsi, ce qui fit la perte de Rick devint la fortune de Wanda. Une simple frontière, ligne aussi cruelle qu'un procès intenté dès la naissance, s'élevait entre eux. Celui qui prédestinait Rick à devenir félon, parce que sa vulnérabilité en faisait un prisonnier idéal. Celle qui permit à Wanda de réussir, parce que entourée des classes qui avaient la loi de leur côté. Et cette frontière portait un nom : *race, race, race.*

Rick ne voulait pas parler. Il ne savait pas quoi dire : à quoi bon ? Il menait un semblant de vie. Il se raccrochait à sa sœur, dont la prospérité lui rappelait sa propre dérive. Il fallut traquer sa voix ; le pousser à décrire la prison, le coton, à dire sa peine, son dégoût, ses regrets.

Racontant cette vie qu'on lui demandait d'exposer, cette vie qui était *tout* ce qu'il avait, ce morceau de porcelaine fracassé, sali, dont il avait recollé les débris cent fois, les larmes ruisselèrent sur son visage. Et je vis mes collègues se rapprocher de lui, zoomer sur ses joues inondées de pleurs, les lèvres tremblantes de capturer ce qui constituerait le *climax* du film. Les sanglots, l'écho dans le hangar, la voix étranglée, le rire de Wanda s'entrechoquèrent. Je regardai le visage de Rick, son reflet dans ma caméra, la référence de mon optique tracée en petites lettres blanches sur le cercle noir : *Canon Lens EF 50 mm 1:1.4*, puis me tournai vers les deux autres, molosses énormes penchés sur les boîtiers qui entre leurs mains paraissaient minuscules, et scrutai encore l'homme brisé, dont l'émotion ne faiblissait pas... *Coupé.*

J'éteignis la caméra. Fini. Noir. Je sortis et fumai une cigarette. L'un des cameramen débarqua en trombe. Il ne comprenait pas. Pourquoi j'avais arrêté de filmer. Ce moment valait de l'or. J'étais idiote. Je ne saisissais rien de ce métier : il était important de *raconter cette histoire*, et *raconter cette histoire* passait par la représentation des larmes qu'elle suscitait.

Alors je retournai dans le hangar. Je filmai tout. Sans interruption. Tout. Je respirai à peine. Braquant ma caméra sur le visage éprouvé de Rick, je voyais le frère. Je voyais le privilège du frère. Je voyais ma race, et la sienne. Je voyais ma honte, et la sienne. Elles me faisaient horreur : mon empressement à me morfondre sur une déchéance confortable, son aptitude à se tenir debout malgré sa chute. Dans les yeux embués, les mains en prière, les paumes recroquevillées tandis qu'il se confiait. Dans son corps celui du frère, titubant. Dans les coups des employés abattant les plantes, ceux du père contre le frère. Violé, on lui intimait de violer à son tour : il fallait à tout prix montrer, sous prétexte que *garder le silence* revenait à taire. Comment dire ? Comment expliquer que ce n'était pas la même chose ? Que la pudeur n'était pas une dissimulation ? Que *ne pas montrer* n'était pas la même chose que *cacher* ? Ne sachant dire, je demeurai muette. J'appuyai sur le bouton de ma caméra, ajustai mon optique : il fallait capturer jusqu'à la tombée de la nuit. Jusqu'à ce qu'il ne reste plus de proies.

On passa des jours dans une transe étrange, à se ramollir dans les volutes de cannabis qui formaient une écume néfaste dans l'appartement de Wanda. Tandis que les motifs du papier peint dansaient autour de moi, je pensais au frère, à ses délires psychotropes, je me demandais où il était, si un jour je ferais son portrait comme je dressais celui de Rick. Si je mettrais un mot, un seul, sur lui, et si ce mot suffirait à l'engloutir : *drogué*.

*

Je voguais d'est en ouest, du nord au sud. Je voyageais avec une facilité d'amnésique. J'étais alors hors de moi-même, et il n'y avait rien de plus doux.

Là où nos rédacteurs en chef réclamaient du monstrueux, du spectacle, s'érigeait une barrière. C'était cela, le territoire de la *race*. L'espace entre ces frontières indicibles, où l'on ne vivait pas par la perpétuation d'un rêve mais jusqu'à l'interruption du cauchemar. La caméra délimitait nos privilèges et leur indigence : elle matérialisait notre puissance d'être du bon côté. Mais nous ne voulions pas voir. Du volcan, le sommeil ne nous intéressait pas : seules les éruptions valaient la peine d'être photographiées.

On s'enivrait de cette fuite en avant qui nous catapultait d'une extrémité à l'autre du pays. Nous allions plus vite, nous faisions moins attention ; cette sincérité de façade que nous maintenions dans les premiers tournages s'effritait. Il s'agissait de partir, loin, et de revenir avec des images dont la puissance supplanterait celle des précédentes.

★

Latitude : 36° 50′ 35.319″ N.
Longitude : 83° 19′ 18.652″ O.
Altitude : 362 mètres.

C'est un vieux *diner* abandonné sur le bord d'une route, dans le comté de Harlan, au pied des Appalaches. La ligne de béton, étroite, rail de coke esquissé sur une peau flétrie par les ans, était ponctuée de mines de charbon. Çà et là, des nuages de poussière. Des pyramides anthracite, gigantesques triangles noirs à l'horizon. Des machines triturant le sol.

Jeromy avançait sur la voie de chemin de fer désaffectée. À l'une des extrémités, la mine où il officiait chaque jour ; à l'autre, la maison de bois gris où il élevait ses quatre enfants. Il n'avait pas vingt-cinq ans mais il semblait fatigué. Il se levait avant le début du jour, se couchait avec l'arrivée de la nuit. Elle survenait tôt ; il suffisait au ciel de s'affaisser légèrement contre les monts vert opale que déjà, il faisait sombre.

La mine demeurait un mystère. Un immense trou noir mangeur d'hommes. Elle avait dévoré son frère. Pris au piège d'une machine, il fut happé par le sol ; lorsqu'on essaya de l'en sortir, il avait déjà succombé. Jeromy, les traits couverts de suie, racontait le corps écrasé sous le fer, les poumons emplis de minerai, l'expiration sous l'asphalte, que son frère avait regagné le cœur arrêté.

Il racontait aussi la maladie du poumon noir, qui consumait les hommes de l'intérieur. Contaminés par la poussière des mines, ils devenaient eux-mêmes la source de leur propre mal. Et il ne cessait de répéter, *it's all about*
[31] *the coal, it's all about getting the coal out, that's it…*

Tandis que le regard de Jeromy se perdait dans les sommets des Appalaches, je contemplais le paysage. Il n'y avait rien. Mines invisibles. Trous prolongés de galeries, comme des puits où les hommes, avides de trouver un peu d'eau, étaient prêts à se noyer. Une route, simplement, taillée dans cette roche dont elle épousait les circonvolutions ; quelques maisons regroupées en carcan, à l'ombre de la vallée ; des sources, des ponts, et le charbon. Les hommes récoltaient la mort là où ils pensaient cultiver la survie. Le travail se faisait rare ; il fallait se battre pour un emploi à la mine. Point de salut sans l'or noir.

De ces quelques heures à palper le vide, il faudrait susciter l'excitation de notre idole, le *viewer* ; mettre en scène les âmes tristes pour satisfaire ses désirs. Tandis que l'obscurité envahissait les Appalaches, l'ombre de ce censeur anonyme se dessinait sur le sol caillouteux. Les confessions de Jeromy achevées, un râle silencieux déchirait la nuit. Celui du *viewer* hurlant de plaisir. Le liquide blanc recouvrait tout : l'obscurité de la mine, la solitude de

Jeromy, la cime des conifères et les jouets d'enfants abandonnés.

Le foutre du *viewer*, c'est le mien, c'est le tien, lecteur ; c'est celui que j'imagine lorsque j'oriente ma caméra vers la misère de Jeromy, c'est celui qui inondera nos écrans, qui te fera dire, *tout de même, c'est terrible, cette histoire* ; c'est celui qui te rendra aveugle à tout le reste. C'est ce sourire sur tes lèvres tandis que tu t'abreuves des images. Ce rire intérieur qui te traverse en lisant mes mots.

Viewer : voyeur. Littéralement. Voyeur ou *voyant*. Ce mot anglais ne trouve pas, en français, de traduction satisfaisante : il ne désigne pas l'*audience*, ce public anonyme que l'on évoque de ce côté de l'Atlantique, ni le *spectateur* ; il ne s'agit que de l'*œil* ; cet œil qui attend et juge, cet œil qui ne regarde rien et voit tout. Cet œil qui veut tout voir. Tout découvrir. Cet œil qui se fout de la pudeur d'une caméra. Tandis que je cheminais entre les Appalaches, je distinguais au sommet des arbres, sur les fenêtres des maisons de bois et dans les allées tortueuses, des milliers de pupilles qui chuchotaient *encore, encore, encore*.

Je regagnai le motel, bâtisse de bois à flanc de récif. D'un côté le seul embranchement qui s'aventurait entre les montagnes, de l'autre le précipice. Sur la route, des camions traçaient vers le Tennessee ou l'Indiana ; ils nous dépassaient en de longues accélérations et inondaient l'habitacle de lueurs jaunes, fulgurantes. Bowie nous accompagnait.

I searched for form and land
For years and years I roamed.

Je songeais au tracé hasardeux qui avait présidé à notre asservissement au minerai, et au purgatoire de Jeromy.

Ces fatalités écrites au coin d'une table de négociations, ces conjonctures devenues destins par la force d'un intérêt économique ou d'un besoin stratégique. L'ensemble de ces broutilles qui, au fur et à mesure des siècles, avait dessiné des territoires où les hommes aimaient à se perdre. Cette frontière indépassable, qui avait fait de moi le souteneur et de Jeromy une putain.

Cette carte dans laquelle je m'enfonçais constituait le programme de mes pérégrinations : je ne rejoignais pas des villes mais des catins à exploiter. Le lendemain, je serais ailleurs, au sud. Alors, j'aurais tout oublié.

★

Latitude : 31° 49′ 30.00″ N.
Longitude : – 103° 54′ 32.00″ O.
Altitude : 872 mètres.

La plaine s'étirait, désertique, lac d'ocre que rien ne semblait troubler. Je scrutais le large. Le monde balbutiait, il avait le cœur jeune des planètes encore vierges. Entrait le bruit – clameur discrète et mélodique –, et avec lui les affres du silence. Des brasiers, à perte de vue. Le territoire enfantait de geysers rouges. On fumait une énième cigarette. Je jetai un œil aux publications délaissées dans un coin de la cabine auprès de laquelle nous attendions.

Les journaux titraient « *Orla, Texas : ville fantôme* ». On glosait sur l'exode dont la cité, fondée en 1890, fut victime à la fin des années 1960. De lopin prospère, outil industriel clé de l'essor du Texas, la ville se transforma en lambeaux. Les résidents s'enfuirent, rejoignant des ensembles urbains plus vastes. La ville devint malade, puis, tout simplement, vide. On lui attribuait désormais un habitant. Le seul rescapé de la chute d'Orla. Ses ruines s'échafaudaient le long de la route menant de l'Ouest texan au Nouveau-Mexique. Elle était à la fois une fracture et un trait d'union. Un songe engoncé entre les miles vingt et cinquante de la *road 285*. C'est là que nous nous tenions, les deux autres cameramen et moi, à fumer sans interruption, espérant peut-être que les cendres ranimeraient les déserteurs.

La ville habitait son dernier irréductible. Il nous raconta son histoire, la bouche mastiquant de grandes quantités de tabac. Là, il vécut tout, et il mourut cent fois. Il vit le déluge s'abattre sur Orla. Il la vit dépecée, dévastée. Le vieil homme pleurait la ville fantôme. Orla.

48.23

Le monde l'avait effacée. Tout juste se rappelait-on d'elle lorsque survenait une explosion sur l'un des sites pétroliers environnants. L'homme vivait au cœur de l'enfer, sous des airs de paradis. Le peuple d'Orla avait disparu. Ils avaient quitté la ville un à un, comme des mouches délaissent un cadavre pour fondre par milliers sur une chair plus fraîche. On devinait des ombres dans les maisons vides. Elles se dressaient, somptueuses dans le levant. La ville, déchue, brillait-elle plus fort ? Une clarté grandiose envahit l'horizon.

Le type voulait savoir. Pourquoi étions-nous là ? Que se passait-il au-dehors qui justifiait notre présence dans sa grotte ? Qu'est-ce qui nous amenait ? Une mise en faillite de l'État du Texas ? Une légende obscure dont il serait le héros ? L'attente d'un choc pétrolier ?

48.17

Il se mit à hurler. Les deux cameramen, d'abord goguenards, laissèrent les boîtiers tourner tout en fixant le sol. Notre ivresse tournait à la gueule de bois. Il tonitruait face à la route absolument vide.

Vous êtes venus chercher quoi ici ? Ça vous fait bander, de me voir comme ça ? Dis-le, dis-le, toi, tu mouilles rien que de voir ma cabine ! Tu veux passer la nuit avec moi, ici... ? Ça leur plaît, aux petits gars de New York, de nous mater depuis Manhattan... Vous ne connaissez pas ça, chez vous, le silence...

Il se tut. Le visage livide, éteint, il se remit à mâchonner son tabac avec lenteur, habitant la plaine d'un bruit nonchalant qui contrastait avec ses cris. Il sourit. On alluma de nouvelles cigarettes. On éteignit les caméras. Il regagna sa cabine. Il avait rejoint son monde, nous regagnerions le nôtre. Le tournage était terminé.

47.97

La minuscule station essence s'érigeait au milieu du néant absolu. Il n'y avait rien. Pas un arbre. Pas une brise. Ni un chien, ni un rapace. Rien que le murmure de l'air qui soufflait que la vie s'était éteinte avec Orla. Le soleil achevait de se lever sur la route 285. Un écriteau branlant indique *Mile 43*. À ses côtés, un panneau vert et blanc livrait la promesse d'un *Magnolia Gasoline*.

Le vieil homme prenait son service : il attendait combien, une, deux, trois voitures ? Des flâneurs étranges et des routiers rejoignant le Mexique depuis les États-Unis. Il se raclait la gorge bruyamment et s'administrait une nouvelle portion de tabac entre deux rasades de *Pacifico*. Le bandeau lumineux de la station essence affichait :

$ *47.77*

★

On quitta le Texas. La station rapetissait au milieu du désert de pétrole. Au retour, personne ne dit rien.

Cette route trépidante, cheminement insensé dans des histoires insensées ; cette route déroutante ; cette route folle, qui nous réservait des aventures désaxées ; cette route géniale, qui menait aux tréfonds de l'âme humaine ; cette route devenait lisse, insipide, elle n'était plus que la piste impeccable de nos propres désirs, elle se délitait à mesure que nous l'arpentions ; cette route devenait impasse. De bête sauvage elle s'était muée en gibier. Nous avions abattu la route. Elle avait péri dans le canon de nos appareils, empaillée comme un trophée, figée par la pellicule.

Sur ces vies consumées, nous avions posé des scellés. Ces êtres ne bougeraient plus. Ils ne résisteraient plus. Les quelques mots de leurs témoignages deviendraient leur seule parole. Assourdissante un temps, elle s'épuiserait jusqu'au silence.

Un point pour un enfant disparu, trois points pour la gangrène d'un alcoolique, quatre si l'on pouvait filmer la plaie, divers bonus pour les moments de colère, de désarroi, d'émotion, capturés face caméra.

À mesure que l'on avançait je voyais, à la place des arbres couchés, des corps. Ils se faisaient de plus en plus distincts, comme des stèles le long du chemin. Mais notre traversée de l'Amérique ne s'apparentait pas à une balade dans un cimetière. Elle ressemblait à une razzia dans un casino texan.

Épisode 1.

Un délinquant-alcoolique-drogué-vagabond
repenti et noir devient le Sauveur.

Potentiel dramatique : $$$.
Potentiel pathétique : $$$.
Potentiel comique : $$.

Nombre d'utilisateurs ayant eu une érection :
– au cours des dix premières secondes : 5 K ;
– au cours des vingt premières secondes : 10 K ;
– au cours des trente premières secondes : 15 K.

Nombre d'utilisateurs ayant éjaculé :
– au cours des dix premières secondes : 3 K ;
– au cours des vingt premières secondes : 8 K ;
– au cours des trente premières secondes : 15 K.

Grisés par cette avancée dans l'abjection humaine, nous en voulions toujours plus : des gosses sans futur, des mères au bord du suicide, des junkies, des ratés, des taulards, des condamnés, des en sursis, en phase terminale, des cancéreux multirécidivistes, des sidaïques, etc., etc., etc. Ils étaient nos jetons au grand jeu où nous tentions de décrocher le gros lot. Wall Street spéculait sur la Bourse ; nous faisions des paris sur la déchéance de l'Amérique.

⋆

Ashes to Ashes,
Funk to Funky.
Bowie by Warpaint.

Inexorablement, je regagnais New York. Sous l'*Oculus* du centre commercial de Wall Street, ailes immaculées, déployées au milieu du World Trade Center, j'oubliais Denver ; je clignais des yeux et les Appalaches sombraient sous les néons des enseignes ; le Texas s'évaporait dans l'odeur clinique du luxe, et, avec lui, le visage de l'irréductible d'Orla. La géographie devenait géométrie. Rues mathématiques. Loin des impasses aux noms de maréchaux et de poètes, des grandes artères, des numéros, des orientations : North, South, East, West.

7th Avenue, Canal Street, virage sur Bowery, puis Delancey… La ville défilait comme une longue plage. L'été, la course aux Fahrenheit poussait les corps à la désinvolture. Partout, des attroupements ivres, des étudiants grisés, la joie sourde des hordes de gosses… New York comme une poudrière : que naîtrait-il de notre ébullition ? Ludlow Street, dernières lueurs de Manhattan. Williamsburg Bridge. Il m'apparaissait comme l'entrejambe du Lower East Side : la lourde structure se dressait comme un pénis en érection pour pénétrer Brooklyn. Le *air train* et les bagnoles en perpétuel mouvement en constituaient les veines, les centaines de badauds le foutre prêt à jaillir. Il fallait le reconnaître : l'architecture des *boroughs* était aussi bien fichue que la géographie des organes génitaux. L'armature du pont apparaissait dans les rétroviseurs par secousses ; une ligne, un flash, un rectangle de buildings, un autre flash… La ville nous prenait par tous les orifices. South 5th Street, l'horizon dégagé du BQE, puis demi-tour sur Meeker et les trottoirs déserts de Monitor Street.

D'autres voyageurs s'étaient émus de la raideur de la ville ; *pas baisante du tout*, disaient-ils. Au contraire, elle m'apparaissait comme une vieille tapineuse, la toison fourbue des amants réguliers en croisade contre les occasionnels. Les signaux lumineux, les immenses panneaux publicitaires, les néons par milliers constituaient le *make up* clinquant de la pute qui ordonne, qui soumet les timides et oblige les puissants : elle nous baisait dans tous les sens et on raquait sans broncher. Il était magnifique de se faire prendre par New York.

Mes escales régulières étaient l'occasion de toujours revenir à l'origine : *Spain*, un bar, une autre galaxie, où, étudiante, je passai le plus clair de mon temps.

★

Le cynique descend
du chien.

On débarquait chez *Spain* vers six heures. Il n'y avait personne. L'antre rouge s'ouvrait à nos pas comme des lèvres affamées. On entrait avec bonheur, ravi de nous soustraire à leur vice. De jour comme de nuit la lumière y était lacunaire. Une auréole révélait le centre de l'espace ; le reste de l'endroit devait se contenter de rayons sporadiques. Le lieu était d'un chic désuet. Il était tenu par de vieux Espagnols sortis d'un tableau de Goya, tous célibataires, polis comme des amantes froissées. L'entrée se situait un peu en dessous du niveau de la rue. On s'y engouffrait par une toute petite porte. Le comptoir dessinait un arc sur le flanc gauche de la première pièce, toujours envahie de cadavres de bouteilles et de mets destinés aux futurs clients. Un couloir menait à une seconde salle, plus grande, circulaire, aux murs ornés de scènes bibliques. Si la première moitié du lieu était plongée dans le carmin, la seconde demeurait ivoire. La dépravation annonçait la pureté.

Le temps avait déserté l'espace : nous n'étions plus rien ; enfin, nous respirions. On s'installait au comptoir. Le patron se tenait là chaque soir, une main posée sur le rebord de bois, yeux rivés sur la porte, posture noble parée d'une veste rouge, col et boutons noirs sur chemise blanche. Sa cravate, noire elle aussi, achevait de le rendre irréel. Derrière lui, son portrait plusieurs décennies auparavant, dans le même habit impeccable. Rien n'avait changé, sinon l'éclat de sa peau et les rides sillonnant son front. Des tas de carafes trônaient là, certaines recouvertes d'une pellicule de poussière qu'il ne cherchait pas à cacher. Sur les tables des nappes rouges, sur les murs des portraits de notables madrilènes, des paysages andalous, des guirlandes luisantes…

Les serveurs étaient des bonshommes *absurdes*, dont la démarche et les gestes n'avaient de sens que dans ce huis clos. *Spain*, petite planète, possédait sa propre logique. Les vieux barmen présentaient cet agacement autoritaire des types que la lassitude a asséchés. Les jeunes, dont le sourire tentait d'excuser la bougonnerie de leurs maîtres, exécutaient les ordres d'une candeur malhabile. *Spain* ne fermait jamais. Du moins, personne n'était là pour témoigner de sa fermeture : l'établissement demeurait ouvert tant qu'il y avait du monde. Des jeunes filles fêtant une sortie d'examens ou un simple pilier de bar suicidaire, et les serveurs veillaient toute la nuit. *On ne ferme pas tant qu'on ne vous fout pas la paix*, répétait souvent le patron.

Le bar était une aubaine : on n'y payait que des sommes modiques, en cash, et les serveurs couvraient les tables d'amuse-gueules gratuits. Le patron râlait. Contre les clients, contre les serveurs, contre les chaises, les tables, et les vieux écrans de télévision qui diffusaient des nouvelles du monde entier. Souvent, je contemplais son visage tandis qu'il s'affairait derrière le comptoir. L'homme avait de très grandes oreilles et un œil mort. C'est drôle les oreilles ; comme le nez et le menton, elles sont de ces parties du corps qui continuent de grandir jusqu'au dépérissement. Mais les oreilles, à l'intérieur, sont comme les yeux : elles ne cicatrisent jamais de rien. Même dans un linceul, avec des oreilles jusqu'au plafond, un docteur sera toujours capable de détecter les traces d'une otite bénigne contractée vers l'âge de cinq ans. Du fond du bar s'élevait parfois une plainte. Celle de la *Llorona*, une vieille légende remarquablement chantée par Chavela Vargas.

Ay de mí, Llorona, Llorona,
Llorona de azul celeste,
Aunque la vida me cueste, Llorona,
[32] *no dejaré de quererte.*

Dans le folklore mexicain, elle était le spectre d'une femme qui hante les nuits de ses lamentations : la *llorona*, celle qui pleure en mémoire de ses enfants, assassinés de ses propres mains. La voix grave emplissait notre mutisme. Le timbre strié de la chanteuse laissait échapper les vers comme des sanglots.

Chacun d'entre nous avait sa place dans le groupe que nous composions : nous étions une poignée de jeunes diplômés, et nous finirions désillusionnés, embourgeoisés, inutiles, à attendre. On se distrayait, tentant de masquer le médiocre sous les bons mots. Pourtant nous savions qu'aucune position ne satisferait nos attentes. On finirait par réduire nos coucheries quotidiennes à une personne fixe, par manque de temps ou de motivation ; on formerait des couples, même si ce mot nous angoissait ; on tenterait d'abord de noyer la désillusion dans l'alcool, avant de comprendre que même l'ivresse plie sous le poids de l'amertume. Ainsi, *Spain* était le repaire des paumés. Littéralement : le bar prenait les âmes égarées au creux de sa main. Il les réchauffait. Il plaçait la perdition au centre. S'égarer au cœur de Greenwich Village vous préservait de la honte : on ressortait de là comme si on n'y était pas entré.

Un soir que je m'y perdais plus que de coutume, je me laissai hypnotiser par le vieil écran de télévision qui diffusait des nouvelles du Vieux Continent : attaques dans une capitale, découvertes macabres dans une autre. Les ondes jaillissaient depuis le recoin où se massaient des étudiants sans le sou. Personne d'autre ne faisait attention au carré lumineux. Mais il électrisait toute la pièce. Les mots surgissaient en cascade, happés par le vacarme du bar. Terrorisme. Armes. Bombes artisanales. Enrôlement. Radicalisation. Explosion.

⋆

Je songeais au mythe d'Europe. Dans l'*Iliade*, elle est une jeune princesse phénicienne, fille d'Agénor, roi de Tyr, dans l'actuel Liban. Zeus s'éprend de sa grâce et décide de la séduire. Un jour qu'elle cueille des fleurs au bord de la mer, le dieu prend l'apparence d'un magnifique taureau blanc. La jeune fille se laisse approcher. Elle caresse l'animal, et, lorsqu'il se penche à ses pieds, elle grimpe sur son dos. Il l'emmène vers l'île de Crète, où ils s'accouplent. De cette union naissent des fils, dont j'ai oublié les noms et dont, d'ailleurs, on se fout éperdument. Ce qui m'a toujours étonnée, dans cette histoire, ce n'est pas l'aptitude de Zeus à se transformer en taureau. Ce n'est pas non plus le fait qu'il puisse exister des dieux et des mortels, ni qu'ils traversent la Méditerranée en un coup de cornes. Non, ce qui me froisse, c'est qu'Europe se laisse attendrir par un taureau : il n'y a pas animal plus effrayant, plus repoussant que le taureau. Le taureau n'est pas la force, c'est la *brutalité*.

Dis-moi, toi, lecteur, comment Europe, qui cueille paisiblement des fleurs dans un champ, s'approche du taureau pour le caresser ? Pourquoi Zeus ne se change-t-il pas simplement en un jeune homme séduisant, ou en cheval ; pourquoi ne devient-il pas oiseau, puisqu'il veut l'emmener si loin ? Vois-tu, c'est la métamorphose de Zeus et non l'enlèvement d'Europe qui m'échappe. Or, le mythe se concentre tant sur la mortelle que l'on en oublie l'aberration du dieu. Devenir taureau. C'est parfaitement imbécile. Qui se laisse amadouer par un taureau ? Europe ; il n'y a qu'Europe pour faire une chose pareille.

Alors je me demande : est-ce la bêtise des hommes qui engendre celle de leurs divinités, ou l'inverse ? Bien sûr, je n'ignore pas que la présence du taureau signifie autre chose. *Aleph*, le taureau en hébreu, le premier phonème de l'alphabet, lui-même nommé après cette lettre : א. Aleph, l'origine. Le signe venu du phénicien, dérivé en grec, en latin, en cyrillique, en arabe…

C'est cela qui me fascine : nous composons nos mythes autour de nos correspondances. Si Zeus avait eu la coquetterie de préférer l'étalon au taureau, je ne me souviendrais pas d'Europe. Sans doute son nom aurait-il rejoint les registres sombres des petites légendes oubliées. Et, au lieu de m'entretenir avec toi de cette histoire, je te demanderais : dis-moi, n'y avait-il pas une gosse quelque part, violée par un dieu sous la forme d'un cheval ? Même si cela me chagrine, je suis obligée de le reconnaître : je suis contente que Zeus ait choisi le taureau. Et puis, le pas lourdingue du bovin, ses cornes, son poil crasseux et sa queue traînant dans la fange… Ça me ravit qu'Europe lui soit montée dessus.

Vois comme la mortelle se hâte de tomber sous le charme de l'animal ! Elle court à sa perte parce qu'elle se délecte du spectacle de sa chute. La tragédie d'Europe est un suicide : elle implore le crime. Elle aime à pleurer son soûl sur des chansons tristes ; comme chacun de nous, les soirs de mélancolie. Europe rêve que son corps soit outragé, parce que les cicatrices de cet outrage composeront son œuvre. C'est ainsi qu'elle est consacrée. Europe n'est belle, Europe n'existe que dans les larmes et le sang : c'est bien son drame, elle ne sait se sublimer autrement. Europe est idiote. Elle n'existe que *par* : par Zeus, qui l'enlève, par les enfants qu'elle lui donne, par l'épopée que son absence suscite. Car c'est là toute la grandeur d'Europe : lorsqu'elle disparaît, Agénor envoie ses fils à sa recherche. C'est leur périple, sans doute, qui dessine les limites du continent que l'on a baptisé de son nom. Aujourd'hui, Europe survit *par* la terre. Et nous, survivrons-nous *par* le souvenir ? Est-on libre, lorsqu'on vit précédé de ses tragédies ?

Europe ne veut que la grandeur. Le Titien, Rubens, Moreau, Boucher, Matisse… Ils ont effleuré ses courbes comme Zeus le taureau avait joui entre ses cuisses. Tous se sont ravis de sa grâce. Tous ont, comme toi et moi, enragé de la savoir éprise d'une bête. Ils ont rêvé sa peau, son voyage ; ils se sont demandé pourquoi, pourquoi elle, si l'origine reposait sous sa chair ou dans celle de l'animal. Ils sont devenus fous à la peindre. Ils y ont perdu des nuits, des jours, des amantes ; ils ont façonné Europe autant qu'elle les avait créés. À présent, elle est gravée sur les pièces grecques de deux euros. Ce mythe si étrange, aux ramifications tentaculaires ; cette légende parcourue de tant de détails troublants, de la racine des mots *taureau* et *Europe* à la définition d'un territoire, toute cette aventure se trouve happée par de minuscules pièces grises et dorées, parsemées d'étoiles. Vois-tu, lecteur, c'est cela qui me donne le vertige. Certainement pas la mythologie ; encore moins les découvertes. Non, c'est la capacité qu'a l'homme de se saisir de son histoire et de la réduire à un petit rond de métal.

★

Regarde mon poignet. Tu vois cette constellation ? Tu le sais, elle n'existe pas. Mais elle est une constellation malgré tout. Lorsque tu regardes ces petits points, tu traces mentalement des lignes entre eux, ainsi qu'on le fait en observant les étoiles. Pourtant, ces lignes ne sont nulle part. Tu ne les verras jamais dans le ciel. Cependant, dès que je retrousse mes manches, il y a toujours quelqu'un pour me demander de quelle pléiade il s'agit. Parfois j'explique la vérité, j'invente, je mens ou je donne un nom au hasard, qui ne correspond à rien ; d'autres fois je dis que c'est un groupement d'étoiles que nous allons bientôt découvrir. La vérité, c'est que la nuit où je me suis fait tatouer ce dessin j'ai hésité. Je voyais des astres, mais je ne savais pas lesquels. Plus exactement : je ne savais choisir. Oh, j'étais sous psychotropes, mais crois-moi, j'étais consciente ! On n'est jamais aussi grave que lorsqu'on se pique les veines avec de l'encre. Alors j'ai indiqué à la tatoueuse l'esquisse d'une constellation imaginaire et, de hasards en ratés, ce dessin est né. À l'époque, je n'avais aucune idée de ce dont il s'agissait. Lorsque je me suis éveillée, j'ai scruté mon bras et j'ai songé, *cela ne rime à rien*. Aujourd'hui, je sais exactement ce que l'encre signifie. Elle matérialise ma foi dans le néant.

★

Tu me trouves *cynique*. Du grec ancien *kunikos*, qui lui-même descend de *kuôn*, « le chien ». Ainsi donc, le cynique descend du chien, et j'en suis le parfait exemple. C'est que je partageais avec le genre canin cette fâcheuse tendance à toujours hocher la tête, toujours courber l'échine ; à courir au-devant de joujoux dont je percevais bien vite qu'ils ne me satisferaient que pour un temps très limité. Alors, je rabattais le front, encore, et je fonçais tête baissée vers l'objet de ma chute. Je n'en tirais ni plaisir ni fierté ; rien qu'une toute petite fatigue qui me permettait de dormir la nuit.

Je suis le chien qui roule des yeux sur la rue. Je n'aboie jamais. Je suis à l'affût. Je suis l'animal blessé. La vie m'a battue comme un enfant torture un chiot : elle a vengé sa médiocrité sur moi. Comme un toutou résilient, j'ai encaissé, encaissé ; j'ai accueilli les estocades comme des caresses, j'ai fermé les paupières et j'ai remué la queue, pour me donner l'illusion que tout allait bien. À tourner en rond dans une bannette, on s'assomme vite. Seulement le daltonisme m'a quittée. Fini le toutou, la boule de poils résignée ; je suis devenue molosse et, si j'ai cessé de japper pour de bon, je suis bien résolue à mordre.

Je suis le cerbère de *Spain* ; je suis un animal évadé, en cavale ; je me terre au moindre mot de ces hommes qui m'ont fait venir à eux pour que je souffre. J'arpente l'espace, de long en large, flanc pressé contre la clôture ; mon regard demeure droit, prudent, je me méfie de tout et ne connais aucun répit.

Pourtant, cher lecteur, j'ai toujours détesté le genre canin. Cette façon qu'ont les chiens de se frotter aux meubles, aux tissus, de se rouler dans le purin dès qu'ils sont dehors, de haleter bruyamment comme des sauvages en rut et d'attendre, malgré la puanteur, une caresse... Cette tendance à toujours rechercher l'approbation du maître... À se lamenter de ne pas le voir débarquer au logis, à la même heure que d'habitude, parce qu'il aura été retenu au travail... Cet empressement à se faire remarquer. Leurs plaintes insoutenables. Leurs grognements anxiogènes. Et cette manie d'aboyer quand ils devraient garder le silence... Les chiens m'inspirent la nausée parce qu'ils sont le miroir de moi-même.

Je me pris un jour d'amitié pour un garçon qui adorait les chiens. Il leur vouait un culte absolu. Il les aimait plus que les hommes. Il avait, sur sa table de chevet, la reproduction d'un tableau de Rufino Tamayo qui m'intriguait.

Elle figurait un coyote dressé sur ses quatre pattes, oreilles aux aguets, gueule ouverte de l'animal qui hurle aux pas entendus dans la nuit. *Perro de Luna*. Il guette. Sa langue sort tout entière et découvre des dents aiguisées. Chien noir, bouche carmin. Lune blanche sur bleu profond. Le dessin avait quelque chose d'antique qui me rappelait la louve de Rome. Les modèles de Tamayo sont des *tlalchichis*, des chiens issus de l'ère pré-hispanique, dont d'aucuns considèrent qu'on les substituait parfois aux êtres humains lors des sacrifices. Ironie pour ce peintre mexicain contemporain de Diego Rivera, dont il n'avait cessé de rejeter l'exotisme.

Dans la maison de Coyoacán, à Mexico, où mon ami résidait, il possédait deux bergers allemands : Goya et Vico. Ce dernier fut baptisé ainsi en référence à Giambattista Vico, en raison de son œuvre majeure, la *Scienza Nuova*, où il abordait l'Histoire, « le témoin du temps », sous l'angle de *cycles* qui font osciller les hommes entre civilisation et barbarie. Lourd tribut pour un berger allemand.

Vico mourut d'une simple attaque cardiaque. Ce fut la première fois que je vis mon ami pleurer. Il en tira une profonde mélancolie. Dès qu'une situation indésirable durait, ou qu'une décision douloureuse à prendre se faisait jour, il entrait dans de longues considérations philosophiques sur la mort des chiens. Sa théorie tenait en une formule. *Quand quelque chose doit advenir, mieux vaut ne pas attendre* ; à l'instar des chiens lorsqu'ils agonisent, il ne faut pas laisser traîner les choses. De temps à autre, il s'exclamait : *c'est comme avec les chiens lorsqu'ils meurent, ça ne rime à rien de leur imposer de vivre ! Quand il faut les tuer, il faut les tuer.*

Comme le fatalisme le gagnait, je baissais la tête et répétais, *c'est comme ça, il ne saurait en être autrement.* N'était-ce que moi qui sombrais, ou tout un pan de mon époque à mes côtés ? Je croyais qu'il était difficile, avant, de se dissocier de son temps ; eh bien, c'est de plus en plus dur au fur et à mesure que l'on avance… Parfois, je me réveille et je me dis que toute la vie n'a été qu'un mensonge. Je me dis que rien de tout ce que j'ai vécu n'a de sens. Que l'édifice entier de ma vie est risible. Puis je change d'avis. Je décide que les choses sont parfaitement comme elles doivent être. Puis je ne sais plus, alors je continue à avancer, sans trop me poser de questions.

★

Depuis *Spain*, je *voyais* l'Europe. À travers le prisme de fantasmes historiques, culturels, dont usaient mes amis américains pour la dépeindre, je me la figurais comme une furie. Une sauvage. Un grand lopin de terre reculé ; ce Vieux Continent où les peuples, frères, engendrés les uns par les autres, se mangent entre eux. Une terre anthropophage. La rumeur disait que le patron aux longues oreilles était, en son temps, un franquiste convaincu. Moi, je crois que les horreurs restent là où elles ont frappé. Je ne m'en réjouis pas, je trouve cela terrible : c'est bien là qu'est la tragédie. Les salauds les plus virtuoses parviennent à s'affranchir de leurs crimes comme on quitte un vêtement mal repassé. À l'échelle d'une vie individuelle, les combats, les martyres et les trahisons se perdent en un faisceau de circonstances qui rendent tout procès impossible.

Certes, il se dessine toujours une trajectoire, mais la violence comme acte, l'agression, l'attentat, le viol, l'assassinat, le massacre ne sont que des éléments bruts qui échappent, lorsqu'ils surviennent, au temps et à l'espace. Ils isolent les bourreaux et leurs victimes de l'immanence dans laquelle ils se trouvent. Ces derniers n'appartiennent plus à aucune époque, à aucun pays, à aucune langue ni aucune religion.

Aussi dit-on que l'on *bascule* dans la violence. Elle coupe l'individu de ce qui a précédé le crime. Il n'est plus l'enfant meurtri, ni le taulard enragé ; il n'est ni embrigadé, ni revanchard, il n'est plus rien. Il est le *criminel.* Tout ce qui a préludé à son basculement s'efface. Il se trouve placé dans un présent si absolu qu'il se soustrait au temps : le criminel est hors du temps. Il n'y a plus de liant entre son passé et son futur. Il n'y a plus qu'une case vide.

Eh bien, tu vois, lecteur, l'Europe, je la vois comme je me vois : parfois, elle m'apparaît sous l'angle de tous ces destins personnels auxquels je ne trouve aucune ligne directrice et, d'autres fois, elle me semble traversée de menaces évidentes. Ces matins-là, je suis prise d'une angoisse effroyable. J'ai le sentiment idiot que l'Histoire se répète. Je hais ce lieu commun que l'on se plaît à brandir.

Pourtant, à toi je peux le dire, je crois que l'Histoire tourne en rond. Ce n'est pas que les schémas recommencent. Non, c'est que la trace de l'Histoire est *en nous*. Nous ne pouvons continuer à vivre sans nous sentir ses héritiers ou ses détracteurs. L'Histoire nous oblige, et cela m'est insupportable. Comment peut-elle exercer plus de pouvoir que nos contemporains n'y parviendront jamais ?

★

Scrutant le vieux barman, je visualisais inévitablement mon grand-père. Lui aussi avait des lobes longs et pendants, comme deux petites couilles flasques sur les flancs de son visage. Quand il commença à décliner, ma grand-mère se mit à l'appeler *Buchenwald*. Il devint extrêmement maigre en quelques mois. Il se chiait dessus toutes les nuits. Il vidait ses entrailles en un liquide immonde, dont elle aimait à se plaindre à chaque repas de famille. *C'est jaune, ça colle et faut voir l'odeur*, elle disait. Il n'avait que la peau sur les os. Visage émacié. Corps décharné. Ses vêtements ne tenaient plus sur son squelette. On lui en acheta de nouveaux, taille adolescente ; son visage paraissait minuscule.

Buchenwald. Littéralement, « la forêt de hêtres ». Jeu de mots ironique en français. Les rescapés évoquent invariablement la puanteur des latrines. Cette merde qui recouvrait toute la surface dévolue aux coliques des détenus, et que même les SS fuyaient. Le seul lieu où pouvait s'organiser une résistance ; la pestilence était garante d'un peu de liberté. Le camp avait été construit sur la colline d'Ettersberg, où Gœthe aimait à se recueillir. Désormais, le mot d'Ettersberg n'évoque plus la prose du grand auteur allemand, mais les charniers de Buchenwald. L'horreur a recouvert le génie. La grandeur des œuvres n'égale jamais celle des infamies.

Ainsi, grand-père prit le nom d'un camp de concentration et cessa d'être un homme. Je ne sais si les choses se produisirent selon cet ordre ; sans doute grand-mère l'affubla-t-elle de ce mot sordide parce qu'il synthétisait l'abomination dans laquelle il avait plongé. Il n'était plus que déjections et folie. Il délirait. Il appelait sa mère. Il lui donnait des indications sur la ferme. *Les chevaux doivent changer de champ. Le maréchal viendra la semaine prochaine.* Il haletait de son souffle de survivant qui s'accroche, qui sait qu'il va crever. Le son était celui de tout petits poumons. On aurait dit un nourrisson ; seulement le corps était celui d'un vieillard éprouvé, vieille carcasse trop vide pour être dépecée. Sur le lit d'hôpital il riait.

L'effroi avait changé de côté. Il ne se logeait plus dans ses yeux mais dans les nôtres. La vie l'abandonnait. Il n'y avait rien à faire sinon contempler le désastre. Je l'ai regardé mourir sans broncher.

★

La violence est l'origine
de toute civilisation.
René Girard.

J'avais beau me noyer dans la ville, traîner mon soûl dans les bouges de Bushwick, m'appesantir dans les corps qui m'accueillaient, j'en revenais toujours à la guerre. La guerre comme une image. La guerre comme un parfum.

Un métronome qui rythme chacun de nos pas, de nos mots, de nos souffles ; le balancier d'un opéra fantôme dont le chœur serait une assemblée d'anonymes. Lecteur, je te pose à nouveau cette question : la guerre commence-t-elle dans le réel ou la fiction ? Oh, tu t'offusqueras, tu me diras que la guerre est ancrée dans les choses, non dans le fantasme. Eh bien, moi je crois le contraire. Elle germe dans l'imaginaire. Les racines du conflit sont fictionnelles. Elles émanent de la main de l'homme. C'est l'homme qui pétrit de ses doigts le réel, pour s'y sculpter des ennemis, des raisons de haïr, de combattre, des sources de vengeances ou d'injustice… La guerre est le lieu où la fiction engendre le réel. Alors, si nous voulons comprendre la guerre, c'est dans cet interstice que nous devons nous glisser.

Car la violence s'éteint, juste après son éruption. Elle est un volcan dont l'activité se chiffre en quelques minutes à peine ; la lave, en une fraction de seconde, bouillonne et durcit, et, lorsqu'il ne reste plus d'elle qu'une grande pierre froide, alvéolée, on se demande : était-ce bien cela, était-ce cette chaux qui a englouti le village ? Y avait-il une maison, ici ? Des habitants ? En est-on sûr ? Il semble fou que cette roche superbe, que cet amas immobile, ait pu assassiner tant de gens. La violence, ce sont les yeux de Saturne une fois le repas terminé : ils redeviennent doux, limpides, et personne ne devine qu'il y a dans la panse du dieu un cœur d'enfant.

Je contemplais le Vieux Continent. Notre guerre serait celle de la jeunesse et de la culture : la première y était à la fois victime et bourreau, la seconde l'arme de destruction massive.

Je songeais à cette façon qu'ont les époques d'assassiner leurs jeunesses. En France, l'ancienne génération regardait la nouvelle et commentait sa cruauté, comme si elle était inédite, comme si de pâles inventions de notre siècle l'avaient encore exacerbée lorsque cette cruauté, ils l'avaient nichée en nous avant la naissance, avant le premier cri, avant la conception. Cette cruauté, ils nous l'avaient léguée.

On nous abreuvait d'un mot, le *désenchantement*, comme si le monde avait un jour été *enchanté*. Comme si les gueux, les bâtards, les bouffons, les bagnards, les esclaves, les fantassins et leurs prisonniers avaient connu cet âge d'or de la spiritualité et du *tout fait sens* que la mondialisation et internet nous empêchaient de connaître. On se cachait derrière des accessoires pour nous faire croire que nous, pauvres êtres futiles et écervelés, appartenions à un monde perdu... C'est bien ce discours qui nous donnait l'envie de nous frapper la tête contre les murs, de nous faire exploser les viscères, de nous entre-tuer pour voir si, un jour, quand nous ne serions plus là, ce fameux monde enchanterait les survivants.

Je te le demande, lecteur, *qui*, des générations antérieures, connut l'enchantement ? Mon aïeul, dernier-né d'une fratrie de vingt-deux enfants, que l'on ne prit la peine ni de bercer ni d'envoyer à l'école ? Mon grand-père né colon en Algérie, condamné à partager une haine héréditaire avec les gosses dont il avait contribué à piller le sol ? Ma grand-mère aux cernes en paumes d'ivrogne ? Tu vois, lecteur, je ne crois pas un mot de ces époques bénies, enfouies, que l'on érige aujourd'hui en âges d'or.

Les générations précédentes s'étaient échinées à tuer le souvenir de leurs aïeux. Devenues elles-mêmes anciennes, il leur incombait désormais de tuer la jeunesse qui leur succédait. Celle-ci, en quête de proie, n'avait plus qu'à s'autodétruire. On nous poussait au suicide comme d'autres temps, avant les nôtres, avaient précipité leurs jeunesses au front.

Sans doute fallait-il, pour que l'on s'assassine en règle, que l'on nous retire notre aspiration au langage, à la révolte, à la connaissance. Que nos aînés s'approprient le monopole d'un discours sur notre âge : qu'ils nous disent comment être jeune, comment parler jeune, quelle musique écouter, à quelle littérature rêver… Qu'y a-t-il de plus cruel que de mettre l'homme en cage pour lui narrer les contes d'une liberté oubliée ?

Je fus frappée, écoutant la France de l'autre côté de la rive au cours de mes années new-yorkaises, par cet empressement à voir dans le nihilisme une absence d'enchantement. Je crois que le nihilisme effraie parce qu'il est traité en spectre, lorsqu'il pourrait être vécu comme une plénitude.

★

« I just came back from Paris. It is the most depressive
vision I've had in a long time. This city is stuck ! » Joe Fle- [33]
cher était fringant, ce matin-là. Rasé de près, costume ajusté, le teint ravivé par le footing qu'il venait d'effectuer sur les bords de l'Hudson, il débarquait d'un voyage en Europe et tenait à ce que tout le monde le sache. Il était tôt. Sept ou huit heures. J'étais arrivée en avance pour préparer un énième départ. Nous partageâmes le même ascenseur jusqu'au quatre-vingt-quatrième étage.

Il s'épancha sur la muséification de la ville, et sur l'immobilisme du pays dont elle était la capitale. Ces bâtiments qui n'avaient pas bougé depuis des siècles. Le pas lent de sa population. La sclérose de ses institutions. Le passéisme de ses entreprises. Et ces Français, incapables de prendre des risques ! Incapables de travailler aussi dur que les Allemands, les Anglais, les Américains ! Cette Europe tout entière qui s'apprêtait à sombrer sous la concurrence asiatique ! Ces Français paresseux, endormis sur des lauriers depuis longtemps gâtés : vins vinaigrés, fromages asséchés, mets tournés… Son discours s'interrompit avec la sonnerie qui indiquait la fin de mon calvaire. Il n'avait pas eu le temps de s'enquérir de mon avis que, déjà, nous étions parvenus à destination – ces ascenseurs étaient parmi les plus rapides au monde. Étrangement, je me sentis visée par cette diatribe sur l'inanité de Paris. Ma propre lenteur à formuler une réponse dans le temps imparti par la machine sembla lui donner raison.

Et moi, que me restait-il de Paris ? Je n'avais revu ni amis, ni camarades de classe ; je prenais des nouvelles très rarement ; mes quelques correspondances demeuraient lapidaires… Il ne me parvenait plus de la ville que des sons. Des discours. Des interviews. Des questions. Des réponses. Des déclarations. Des ripostes. Des polémiques. Chaque matin, j'écoutais la radio ; les émissions diffusées six heures plus tôt, décalage horaire oblige. La France devenait un *bruit*. Un larsen au fond de mes tympans. Gagnée par cet écho lancinant, je me persuadais que le désastre était sur le point d'advenir. Je voyais dans les guerres passées un horizon inéluctable. Tentant de lutter contre les maux américains que l'on m'enjoignait de représenter, je me repaissais de ceux de l'Europe, que j'observais, de loin, comme un affamé contemple des plats somptueux dans la vitrine d'un grand restaurant.

★

On croit difficilement aux fléaux
lorsqu'ils vous tombent sur la tête.
Albert Camus.

La guerre est l'extension de la paix comme les cheveux sont la part morte du vivant. En temps de paix, la guerre est là, toujours, terrée sous les apparences d'entente sociale et de justice ; elle sourd dans la réussite des uns et la mise à l'écart des autres, dans l'incrédulité et le mépris, dans l'indifférence. La guerre ne finit jamais. Elle s'endort comme le font les volcans, pour gronder plus fort après le sommeil.

Et tandis que je songe à tout cela, je vois une roche.

Je vois des pierres qui se détachent
des précipices qui s'élargissent pour échapper à leur chute
des débris
des ruines
des villes renversées
des buildings retournés
des objets chutant des fenêtres
des corps chutant des fenêtres…
Le sang leur est monté à la tête.

*

Je songeais à la Syrie. Nous avions laissé l'horreur se dérouler comme pour s'assurer que l'on connaissait encore l'horreur sur Terre. Comme l'enfant cruel offre la souris au serpent et, chaque jour, contemple l'exécution qui se répète, pour être sûr de ne pas oublier la façon dont la gueule s'abat sur le petit corps gris. Dans leur chaos, nous voulions refléter notre ordre, et ne comprenions pas que la barbarie ne connaît aucune frontière : elle s'abat sur les témoins comme sur ses victimes, et trouve dans ceux qui la contemplent de précieux complices.

En France, les droits dont nous jouissions devinrent le mot d'ordre des fossoyeurs de la liberté. Ceux-là mêmes qui rêvaient de nous brider se mirent à opposer nos désirs à la colère des laissés-pour-compte. Alors, nous devinrent les privilégiés, eux les « terroristes ». Nous n'avions pas soupçonné l'avènement des frontières. Depuis le calme absolu de Brooklyn, j'autopsiais Paris comme un archéologue s'enquiert de l'effondrement d'une civilisation.

On dressait contre les indésirables des intouchables cooptés. Nous ne savions pas que, peu à peu, nous deviendrions tous indésirables. On créa une société de bourreaux : les boucs émissaires, tour à tour migrants, étrangers, sans emploi, gauchistes, croyants, impies, furent livrés en pâture à la population pour que celle-ci, pourtant victime elle aussi, se taise à jamais. Ériger des faibles en complices pour que la culpabilité leur voile la face. Le peuple face au peuple, sans langage.

La paix, comme le sperme délaissé sur la peau après que le pénis s'est retiré, n'est qu'une guerre qui n'a pas pris. Elle germera plus tard. Il y aura toujours une secousse pour féconder la rage. Et l'on se retrouve là, encore bandant, la verge dans le vide, à ne plus savoir où aller, et alors on éjecte sans plaisir, et la vie continue. Et la paix n'est plus la paix. La paix est un répit.

Le soir, déambulant dans Greenwich Village, j'entendais la voix de Joe : *this city is stuck*. J'allai au Whitney Museum pour me distraire. Je ne voulais pas rentrer. Me laisser happer par ce vacarme venu de France. Les allées du Whitney étaient vides. Dos à la ville, une immense statue de cire se consumait. Un homme de huit mètres, la posture engagée comme s'il allait se mettre à marcher, brûlait par le haut : des bougies hissées sur son crâne le condamnaient à fondre. Je le contemplais qui s'amenuisait. Des gouttes perlaient à son front, s'échouaient au sol. L'homme mourait. Je trouvai, dans la fin programmée de cette œuvre éphémère, une drôle de conclusion à ma journée.

★

Agnus Dei, qui tollis peccáta mundi,
miserere nobis

Les citoyens de la Grèce antique s'adonnaient à une forme particulière de sacrifice. Afin de réguler ses violences intestines, la communauté produisait elle-même un coupable : un individu était accablé de tous les maux. Il devenait le *pharmakos,* soit, littéralement, « celui que l'on immole en raison des fautes qu'un autre a commises ». Accusé d'être la source de toutes les dissensions, ce bouc émissaire était tué au nom de l'harmonie entre ses bourreaux. On substituait à ceux faisant l'objet d'un courroux quelconque une victime idéale : une personne liée aux autres membres de la société moins fortement qu'ils ne l'étaient entre eux. Le plus souvent, un étranger, un ennemi, un esclave. Il semblait assez proche pour refléter les méfaits des autres, mais trop marginalisé pour que des représailles ne s'organisent en son honneur. Une offrande qui cristallisait toutes les haines et dont la suppression permettait d'enrayer le cercle vicieux de la vengeance.

Cette violence était transcendantale, dictée par un impératif absolu. Les Grecs avaient compris l'enchaînement interminable de violences qu'induit la logique de la culpabilité et du châtiment. Le *pharmakos* était leur façon de rompre le cercle. Nous, qui vivons loin de la Grèce antique, avons remplacé ce recours au sacrifice par l'invention d'une justice. C'est elle qui doit rompre le fil des représailles, cette fois en punissant les coupables réels pour leurs crimes. Mais lorsqu'elle dysfonctionne, l'édifice s'effondre : la société définit de nouveaux *pharmakos.* On passe du tous contre tous au tous contre un. Une fois la victime éliminée, on en produit une autre, et ainsi de suite.

À mesure qu'elle condamne et sacrifie, le cercle des boucs émissaires se resserre. L'entrée dans les représailles est inévitable. Alors, l'inexpiable violence des hommes se déchaîne. Rien ne peut l'arrêter. Ceux qui prétendent l'apaiser par la promesse d'une entente se trompent. L'absolution est impossible. La justice est perdue. Les sacrifices d'hier se muent en un charnier qui n'en finit plus de grossir.

J'avais le sentiment de devenir complice parmi les complices. Dans ma chambre de Brooklyn, j'avais accroché une reproduction de l'*Agnus Dei* de Zurbáran. Il figure un agneau enchaîné, la tête légèrement inclinée, comme s'il murmurait *ce n'est pas grave, c'est presque fini.* Je passai des nuits entières à scruter son regard. Mes insomnies étaient dévolues à la contemplation de la masse cotonneuse. Bête innocente aux yeux songeurs, résignés, aux pattes liées et au cou tendu vers la lame qui lui trancherait la nuque. Cette toile sublime du Siècle d'or espagnol était la projection mentale de mon reflet.

Je me heurtais aux flancs du territoire comme aux parois d'un bocal. L'Amérique se repliait sur nous. Ses suicidés réapparaissaient par centaines, par milliers. Ils se hissaient des tréfonds. Leurs mains tâtonnaient à la surface, cherchant le plus petit végétal sorti d'une oasis minuscule, auquel ils pouvaient s'agripper. Ils trouvèrent dans un magnat de l'immobilier cette souche malingre qu'ils espéraient. Ils puisèrent la vérité dans ses aigreurs crachées à hauteur de cet asphalte qui les avait recouverts. Une hideur à la mesure de la haine qu'ils se vouaient à eux-mêmes. Une hideur à la mesure de leur destruction programmée. Ils étaient le territoire ; ses monts, ses canyons, sa boue, ses déserts, ses marais, ses bayous, ses villes décrépies de béton et d'ennui, ses carrières, ses puits de pétrole, ses forêts, ses glaciers…

Ils se tenaient debout, tout autour de nous, ils nous plantaient dans les yeux ce que nous avions voulu oublier : les sécheresses, les froids paralysants, les nuits d'incandescence arrosées de kérosène, les soirs d'oubli dans des villes mortes, les caches improvisées dans des arrières de train, des caves, des cages d'escalier, les jeux de bordure de route et de parking, les matins d'alcool dans des pubs tout juste ouverts, au fin fond d'un pays qui n'en était pas vraiment un, au creux de ce peuple qui ne se connaissait pas.

Je fus envoyée aux confins de l'Amérique. L'étau se resserrait. Je n'en pouvais plus de devoir labourer encore cette violence, de l'exhiber comme un étendard, de prendre un air grave chaque fois que je racontais mes escapades. Je feignais d'avoir de la considération pour tous ces gens que je croisais, lorsqu'ils me servaient de piédestal. Ce voyage serait le dernier : ma fuite touchait à sa fin.

*

Latitude : 53° 52′ 24″ N.
Longitude : 166° 32′ 12″ O.
Altitude : 6 mètres.

Là, les hommes étaient rares. Le temps s'était arrêté. L'avion minuscule se posa sur une piste déserte, à l'extrémité de la baie qui s'étendait sur la mer de Béring. De temps à autre, un camion s'élançait sur la route unique qui longeait l'aéroport vers l'intérieur des terres. Des aigles immenses, terrifiants, allaient de la côte au sommet des volcans. Ils balayaient l'ensemble des terres et du rivage, sans interruption. Au milieu du mois de juillet, le soleil ne se couchait pas. Le jour voguait d'un bout à l'autre du cadran. Lueurs rasantes. Monts émeraude sur mer anthracite.

Unalaska. Point mythique des îles Aléoutiennes. L'archipel formait une constellation de terres essaimées au large du Pacifique nord, à équidistance avec le Japon et la Russie. Six mètres ! Six mètres au-dessus de la mer. Légèreté étrange. Désert absolu sur l'océan.

Le Grand Aleutian Hotel se dressait face à Béring, géant affrontant le reste du globe. Dans ses couloirs se pressaient des hommes d'affaires encanaillés, des commandants de navires américains ou canadiens, des sbires de Washington, des espions japonais ou russes. De l'autre côté de la route trônait le *Norwegian Rat*, sorte de *dive bar* aux fenêtres grandes ouvertes sur la mer. Les oiseaux se massaient autour du rade et envahissaient les tables ; le soir, on les chassait pour incendier les chutes de bois disposées au milieu du petit terrain vague, plage de fortune où des amas de pneus délimitaient les feux de joie. C'est là que les marins ruminaient leur soûl, fêtaient leur retour à la terre, se grisaient avec d'autres matelots en escale, dansaient et fumaient jusqu'à la fin des nuits jamais tombées. On quittait le bouge et l'on rejoignait l'hôtel. Il fallait tenter de fermer l'œil malgré ce ciel qui ne cédait pas à la tentation du crépuscule.

La mer somnolait. Entre les murs blancs, la vue olympienne. Des monts aux flancs de cobalt contre Béring, silencieuse, que le matin ne troublait pas plus que la nuit. Le panorama était entre la vie et la mort. Un purgatoire paisible, où chaque ligne s'unissait à une autre dans le gris, le bleu, le vert. On se dirigea vers la UniSea Incorporation à quatre heures trente. L'usine régnait en maître sur l'île. Elle y avait tout construit. Elle était la source.

Les baraquements de la UniSea s'éveillaient sans bruit. Les cubes ivoire jalonnaient le bord de l'eau. Ils semblaient taillés dans la roche de l'île. La tôle, les machineries, les écriteaux aux langues de colons et les empreintes de pneus ôtaient au divin de la mer. L'homme avait fantasmé son œuvre, en Béring. Il traitait le monde comme un enfant né de sa main.

Nous avions été envoyés là pour réaliser un petit film sponsorisé par une grande chaîne de *fast-foods*. L'ironie n'aurait pu être poussée plus loin : la multinationale s'offrait une caution morale sur notre dos. Nous montrerions comment elle soutenait la pêche éco-responsable afin d'assurer le financement de nos prochains documentaires. J'avais failli, à feindre une quelconque adhésion aux choix de la rédaction ; je m'irritais de nos moindres prises de position, frôlais l'infarctus dès qu'une consigne de réalisation m'était donnée. M'assigner à cette tâche relevait de la punition. Comme les États envoyaient leurs indésirables dans les colonies ; comme le pape, lui-même, destinait les cardinaux ingérables aux terres de l'Alaska, on m'envoyait réaliser le travail qui était le plus en contradiction avec ce qu'il me restait de *principes*.

Joe et Nate s'étaient félicités de ce rapprochement, dans lequel ils voyaient un accomplissement de leur mission civilisatrice : amener de grands acteurs économiques à soutenir les causes dont ils se prévalaient. Je n'y voyais qu'un amas de mots en état de putréfaction avancée. Tout cela me donnait la nausée. Je tentais de faire bonne figure, mais n'y parvenais pas : chaque plan m'agaçait, chaque minute passée à concevoir des images pour cette grande mascarade m'exaspérait. Seul le néant de l'île m'apaisait.

Une jeune femme pénétra dans le hangar. Elle se délesta de ses effets personnels, les plaça dans son casier de ferraille et se saisit de son uniforme : une combinaison blanche, une protection en plastique pour les cheveux, des gants et des bottes. Elle lava efficacement cette seconde peau de bakélite, puis alla rejoindre son poste. Tout le jour, elle dépeçait les poissons, vérifiait que les machines les libéraient de leurs écailles, passait ses doigts juvéniles sur la chair tendre des lieus qui gagneraient le continent. Peut-être rêvait-elle de Russie, de Japon, de France ; de tous les royaumes qui avaient marqué Unalaska d'une seule trace, d'un rêve oublié. Les lumières roses, mauves, bleutées, glissaient contre les flancs translucides des alevins.

Les employés effectuaient différentes tâches : la pesée et l'écaillage et, chaque soir, la veille à côté du déversoir. Vaste bouche avide de sang, qui happait et dégueulait les poissons. Cercle de mort qui singeait la vie par son mouvement continu de va-et-vient. Ma caméra s'attardait sur l'un des rouages de la chaîne.

L'œil, grand ouvert, halluciné, se balançait doucement du fond vers la surface. Il glissait de l'abîme aux néons blancs. Vitreux, éclairé d'impacts carmin, il se rétractait, se dilatait, tout petit point de vie dans l'acier immense, puis il s'épaississait, enflait, se tordait jusqu'à occulter le gouffre. Mon horizon gisait dans cet œil, tantôt minuscule, rond noir sur rond blanc, tantôt colossal, monstrueux ovocyte grainé de rouge. Ma vision augmentait et diminuait avec l'œil. Mon cœur battait et s'interrompait à son rythme. Tour à tour au-dessous et à côté de lui, un autre iris, puis un troisième. C'étaient des centaines d'yeux identiques. Ils roulaient sur les cadavres de leurs semblables. Figés. Doués d'un mouvement qui ne leur appartenait pas, ils avançaient comme par reddition. Un ballet magistral. Des faces interrompues. Figées. L'effroi à la commissure des lèvres, elles se hissaient et retombaient, chœur uniforme dans la danse macabre. La gueule crachait la poiscaille. Elle l'expulsait, la ravalait ; elle donnait, reprenait, vomissait, dévorait.

La jeune fille s'adonnait à sa tâche avec dévotion. Où vivait-elle ? Où passait-elle ses soirées ? Comment affrontait-elle les heures affranchies de la dictature du poisson ? Le vacarme de l'usine constituait son silence : elle ne dirait pas un mot. On ne me laissa pas lui parler. Le contremaître de l'usine nia la présence d'Aléoutes dans ses rangs. La question le dérangeait. Je ne saurais rien de l'existence de cette employée anonyme.

Sur le chemin qui nous ramenait au Grand Aleutian s'élevait l'église orthodoxe de la Sainte-Ascension, construite en 1894. Elle était l'œuvre de missionnaires russes venus évangéliser le peuple indigène, les Aléoutes. À l'époque, l'île était encore dévolue au commerce de la fourrure de loutres de mer impulsé par le pouvoir russe régissant le port. En 1867, les États-Unis achetèrent l'Alaska et, avec le territoire, les populations qui y vivaient. Les Aléoutes, qui avaient tenté de repousser les Russes, souffrirent des massacres qui furent commandités contre eux en représailles ; moins d'un siècle plus tard, suite à la bataille de Dutch Harbor et la prise d'Attu par les Japonais, ils furent massivement arrêtés et déplacés vers des camps aux conditions de vie infâmes. Désormais, seule une minorité de *natifs* vivotait sur l'île, grevée par l'alcoolisme et les tentations suicidaires de ses habitants. Le cimetière orthodoxe contemplait l'étendue d'eau. Si ce n'était ce lac cendré et ces monts d'un vert insondable, on aurait cru à un monastère de l'arrière-pays grec.

Pour une fois, il fallait faire semblant de ne pas voir cette misère dissimulée sous les poissons et les croix. Satisfaire le client qui voulait orchestrer le chœur de ses propres louanges. Dire *s'il vous plaît, merci*, et avec le sourire. Des responsables de la corporation alimentaire nous invitèrent à un dîner fastueux au buffet du Grand Aleutian. Ils attendaient cette soirée depuis des siècles : ils commandèrent des bouteilles de vin, diverses liqueurs, du homard, des hors-d'œuvre… Il s'agissait d'être charmante. De plaisanter avec nos hôtes pour décrocher de nouveaux contrats. Les convaincre de notre admiration. Ils se targuaient d'avoir signé un *deal* juteux, d'avoir acquis une villa en Californie ; ils narraient avec brio le récit de voyages familiaux en Asie ou en Afrique ; ils parlaient avec émotion du travail *important* qu'ils menaient en Alaska, pour la perpétuation de cette planète qu'ils adulaient. Je n'y parvins pas. Je ne décrochai pas un mot. J'affichai une moue endeuillée. Je déplorai la perte de mes ambitions, de mes rêves, de ma révolte, de la conscience même de leur disparition. Cette condescendance, ce dégoût que j'avais nourri à l'égard de ma famille, de mes camarades de classe, de mes collègues du *call center* et de l'ambassade ; ce silence dans lequel je me murais alors revenait comme un fantôme.

J'avais refusé de changer, et le désordre du monde se félicitait de mon inertie. Jamais je ne mettrais fin à ces aberrations qui m'ulcéraient. Au lieu de cela, je me soûlais au champagne et rivalisais de sarcasmes.

L'un des cadres, qui avait l'alcool particulièrement joyeux, insista pour prendre une photographie de nous tous, pour la communication de la compagnie. Je lui opposai un mépris évident. Je refusai d'y figurer, prétextant une allergie à ma propre image. L'éternelle excuse : plutôt derrière que devant la caméra. Sa politesse à toute épreuve l'empêcha d'être désobligeant. Il se contenta de marmonner : « You might not like us, yet here you are, paid by us. » [34]
Il commanda une autre bouteille, et les autres continuèrent à festoyer. J'en profitai pour m'absenter aux toilettes.

La productrice du film m'entraîna dans le couloir et me fit la leçon. Je ne pouvais pas me comporter ainsi. Ces gens me permettaient *à moi* de vivre. À *nous*, de vivre. Je menaçais notre survie. Je levai les yeux au ciel et regagnai ma chambre. J'étais ivre morte.

Je ne dormis pas. Je n'avais dans les yeux que l'agneau de Zurbáran, cet air résigné qu'il adoptait ; je songeai au regard des poissons, à leurs pupilles dilatées, injectées de sang, qui suaient la soumission elles aussi, comme moi, comme la jeune fille de la UniSea Incorporation, comme la productrice qui m'avait rappelée à l'ordre. Je commandai une bouteille de champagne et un paquet de cigarettes. Je gardai les yeux grands ouverts, toute la nuit. J'éructais. Je mis la chambre à sac. Les produits cosmétiques de luxe ; les robes de chambre au parfum rassurant de lessive ; les cintres métalliques ; les bouteilles du minibar ; les victuailles offertes par la multinationale ; les accessoires de tournage qui ne me serviraient plus à rien ; mes propres vêtements, que je ne porterais plus… Je les déversai sur la moquette impeccable de la pièce, qui ressemblait après quelques heures au désordre de mon cerveau. L'opulence avait tout chamboulé.

Je demeurai assise sur le sol, jusqu'à l'aube, contemplant les aigles qui tournoyaient au-dessus du mont. Un grand brasier s'élevait le long du Pacifique. Les lueurs du Norwegian Rat ne faiblissaient pas. De l'autre côté de la route, on festoyait. Les cadres de la UniSea Incorporation dansaient autour du feu. Leurs silhouettes m'apparaissaient comme le chœur d'une religion païenne dont j'avais été excommuniée. Le type qui avait voulu nous prendre en photo dansait avec la productrice, sa cravate nouée autour de la tête en signe de subversion.

Nous repartîmes au matin. Le temps n'avait pas changé. À mesure que nous prenions de l'altitude, le port, l'usine, la baie, les volcans, l'archipel tout entier, la mer envahie de brume, le Grand Aleutian se résumaient à un tout petit point.

★

Je me sentais comme un passager clandestin. Ce travail, ces périples autour de l'Amérique, ces films destinés aux carnassiers que nous étions : je n'avais pu y prendre part. En criminelle accomplie, je me mentais à moi-même. Ce n'était pas moi. Je n'avais pas capturé ces images. Je n'avais jamais rencontré ces gens. D'ailleurs, je ne gardais d'eux aucun souvenir. Je me noyais dans ma propre amnésie. Elle me servait à recouvrir ma *honte* : je tentais de nier toutes ces étapes de la contamination qui avaient fait de moi une complice.

Je rentrai, une ultime fois, vers le berceau, l'antre des vautours : le quatre-vingt-quatrième étage de la *Freedom Tower*. Le nom me faisait hurler de rire. Oh, lecteur, je m'esclaffais ; j'oscillais entre un état d'absolue euphorie et une tristesse atroce. Je regardais l'étiquette *Alaska Airlines* qui ondulait gentiment sur la poignée de ma valise et je voulais hurler au creux de Wall Street ; parcourir les allées de la canopée en insultant tous ces passants que je ne connaissais pas, mais qui me rappelaient mon inertie ; escalader l'Oculus et haranguer la foule ; me jeter du haut de la tour rien que pour entendre l'écho de mon propre corps s'écrasant contre le bitume. Le trop-plein de mémoire, de non-mémoire, de consommation, de gens pressés, bien habillés, ce trop-plein de frontières, de signes que je n'étais plus là-bas mais *ici*, que tous ces territoires parcourus étaient derrière moi ; ce faste clinquant élevé sur un cimetière me terrorisait.

Je voyais dans la longue carcasse de verre la structure des jumelles effondrées ; je songeais au matin de septembre. La tour comme une toxicomane géante. La tour fumant les hommes, milliers de petites cellules psychotropes. Costumes sombres et cravates à motifs s'excitant comme les particules actives de la drogue qu'ils étaient devenus. La gorge happant les corps. Lac noir, abyssal, grondant comme le cœur d'un volcan.

Tandis que débutait l'été de feu de New York, il montait en moi l'envie de bouillir jusqu'à la destruction. Que tout fonde. Que l'acier des buildings coule contre les trottoirs. Qu'un béton liquide envahisse les routes, qu'il se mêle à la saloperie des *highways*, que les ponts s'y engluent et emportent avec eux les voitures, les trains, les avions de passage : que la ville emporte la ville.

⋆

Au creux de Wall Street, en cette année 2016, ce n'était pas les tours qui s'écroulaient mais les hommes.

Joe et Nate avaient entrepris une refonte de leur stratégie : on ne devait plus composer des images mais les multiplier. Il leur fallait une production plus rapide, moins exigeante ; des dizaines et des dizaines de films très courts, d'une minute environ, dont les grandes lignes seraient dictées par l'actualité quotidienne. Soit on acceptait, soit on partait.

Le directeur de l'unité documentaire dont je faisais partie, qui avait recruté toute l'équipe, fut renvoyé du jour au lendemain. Il avait refusé ce changement de cap, qui relevait selon lui du sabotage. Une atmosphère de suspicion flottait dans les couloirs. Chacun craignait pour son poste, et plus encore pour son image. Il n'y avait plus de dignité. Dès que l'un d'entre nous était appelé dans un bureau, on tremblait : lui réservait-on les honneurs ou le pilori ? Le limogeage des autres pouvait constituer notre socle ; leur promotion notre perdition. Il fallait se soumettre ou quitter les lieux. Curieux dilemme au sommet de la *Freedom Tower*, pensais-je.

On me présenta cet ultimatum comme une chance inouïe, un développement de carrière inespérée : je pourrais déployer des trésors de *créativité*, avoir la chance de montrer l'étendue de mon talent, et aider la compagnie à étendre son influence médiatique. Nous allions raconter des histoires en une, deux, trois phrases ; simplement faire état de certaines situations qui conforteraient le *viewer* dans ses positions. Du porno en série, vite monté, vite consommé ; des éjaculations précoces en guise de préliminaires. C'étaient des simulacres de films ; il n'y aurait plus de tournages, nous irions puiser les rushes dans les méandres d'internet. Les pauvres n'avaient pas besoin de fioritures. Je ne dis rien. Je prétextai que j'allais réfléchir pour sortir le plus vite possible du bureau. J'avais la nausée.

Dans l'ascenseur, je croisai Norma qui me gratifia d'un conseil : *refuser ne te mènera jamais à rien*, affirma-t-elle, *tu devrais être positive, proactive, réaliste, voir en Nate et Joe des mentors ; les remercier de te prendre sous leur aile. Il y aura toujours des choses à apprendre*. Et je songeais : ce beau programme se fera au détriment des choses à désapprendre. Toutes ces choses que j'avais feint d'oublier et qui remontaient en moi comme la boue le long d'un réseau de canalisations. Je crevais de lui dire que cette honte que nous exploitions, c'était aussi la mienne. Que cet étalage de sourires sur le désordre du monde m'était insupportable. J'étais lasse. Je devais partir.

Regagnant mon bureau je passai par la salle où nous stockions notre équipement. Je voulais mettre en ordre mes boîtiers et optiques avant de m'éclipser. Lorsque j'ouvris la porte, je surpris la productrice qui m'avait sermonnée dans le couloir sombre du Grand Aleutian Hotel. Il me fallut une fraction de seconde pour réaliser ce que je voyais. Perchée sur ses hauts talons aiguilles, engoncée dans sa tenue de cuir noir, du Rimmel plein les joues, au milieu de ce minuscule débarras mal éclairé, elle pleurait abondamment. Je regardai les caméras en pagaille, les trépieds amoncelés sur le sol, les lumières et les disques durs, et son visage sale, grimé de noir, qui me rappela celui de Jeromy ; je réprimai un sourire et refermai la porte. On pouvait l'entendre, depuis l'autre côté, qui haletait de plus belle comme une enfant tombée de la balançoire.

★

Le surlendemain, l'ensemble des employés qui n'avaient pas répondu favorablement à l'invective étaient remerciés. Nous avions deux heures pour faire nos affaires. Une réunion surréaliste fut organisée en guise d'adieux. Le chef de l'unité documentaire délivra un discours serein, dans lequel il affirmait avoir mûrement réfléchi avant de quitter son poste, et que sa décision faisait suite à une proposition qu'il ne pouvait refuser.

L'assemblée demeura interdite ; Norma se laissa submerger par les larmes. *Tu as été comme un père pour nous*, assura-t-elle d'une voix chevrotante. Quelques heures plus tard, elle serait nommée rédactrice en chef du département vidéo tout juste reconfiguré. Des gosses en mal de salaire viendraient en grossir les rangs. Au bout d'un an tout au plus, ils seraient remerciés comme nous l'avions été.

Sous couvert de paroles rassurantes et de sourires mièvres, les conditions étaient réunies pour nous passer l'envie d'errer dans le building et de donner l'image d'un empire en pleine déliquescence. Des containers furent acheminés au quatre-vingt-quatrième étage, où des dizaines de livres, de courriers, de carnets furent amassées au pied des bureaux, contre les fenêtres, jusqu'aux portes de l'ascenseur. Un à un, mes collègues ôtèrent leurs effets personnels des murs, des armoires ; çà et là demeuraient une vieille photographie, une carte postale, une tasse au nom de la personne virée. Ces quelques heures eurent des airs de fin du monde. Il était saisissant d'arpenter les couloirs de cet enfer en contemplant le brouhaha serein qui régnait au-dehors.

Au seuil de la tour, toujours le même ballet de voitures, de cadres pressés, de patrons en retard. Désormais, nous ne regarderions plus les silhouettes d'en haut. Nous devenions les insectes dont nous avions l'habitude d'imaginer les tracas. Nous ne verrions plus la tour que depuis l'asphalte.

Je quittai le building un vendredi, vers midi. Je songeais qu'il y avait, au cœur de ce territoire de béton, la chute des hommes et l'érection des tours : les chairs s'effondraient pour permettre aux pierres de s'élever. Les bâtiments se hissaient sur des charniers. Métal contre derme, macadam sur crânes, colonnes vertébrales prolongées de buildings. On sacrifiait les hommes pour consacrer le bitume.

La chaleur d'août était suffocante. Des cafards grouillaient sur les trottoirs ; les rats s'aventuraient plus loin que de coutume pour trouver de quoi se rafraîchir. Une moiteur étrange engourdissait la foule. La vermine sortait des entrailles pour fuir le cœur de la Terre. Les poubelles se décomposaient à la surface. Il était laborieux de cheminer dans ce four à ciel ouvert. Pourtant, je ne m'étais jamais sentie plus libérée.

J'arpentai New York avec légèreté : je me figurais ailleurs et rien n'était plus doux que d'évoluer dans son cirque, et de songer que je ne lui appartenais plus. Je m'impatientais de partir. Il me fallait retrouver le temps.

★

La voix d'un acteur, la parole d'un film, éclaire la réalité. Le film *devient* réalité. Ce sont les mots de Jean-Pierre Léaud, dans *La Naissance de l'amour*, de Philippe Garrel. Phrases crachées dans une chambre modeste, comme on causerait des résultats du tiercé ou de l'inflation du cours du maïs, avant de reprendre une rasade de Suze.

LÉAUD
Personne ne sait ce qui se passe aujourd'hui parce que personne ne veut qu'il se passe quelque chose.

En réalité, on ne sait jamais ce qu'il se passe ; on sait seulement ce que l'on veut qu'il se passe, et c'est comme ça que les choses arrivent. En 1917, Lénine et ses camarades ne disaient pas : « Nous allons faire la révolution parce que nous voulons la révolution. » Ils disaient : « Toutes les conditions de la révolution sont réunies, la révolution est inéluctable ! » Ils ont fait la révolution, qui n'aurait jamais eu lieu s'ils ne l'avaient pas faite, et qu'ils n'auraient pas faite s'ils n'avaient pas pensé qu'elle était inéluctable, uniquement parce qu'ils le voulaient. Chaque fois que quelque chose a bougé dans ce monde, ça a toujours été pour le pire. Voilà pourquoi personne ne bouge. Personne n'ose provoquer l'avenir. Faudrait être fou pour provoquer l'avenir. Faudrait être fou pour risquer de provoquer un nouveau 1919, un nouveau 1914, ou un nouveau 1937. Il y aura toujours des fous et des cons pour les suivre. Et des sages pour ne rien faire.

Mécanique vertigineuse racontée par Léaud. Force de la volonté humaine qui faisait croire à ses contemporains, et, plus encore, à ses descendants, qu'elle était une machine au mouvement inéluctable. Seulement, je ne savais qui, des hommes ou de leurs territoires, commanditait le déclenchement des turbines.

« Comme une brebis, il fut conduit à l'abattoir ; comme un agneau muet devant le tondeur, il n'ouvre pas la bouche », dit l'Acte des Apôtres. J'étais l'agneau. Je me soumettrais au destin. Ainsi, je pensais pouvoir échapper au vide. Les mots de Norma tournoyaient dans ma tête comme les aigles sur la mer de Béring. *Refuser ne te mènera jamais à rien ; refuser ne te mènera jamais à rien ; refuser, refuser, refuser. Rien.*

J'étais allée de pays en pays, animée par un rejet permanent ; je n'avais rien bâti, que ma propre solitude. Mon obstination résidait dans le silence. Dans la fuite. Il ne m'était jamais venu à l'idée de m'expliquer, de discuter, de chercher des raisons auprès de ceux dont je ne partageais pas le langage. Toujours, ma réponse avait été le refus, et ces circonvolutions m'épuisaient.

★

Je bouclai mes valises dans le grand appartement de Hancock Street. Au loin, la clameur des bars alentour ; le Lunatico, le Casablanca, Peaches… Le vacarme de Malcolm X Boulevard, où des âmes errantes me ramenaient à un semblant de calme. Les murs blancs, nus, reflétaient les lueurs de la rue ; dans la chambre, le murmure du jardin avait tout envahi.

Je réunis les objets qui avaient pavé la route de mon enfer. Ces armes dont j'avais usé pour épier la vie des autres. Ma caméra. Mes quelques optiques. Mon vieux *Polaroid*. Mes disques durs. Mes instantanés pris au hasard de la route. Photographies fugitives, où l'on devinait des ports, des zones d'embarcation, des voitures échouées, des motels de Californie, des *diners* texans… Je me saisis de toutes ces choses si dérisoires, et pourtant si puissantes, et les jetai au milieu du salon. Elles s'échouèrent au sol en un bruit assourdissant. Comme un homme assommé. Un totem immense s'élevait dans l'appartement vide.

Je ne savais que faire de ce monument. La veille, j'avais placé les meubles sur le trottoir et observé les passants s'en saisir. J'avais opéré graduellement : d'abord les bibelots, puis le mobilier d'appoint, et enfin les encombrants. En quelques heures, les voisins s'étaient emparés de la vaisselle, des miroirs, des lampes, des tables, du lit. Il ne restait plus rien. Seule la présence de ces vies dans la pièce déserte. Elles obstruaient l'espace. Je ne pouvais ni les garder, ni m'en débarrasser.

J'aurais voulu tout brûler. *Anéantir* chaque instant. Calciner les courroies, les axes, les interfaces, les kilomètres de pellicule résumés à de simples lignes de code dans de fins boîtiers gris. Cette matière qui n'était, au fond, qu'un condensé de bobine. Ces tentacules de bakélite et de carbone. Tout cela n'était plus rien. Ces petits rectangles de métal, ces sphères de plastique et de verre étaient absolument vides. Or, *tout cela*, c'étaient des vies brisées. Des agneaux sacrifiés. Il ne restait plus de leurs dépouilles que des ossements lisses, immaculés, creux.

Je contemplai l'idole, et ajoutai autour d'elle des livres comme des offrandes. Ces écrits insipides vantant des techniques de narration documentaire ; ces belles paroles qui ne signifiaient rien. J'admirai l'amas de choses, de vies, et imaginai des flammes qui les dévoraient. Je songeai à Érostrate, qui bâtit son nom sur la chute d'Éphèse. J'entrevoyais dans la destruction une piste vers la beauté. Enfin, je lui répondais. Accrochée à mon mât comme Ulysse résiste au chant des sirènes, je regardais en arrière.

Je ne distinguais plus rien du chemin parcouru. La mer dissout les sillons des bateaux.

Eh oui, c'est la destruction qui te fait naître. Ta voix ne s'élève que dans le naufrage. Je vais me noyer, ainsi que tu l'avais prédit. Tu as gagné, Beauté ; je m'étourdis, je ne vois plus rien, je m'endors. Je sombre.

★

J'allumai une cigarette. Je promenai ma main au-dessus du petit édifice. En quelques secondes, la flamme parvint au bout de mon doigt. Je ressentis une vive brûlure, secouai l'allumette et la jetai au sol. J'étais hypnotisée par les lignes concentriques qui obliquaient vers le sommet. Ces cylindres imaginaires dessinaient un monument. Une tour de Babel.

Je grillai le reste de mon paquet. Les tiges, incandescentes, se recroquevillaient sur le plancher. Chaque fois que je m'approchais de l'amas de données, j'hésitais. Voulais-je le sauver ? Le garder ? Le donner ? Je me dis qu'il fallait bien laisser quelque chose. Accorder aux fantômes une chance de survie. Peut-être quelqu'un se pencherait-il sur ces images chaotiques, ces bandes-son interminables, ces instantanés pris au hasard de terres inexplorées. Peut-être quelqu'un se demanderait-il à qui ces chutes appartenaient. Sans doute espérais-je qu'une âme providentielle retrouve mes images et remonte jusqu'à moi. Qu'un jour mon téléphone sonne et qu'une voix dise : *j'ai retrouvé quelque chose qui vous appartient.*

Ainsi, mon orgueil leur épargna la disparition. Je les rassemblai dans un grand sac et empruntai l'escalier sinueux de la maison de Bed-Stuy. Sur le perron, la chaleur me prit à la gorge. Je descendis les quelques marches de l'entrée et rejoignis l'enclos à poubelles situé au bord du trottoir.

Entre les deux corbeilles de plastique noir, un oisillon, seul au milieu des rebuts. Il haletait. Sa poitrine jaune était secouée de spasmes. Je distinguai une petite tache rouge juste en dessous de sa gorge. Son front et ses ailes, bleutées, demeuraient inertes. Les pattes, dressées vers le ciel, semblaient implorer la grâce d'un dieu conciliant. C'était une mésange. La beauté de cet oiseau. Cette beauté-là. Pure. Si simple. Elle tenait à un minuscule diaphragme dans la pénombre. Au soulèvement régulier, vif, de la poitrine devenue métronome. Je restai immobile.

Ce qui m'a frappée, ce n'est pas que le cœur allait bientôt s'interrompre ; c'est qu'il battait encore. Comment il battait. Comme un fou. Avec acharnement. La précipitation de ce cœur. La furie de ce cœur. Cœur forcené. J'y décelai l'immédiateté de la vie. La peur de la perdre. Le frémissement d'un ange. Le frémissement de la terre. Je me souvins de cette proximité étrange entre les mots « territoire » et « terreur ». Le premier venait de *terra*, « la terre », et l'autre de *terreo*, « effrayer ». Je puisai dans l'étymologie la racine de mon mal : cette sidération à l'idée de se trouver enfouie sous le sol originel. Quand le territoire tremble, la peur devient terre. La terre *est* peur.

Je souriai à l'oiseau. Je bafouillai quelque chose. *Courage. Bonne nuit. Ça va aller.* Puis j'ouvris l'une des bennes. Une odeur de sang et de détritus en émanait. Des asticots grouillaient parmi les ordures. Je posai délicatement mon trésor, mi-poison, mi-remède, au sommet du tas de déchets. L'instant d'après, la mésange ne bougeait plus. Elle avait abdiqué.

Je regagnai l'appartement. J'y passai une courte nuit, songeant à l'animal déchu qui, à l'aube, ne serait plus qu'un festin de fourmis.

★

Sur la route de l'aéroport, je capturai des impressions de cette ville qui m'habiterait encore longtemps. Les baraques de Brooklyn, ces maisons basses, étroites ; les longues avenues rehaussées d'enseignes lumineuses ; le scintillement des lavomatics et des *delis* ; les silhouettes arpentant les rues jamais désertées ; cet enchevêtrement de routes, de gratte-ciel, de passants. La vision de ces souvenirs dans le rétroviseur m'hypnotisait. Ce n'était pas

New York que je quittais, mais une certaine étape de moi-même. Au matin, l'avion se posait à Charles-de-Gaulle.

★

Je marchai dans la ville avec cette sensation d'avoir tant nagé que la mer me restait sur le corps ; ce même goût de sel, cette satiété dans la gorge. Je cheminai sur le bitume comme dans du sable, comme s'il n'y avait plus rien ; ni immeubles, ni voitures, ni hommes. Il faisait beau sur Paris comme sur une plage du Pacifique.

Traductions

[1] Louise Bourgeois.
this is something that my father did, at the dinner table, because there was this tradition at family dinners : everybody was supposed to bring some kind of entertainment.
Voici ce que faisait mon père, à table, lors des dîners familiaux, pour honorer cette tradition selon laquelle chacun devait proposer un amusement.

[2] Louise Bourgeois.
this point was very important.
cette étape était très importante.

[3] Louise Bourgeois
You are going to see that this little figure is more interesting than she appears to be.
Vous allez voir que cette petite figurine est bien plus intéressante qu'elle n'en a l'air.

[4] Louise Bourgeois
are you looking now ? This is the important scene : you lift it, you extract it.
Vous y êtes ? Voici le moment le plus important : vous la soulevez, vous l'extrayez.

[5] Louise Bourgeois.
You see what is coming ?
Vous le voyez venir ?

[6] Louise Bourgeois.
I would die in front of everyone, I was not a man, I was only a woman, I had nothing there.

Je mourais de honte devant tout le monde, je n'étais pas un homme, j'étais seulement une femme, je n'avais rien à cet endroit.

[7] Le Chien et le Chef.

CHIEN
I think something happened. In Paris.

CHEF
Where ? What is it ?

CHIEN
I guess gun shots… It's probably nothing, but worth keeping an eye on.

CHEF
Great. Thanks.

—

CHIEN
Je crois qu'il est arrivé quelque chose. À Paris.

CHEF
Où ? Que s'est-il passé ?

CHIEN
Des coups de feu, je crois… Ce n'est sans doute rien, mais ça vaut la peine de garder un œil dessus.

[8] La Rédactrice en chef et le Spectre.

SPECTRE
Hi. Who is this ?

RÉDACTRICE EN CHEF
It's me.

SPECTRE
Oh, hey. Hi.

RÉDACTRICE EN CHEF
I've had a crazy idea.

SPECTRE
What is it ?

RÉDACTRICE EN CHEF
How would you feel about going to Paris ?

SPECTRE
I… Yes, of course. I mean good. I'd feel good about it.

RÉDACTRICE EN CHEF
Great. You're leaving today. There's a flight in a couple of hours.

—

SPECTRE
Bonjour. Qui est-ce ?

RÉDACTRICE EN CHEF
C'est moi.

SPECTRE
Oh, hey. Bonjour.

RÉDACTRICE EN CHEF
J'ai eu une drôle d'idée.

SPECTRE
C'est-à-dire ?

RÉDACTRICE EN CHEF
Qu'est-ce que tu dirais d'aller à Paris ?

SPECTRE
Je… Oui… Bien sûr… Je veux dire, oui, j'aimerais y aller.

RÉDACTRICE EN CHEF
Parfait. Tu pars aujourd'hui. Il y a un vol dans deux heures environ.

[9] **La Bronze.**

رائع
راإيع
كنت رائة كنت بائس
كنا رائعين

Formidable
Formidable
Tu étais formidable, j'étais fort minable
Nous étions formidables.

[10] **Sur le A Train.**
Ladies and Gentlemen, I'm the poet from the A train. I'd like to tell you a few words.
Mesdames et Messieurs, je suis le poète du A train. J'aimerais vous dire quelques mots.

[11] **Le Poète du A Train.**

Ladies and Gentlemen,
You must
Have
Forgotten.

You must have forgotten
The dawn on the poor
The sunset on their eyes

The coldness from the concrete
The heat boiling from the oven
Of the richest of the Rich
Bodies, bodies dancing
In the winter,
In the spring,
From autumn to summer
Bodies, bodies dying.

You must have forgotten
The Flesh, the
Colored,
Uncovered skins,
Burning
At dawn, at sunset
In the winter,
In the spring,
From autumn to summer
Bodies, bodies falling.

Ladies and Gentlemen,
You must
Have
Forgotten.

—

Mesdames et Messieurs,
Vous devez
Avoir
Oublié.

Vous devez avoir oublié
L'aurore sur les pauvres
Le crépuscule dans leurs yeux
La froideur du béton
La chaleur bouillante du four
Des plus riches des riches
Les corps, les corps dansant
En hiver,
Au printemps,
D'automne en été
Les corps, les corps mourant.

Vous devez avoir oublié
La chair, la
Couleur,

Des peaux découvertes,
Brûlant
À l'aurore, au crépuscule
En hiver,
Au printemps,
D'automne en été
Les corps, les corps chutant.

Mesdames et Messieurs,
Vous devez
Avoir
Oublié.

[12] Sortant du A Train.
« *Please, dont be afraid, give whatever you can, a pickle, a penny, a dime, whatever…* »
« S'il vous plaît, n'ayez pas peur, donnez ce que vous pouvez, un cornichon, un centime, dix centimes, peu importe… »

[13] L'Histoire de River.
It was a stormy night. There was a grown up and a nine-year-old-boy. Their names were Goran and Justine. They were walking in the woods and suddenly a zombie came for Justine. And then… The End !
C'était une nuit d'orage. Il y avait une adulte et un garçon de neuf ans. Ils s'appelaient Goran et Justine. Ils marchaient dans les bois quand soudain un zombie s'est jeté sur Justine. Et ensuite… Fin !

[14] Le Sniper.
I'm the sniper picture, the picture sniper.
Je suis l'image-sniper, le sniper d'images.

[15] Les mots de Goran.
I can't answer your question ; I'd rather not respond to that ; it is hard for me to tell you more…
Je ne peux pas répondre à ta question ; je préférerais ne pas répondre à ça ; c'est difficile pour moi de t'en dire plus…

[16] Les mots de Goran *bis*.
he can't see me and I can only come to him and he is really far away. – Where ?
il ne peut pas me voir et je peux seulement aller vers lui et il est très loin. – Où ?

[17] La Grand-mère.
Goran, Goran, let me in.
Goran, Goran, laisse-moi entrer.

[18] La Grand-mère *bis*.
it's our grandmother.
c'est notre grand-mère.

[19] La Grand-mère *ter*.
trouble.
problème.

[20] Les mots de la Grand-mère.
That's all I needed : a restroom.
C'est tout ce dont j'avais besoin : des toilettes.

[21] Les mots de la Grand-mère *bis*.
Oh boy, that feels good.
Oh la vache, ça fait du bien.

[22] Les mots de la Grand-mère *ter*.
Who are you ? Who are you to hurt my babies like this ? You ain't got no right to film my babies…
Qui êtes-vous ? Qui êtes-vous pour faire du mal à mes petits comme ça ? Vous n'avez pas le droit de filmer mes petits…

[23] Les mots de la Grand-mère *quater*.
She's insane. Come get her. She's mad. I don't know who she is.
C'est une déséquilibrée. Venez l'arrêter. Elle est folle. Je ne sais même pas qui c'est.

[24] L'Agent de police.
Have you been drinking ? – Not even half a bottle, officer.
Vous avez bu ? – À peine la moitié d'une bouteille, officier.

[25] Goran choqué.
Let's never talk about this ever again.
Ne parlons plus jamais de ça.

[26] Goran in the film.
You can actually go to the past, or the future. You can't talk to yourself, or time and space will do something terribly wrong to the present.
Tu peux aller dans le passé, ou dans le futur. Tu ne peux pas te parler à toi-même, sinon le temps et l'espace provoqueront quelque chose de terrible dans le présent.

[27] Goran in the film *bis*.
when I first met Justine, it was weird.
la première fois que j'ai vu Justine, c'était bizarre.

[28] Project.
project.
grand ensemble.

[29] Lhasa de Sela.

De cara a la pared
Se apaga la ciudad.

Visage contre le mur
La ville s'éteint.

[30] Les Hipsters.
I study gender appropriation in emerging countries through a transdisciplinary approach ; I bartend at night and sometimes, during the day, I work on my own indie films…
J'étudie l'appropriation du genre dans les pays émergents à travers une approche transdisciplinaire ; je suis serveur la nuit et, parfois, la journée, je travaille sur mes propres films indé…

[31] Jeromy.
it's all about the coal, it's all about getting the coal out, that's it…
tout pour le charbon, tout pour extraire le charbon, c'est aussi simple que ça…

[32] La Llorona.

Ay de mí, Llorona, Llorona,
Llorona de azul celeste,
Aunque la vida me cueste, Llorona,
no dejaré de quererte.

Malheur à moi, Pleureuse, Pleureuse,
Pleureuse d'un azur céleste,
Bien que la vie me coûte, Pleureuse,
je ne cesserai jamais de t'aimer.

[33] Joe Flecher.
« I just came back from Paris. It is the most depressive vision I've had in a long time. This city is stuck ! »
« Je rentre tout juste de Paris. C'est la chose la plus déprimante que j'ai vue depuis longtemps. Cette ville est bloquée ! »

[34] Le Cadre de la UniSea.
« You might not like us, yet here you are, paid by us. »
« Tu peux ne pas nous aimer, n'empêche, tu es là, et c'est nous qui te payons. »

Reproduit et achevé d'imprimer
par Corlet Imprimeur
à Condé-sur-Noireau
en décembre 2017.
Dépôt légal : janvier 2018.
Numéro d'imprimeur : 194412.

ISBN 978-2-84990-539-5. / Imprimé en France.